Esther Safran Foer

SACHEZ QUE NOUS SOMMES TOUJOURS LÀ

Traduit de l'anglais (États-Unis)
par Stéphane Roques

LES ESCALES

Titre original : *I Want You to Know We're Still Here*

Édition française publiée par :

92, avenue de France
75013 Paris – France
Courriel : contact@lesescales.fr

ISBN : 978-2-36569-414-8
Dépôt légal : janvier 2022
Imprimé en France

Couverture : Hokus Pokus créations
Mise en pages : Nord Compo
Photographie page 16 : Matt Goldenber. Toutes les autres photographies proviennent de la collection personnelle de l'autrice.

À mes parents, et à ceux qui les ont précédés.
À mes petits-enfants, et à ceux qui leur succéderont.

1

D'après mon acte de naissance, je suis née le 8 septembre 1946 en Allemagne, à Ziegenhain. Les mentions de date, de ville et de pays sont fausses. Il m'a fallu des années avant de comprendre pourquoi mon père s'était livré à cette falsification. Pourquoi, chaque année, ma mère entrait dans ma chambre le 17 mars, m'embrassait et murmurait : « Joyeux anniversaire. »

Rassembler les fragments de mon histoire familiale a été la quête de toute une vie. Je suis la descendante de survivants de la Shoah, ce qui, par définition, signifie que notre histoire est complexe et tragique. Mon enfance fut pleine de silences ponctués d'occasionnelles révélations traumatisantes. Je comprenais qu'il y avait beaucoup de choses que j'ignorais, en dehors du secret de l'invention de ma date de naissance. Mes parents rechignaient à parler du passé, et j'ai appris à louvoyer autour des sujets difficiles.

C'est vers la quarantaine, juste avant de prononcer un discours dans une synagogue locale, que j'ai décidé de profiter de l'occasion pour combler quelques failles de notre histoire familiale. Je me suis installée avec ma mère dans la cuisine de son pavillon de banlieue des années cinquante, dans une rue où la plupart des autres maisons étaient occupées par des familles de survivants de la Shoah. Assise à sa table dont le revêtement imitait le marbre, je voyais les bons de réduction soigneusement découpés et empilés près du réfrigérateur, prêts pour les prochaines courses. Dans le placard juste au-dessous, il y avait assez de farine et de céréales, toutes achetées en promo, pour survivre à une catastrophe majeure.

J'ai commencé par quelques questions à propos de mon père pendant la guerre. C'était une énigme, une figure protéiforme autour de laquelle tournaient toutes les conversations, même dans ma tête. Ma mère a bu une gorgée du café instantané qu'elle aimait tant, puis m'a dit simplement que mon père avait passé la guerre dans un ghetto avec sa femme et leur fille. Il faisait partie d'un détachement de travailleurs quand elles avaient toutes deux été assassinées par les nazis. Absolument stupéfaite, j'ai balbutié : « Il avait une femme et une fille ? Pourquoi tu ne m'en as jamais parlé ? Comment peux-tu me l'apprendre seulement aujourd'hui ? »

J'avais grandi entourée de fantômes – hantée par des membres de la famille dont nous parlions rarement et par des histoires que personne ne partageait. Désormais, il y avait un fantôme supplémentaire, dont je n'avais encore jamais entendu parler : ma propre sœur. J'ai insisté auprès de ma mère pour qu'elle m'en dise davantage, mais elle m'a clairement fait comprendre que la conversation était terminée. *Genug shoyn.* Ça suffit. Je ne suis même pas sûre qu'elle en ait su plus que cela sur la famille de mon père – je soupçonnais qu'elle et lui n'avaient guère discuté du passé, même ensemble. Pour eux, la vie consistait à regarder devant soi.

En repartant de chez ma mère, j'étais dans le brouillard.

Je l'ignorais encore, mais ce fut le début d'une quête qui marquerait de son empreinte la phase suivante de ma vie.

Déterminée à en savoir plus, j'ai consulté des bases de données consacrées à la Shoah pour tenter de trouver l'acte de naissance ou de décès de ma sœur, en vain. J'ai engagé des enquêteurs en Ukraine. J'ai même fait appel à un agent du FBI pour analyser des photos. Mes recherches n'ont rien donné. J'ai parlé à toutes les personnes susceptibles de m'aider pour apprendre ce qu'elles savaient, et j'ai toujours obtenu la même réponse : « Il y a eu tant de personnes tuées, tant d'enfants, comment pourrait-on se souvenir de tous les noms ? »

Je ne voulais pas tous les noms. Je voulais le nom de ma sœur.

De la personne la plus proche de moi à avoir péri au cours de l'Holocauste, ma demi-sœur, je n'avais pas la moindre information, le moindre nom, la moindre photo ni le moindre souvenir. C'était une enfant parmi au moins six millions de Juifs, parmi près d'un million et demi d'autres enfants assassinés lors de la Shoah, et il n'y avait aucun moyen de savoir si cette enfant avait seulement existé.

Comment se souvenir de quelqu'un qui n'a pas laissé de trace ?

Ma quête m'a emmenée dans des lieux qui m'ont permis de comprendre la Shoah plus en profondeur et de mieux saisir ses répercussions longtemps après la Libération ainsi que sur les générations futures. C'est aussi une quête qui a fini par m'emmener dans des recoins de mon être qui m'ont effrayée.

On a dit que le peuple juif était anhistorique, plus concerné par la mémoire que par l'histoire. Un fait curieux : il n'existe pas de mot en hébreu pour désigner précisément le concept d'histoire. *Zikaron* et *zakhor*, qui sont les termes admis, se traduisent tous deux par « mémoire ». Le mot utilisé en hébreu moderne pour parler de l'histoire vient du mot anglais *history*, qui trouve son origine dans le grec *historia.* L'histoire est publique. La mémoire est personnelle. Elle implique des récits et des expériences choisis. L'histoire marque la fin de quelque chose. La mémoire marque le début de quelque chose.

« Les Juifs ont six sens. Le toucher, le goût, la vue, l'odorat, l'ouïe… et la mémoire. » C'est ainsi que mon fils Jonathan a résumé cela dans le roman qu'il a publié en 2002, *Tout est illuminé*[1]. « Le Juif qui se fait piquer par une aiguille se souvient d'autres aiguilles… Quand un Juif tombe sur une aiguille, il se demande : "Qu'est-ce que cela me rappelle ?" »

Analyser le croisement de l'histoire et du souvenir peut paraître abstrait, une simple affaire de linguistique, mais, pour moi, c'est bien réel. J'ai passé tellement de temps dans ma vie à essayer d'exhumer des souvenirs qui m'échappent.

Sur le manteau de ma cheminée, je conserve des natures mortes dans des bocaux de verre. Un visiteur distrait pourrait en déduire que j'ai dressé un autel à la terre et aux débris, mais il se tromperait lourdement. Dans chaque bocal soigneusement étiqueté se trouve un fragment de souvenir : de la terre du shtetl de ma mère à Kolki, en Ukraine ; du grès du mont Uluru, en Australie centrale ; des vestiges du mur de Berlin ; des gravats du ghetto de Varsovie. Un jour, lors d'un voyage à Sardes, en Turquie, j'ai remarqué qu'un morceau du sol de mosaïque en marbre d'une ancienne synagogue s'était détaché, et j'en ai discrètement glissé une partie dans mon sac quand mon mari regardait ailleurs. Malgré ses nombreuses admonestations qui m'enjoignaient à ne pas partir – et encore moins à franchir les frontières internationales – avec ces vestiges dérobés, mon mari, Bert, savait qu'il serait impossible de me faire obtempérer. Je suis une glaneuse effrénée, une femme en mission qui passe son temps à fourrer des fragments d'histoire personnelle dans des sacs Ziploc.

Le souvenir est partout dans ma maison. Les vingt et un bocaux du salon font partie d'une collection plus grande qui déborde jusque dans la cuisine, où il y en a presque quarante de plus sur le rebord de la fenêtre.

1. Paris, Éditions de l'Olivier, 2003.

Cette obsession est une tradition familiale. C'est peut-être même dans nos gènes, allez savoir. Cela peut sembler improbable, mais le plus jeune de mes trois fils, Joshua, a gagné le championnat national de la mémoire en 2006. C'est même le sujet d'un livre qu'il a écrit : *L'art et la science de se souvenir de tout.* Frank, mon aîné, qui est écrivain et historien, a récemment participé, à Kiev, la terre de nos ancêtres, à une table ronde intitulée : « La mémoire peut-elle nous sauver de l'histoire ? L'histoire peut-elle nous sauver de la mémoire ? » Jonathan, mon cadet, est arrivé à faire s'exclamer « Merde alors ! » à des inspecteurs de la prévention des incendies qui faisaient une visite de contrôle dans sa chambre universitaire de Princeton, à la fin des années quatre-vingt-dix, quand ils ont vu, à côté des câbles électriques emmêlés et des éclairages de fortune que l'on trouve habituellement dans les dortoirs et qui présentent un risque d'incendie, une collection de sacs Ziploc soigneusement punaisés au mur en rang d'oignons – ses propres réceptacles à souvenirs.

Même enseveli dans un bocal, un souvenir est à la fois tangible et protéiforme. Les souvenirs ne sont pas statiques ; ils changent avec le temps, parfois au point de ne plus ressembler que de loin à ce qui s'est réellement passé.

Malgré cela, je sens qu'il m'incombe d'entretenir le souvenir du passé.

« Comment est-ce que je saurai qui sont ces gens ? » m'a demandé un jour l'aînée de mes petites-filles, Sadie, alors que nous étions assises à mon bureau, qui déborde de photos, de documents, de cartes, certains soigneusement classés dans des boîtes étiquetées et d'autres entassés dans tous les coins de la pièce.

La question de Sadie me hante. Je n'ai pas pris la peine d'écrire le nom des personnes qui figurent sur ces photos, parce que je les connais. Ma mère, curieusement, a pris le temps d'étiqueter et de classer toutes ses photos – non seulement les plus vieilles, mais aussi celles de ses enfants, petits-enfants et arrière-petits-enfants.

La question de Sadie m'a poussée à mettre de côté toutes mes autres obligations pour me plonger dans mes vastes archives. Dans ces boîtes pleines à ras bord se trouve tout ce que l'on sait du passé de ma famille. Les photos sont tout ce qui reste de parents morts depuis longtemps, sans descendants directs capables de raconter leur histoire, voire de se souvenir de leurs noms. Il n'y a pas que des photos de ceux qui ont été assassinés durant la Shoah, mais aussi de la famille en Amérique, comme celle de mon jeune cousin Mark, dont les parents et les grands-parents nous ont hébergés, mes parents et moi, à notre arrivée à Washington en 1949, après plus de trois ans passés dans un camp de réfugiés en Allemagne. Mark, fils et petit-fils unique, est mort peu de temps après que cette photo a été prise des suites d'une banale ablation des amygdales, à l'âge de quatre ans – à peine quelques mois avant notre arrivée aux États-Unis. Nous n'avons laissé derrière nous les privations d'un camp de réfugiés et les horreurs de la guerre que pour subir le contrecoup de cette autre tragédie silencieuse. Maintenant que ses parents sont morts eux aussi, c'est à moi de faire vivre le souvenir de ce frêle petit garçon.

Ceux qui me connaissent pensent que je suis une femme heureuse qui a le sourire facile – et c'est vrai. Mais, en même temps, ma joie est tempérée par les ombres du passé. Dans les recoins les plus sombres de mon esprit vivent les fantômes des shtetls d'Ukraine où les membres de ma famille vécurent jadis et où la plupart sont morts. Certains détails qui donnent à ces visions une apparence de si grande réalité sont imaginés, parce que j'ai grandi dans une famille où les souvenirs sont trop terribles pour être exprimés par des mots.

Mes parents, Ethel Bronstein et Louis Safran, furent les seuls membres de leur vaste famille élargie à survivre à la Shoah. Ma mère a passé la guerre en fuite. J'ignore comment mon père a survécu, même si nous savons qu'il a un temps été caché par une famille. Leurs parents, frères et sœurs, nièces et neveux, tantes, oncles et cousins, ont tous été assassinés. Je ne peux me résoudre à recourir à l'euphémisme couramment utilisé « ont tous péri ».

Les enfants peuvent faire tomber des murs et ouvrir des portes pour leurs parents. C'est l'effet qu'a produit le premier roman de Jonathan, qui s'inspire d'un voyage en Europe entrepris avant sa dernière année d'université. Il cherchait un sujet de thèse et je l'ai encouragé à se rendre au shtetl de Trochenbrod, en Ukraine, où je croyais que mon père était né. Avant son départ pour l'Europe lors de l'été 1998, je lui ai donné quarante copies de la photo abîmée de quatre personnes – mon père, un vieil homme et deux femmes ; les gens qui, d'après ma mère, l'avaient caché dans leur maison pendant une partie de la guerre. Dans l'espoir que Jonathan retrouve la famille qui avait offert un refuge à mon père.

Jonathan n'a rien trouvé. Faute d'informations, il a passé le reste de l'été à écrire un ouvrage de fiction qui s'inspirait très librement des quelques détails que nous connaissions de l'histoire de notre famille. Le roman a ouvert des portes qui ont comblé certaines des plus importantes lacunes de mon passé, comme si la fiction avait mystérieusement généré des faits.

Dans le roman de Jonathan, le héros autoproclamé, qui s'appelle lui aussi Jonathan Safran Foer, se lance à la recherche d'une certaine Augustine, qui aurait caché son grand-père fictionnel. La fiction repose sur une couche de faits potentiels qui reposent eux-mêmes sur une autre couche de fiction. Le livre prend la forme d'un Rubik's Cube éblouissant et ludique qui renverse l'histoire de notre famille et donne même un peu le tournis. C'était de la fiction, oui, mais Jonathan, à son insu, avait touché la corde sensible. Les souvenirs profondément enfouis des membres de la famille, leur propension au silence, auraient des répercussions tragiques. Jonathan évoque un suicide qui fait écho à un autre, survenu au sein même de la famille – ce qu'il ne savait pas au moment d'écrire le livre.

La sortie de l'ouvrage et le film qui a suivi ont renouvelé l'intérêt porté aux shtetls d'où venait notre famille et a ouvert la porte à de nouvelles informations données par une multitude de sources. Ma propre obsession s'en est trouvée décuplée. J'ai commencé à écumer les sites de généalogie sur Internet, à glaner de nouveaux indices lors de mes voyages au Brésil et en Israël.

C'était tout ce que je pouvais faire à distance. Comme le personnage du roman de Jonathan, je me suis armée de cartes et de photos pour finir par aller en Ukraine en 2009, sur un vol de la Lufthansa. J'ai emporté avec moi, bien sûr, une réserve de sacs Ziploc.

Je voulais retrouver la famille qui avait caché mon père pendant la guerre et voir ce que je pouvais apprendre au sujet de la sœur que je n'avais jamais connue. Je voulais retrouver un shtetl qui, de l'avis général, n'existait plus. Je voulais en savoir plus sur mon père. Je voulais en savoir plus sur ma sœur. Je voulais faire savoir à mes ancêtres que je ne les avais pas oubliés. Que nous sommes toujours là.

2

Un matin, au début du mois de juillet 1941, sous une pluie de parachutes nazis, sous les yeux de gens qui levaient la tête, pétrifiés, se précipitaient chez eux pour s'y barricader ou réunissaient les membres de leur famille pour se préparer à se cacher, ma mère a décidé de s'enfuir.

Mais elle est d'abord rentrée chez elle en courant sur le chemin de terre pour prendre une paire de ciseaux, quelques vêtements, et son manteau.

Dans mon imagination, c'était une belle journée d'été, mais elle n'en a pas moins pensé à prendre son manteau, une paire de ciseaux et de quoi se changer. Sa mère l'a observée en silence. Elles se sont quittées sans se dire au revoir.

La plus jeune sœur de ma mère, qui s'appelait Pesha et avait dix-sept ans, lui a couru après le long du chemin de terre qui allait de leur petite maison de bois à la rue principale de Kolki.

« Tu en as de la chance de partir », lui a dit Pesha en retirant ses chaussures pour les donner à ma mère afin qu'elle ait une paire de rechange. Pesha s'est retournée puis est rentrée pieds nus par le même chemin de terre.

Ma mère a presque immédiatement perdu l'une des deux chaussures.

C'est l'un des récits fondateurs avec lesquels j'ai grandi – Pesha et les chaussures. Ma mère ne cessait d'y revenir, encore et encore. Comme pour les histoires qu'elle racontait à propos de mon père, elle glissait ici ou là quelque détail étonnant qu'elle refusait de développer. *Genug.* Assez. C'était trop douloureux à raconter, mais, dans ce cas précis, je me demande si ses réticences ne tenaient pas à la culpabilité d'avoir abandonné Pesha et de ne pas avoir dit au revoir à sa mère. C'étaient deux femmes de caractère et leur relation était tendue les derniers temps.

Je voulais connaître Pesha, l'entendre, la voir, savoir comment elle était, mais ma mère refusait d'en dire plus, en dehors de me répéter, encore et encore, l'histoire des chaussures. Je possède une photo sur laquelle Pesha doit avoir cinq ou six ans et se tient debout entre ma mère et leur grand-mère maternelle, Rose. C'est une jolie petite fille espiègle aux courts cheveux bruns, vêtue d'une chemise à nœud long, plus une cravate qu'un nœud. Elle tient la main de sa grand-mère. À gauche de ma grand-mère, il y a Freika, le cousin de ma mère. La photo a un côté cérémonial – du moins ce qui passait pour l'être à l'époque – avec un rideau de fortune en arrière-plan, et c'est la seule photo de Pesha qui ait subsisté. Ce cliché, au dos duquel figure une inscription de ma mère, a été envoyé à la tante de ma mère, Chia, aux États-Unis. J'ai transmis les quelques photos que je possède aux membres américains et brésiliens de la famille. Cela me fait plaisir car c'est le seul élément qui permet de voir en Pesha autre chose qu'un fantôme.

Quand on demandait à ma mère comment elle avait survécu à la guerre, elle répondait qu'il lui avait fallu de la chance et de l'intuition. Elle cherchait toujours des trèfles à quatre feuilles. Elle allait consulter des diseuses de bonne aventure. Jusqu'à la fin de sa vie, elle a gardé un stylo et du papier pour jouer à de mystérieux jeux de hasard. De petites ratures, des nombres écrits puis biffés apparaissaient ponctuellement sur des morceaux de papier, voire au milieu des cartes de vœux qu'elle recevait. Dans sa chambre à coucher, une petite table était recouverte d'éléphants qu'on lui avait offerts, trompe levée, un symbole de bonne fortune. Elle croulait sous les vieilles superstitions : quand quelqu'un se vantait d'avoir de la chance en sa présence, elle répondait que le mauvais œil, ou *gatoyik* en yiddish, le verrait et lui causerait des ennuis.

La chance et l'intuition l'ont peut-être sauvée, mais je sais qu'il y a autre chose.

Ma mère ne s'est presque jamais considérée comme une survivante de la Shoah. Dans son esprit, le terme était réservé à ceux qu'on avait envoyés en camp d'extermination. Ma famille a été victime d'une Shoah que les gens n'imaginaient pas possible et ne comprenaient pas à l'époque. Parmi les six millions de Juifs tués, entre un million et demi et deux millions furent tirés de force de leur maison en Europe de l'Est et rassemblés au bord de fosses creusées à ciel ouvert, où ils furent exécutés par les *Einsatzgruppen* – les commandos de la mort allemands –, parfois avec le concours de collaborateurs locaux. On y fait communément référence sous le nom de « Shoah par balles. »

D'un shtetl à l'autre, le mode opératoire des meurtres variait légèrement. Parfois, les Juifs étaient d'abord rassemblés dans des ghettos et mis aux travaux forcés. Certains étaient enfermés dans des synagogues que l'on incendiait. D'autres étaient battus à mort, violés, forcés de descendre dans des fosses ou transportés sur le lieu de leur assassinat à bord de camions. Parfois, les fosses étaient déjà creusées ; parfois, on exigeait des Juifs qu'ils les creusent eux-mêmes à la pelle. Les récits peuvent différer dans les détails, mais tous se terminent sur la même note indicible.

Alors, oui, quelque chose se préparait, et ma mère de vingt et un ans ne s'est pas seulement fiée à son intuition le jour où les nazis ont envahi son shtetl. En plus des parachutes, des camions ont fait leur entrée au village, avec des soldats en uniforme. On se dit que d'autres, même s'ils n'avaient pas eu l'intuition de ma mère, auraient vu ces signes et se seraient enfuis, eux aussi. Il y avait eu des avertissements – l'invasion du territoire soviétique avait commencé deux semaines auparavant, le 22 juin, à 4 h du matin précises. Mais comme nous le savons grâce au récit de survivants, à notre connaissance de l'histoire, à notre compréhension du comportement humain, il n'est pas facile d'abandonner sa maison, de rassembler spontanément quelques affaires et de laisser derrière soi tout ce qu'on a jamais connu. Et encore plus difficile d'imaginer le sort qui était réservé à ceux qui ne le feraient pas.

Ma mère avait une autre raison de croire qu'il valait mieux s'enfuir. Adolescente, elle avait fait partie d'une antenne communiste locale et soupçonnait que cette affiliation la desservirait à l'arrivée des Allemands. Une fois, elle s'était même déjà fait arrêter, traîner hors de chez elle en pleine nuit, emmener au commissariat dans une charrette tirée par un cheval et jeter en prison. Sa mère, qui était veuve, avait dû envoyer son gendre et un avocat pour la faire sortir. Quand ma mère finit par rentrer, sa mère refusa de lui adresser la parole. Ce fut sa punition et ce qui contribua sans doute à la froideur de leurs adieux.

Ma mère disait à ses petits-enfants qu'elle n'était pas vraiment communiste, mais qu'elle croyait simplement à « l'égalité des droits ». Il n'empêche, nous savons qu'elle a assisté à des réunions. Qui sait – peut-être cherchait-elle à se protéger, vu que les Juifs devaient toujours, selon le contexte, trouver la parade, que le danger vienne des Russes, des Allemands ou des Ukrainiens. Et pour un temps, au moins, pendant l'occupation de Kolki par les Russes, de 1939 à 1941, elle fut récompensée par ces derniers, d'abord en travaillant dans un bureau puis en devenant responsable de l'un des plus grands magasins de la région.

Il est aussi possible que les penchants politiques de ma mère soient liés à la rancœur qu'elle nourrissait pour son grand-père paternel. La vie de shtetl est décrite comme idyllique par Marc Chagall et sous forme de fable par Isaac Bashevis Singer, mais, si j'ai appris une chose en rassemblant les fragments de mon histoire familiale, c'est qu'il s'agissait d'un lieu aussi chargé en drames – tensions familiales, divorces et grossesses non désirées – que n'importe quel soap opera moderne.

Nissan Tzvi Bronstein, le grand-père paternel de ma mère, était l'un des hommes les plus riches de la ville. En plus de posséder le moulin qui se dressait derrière ce qui était depuis plusieurs générations la demeure familiale, c'était un exportateur de champignons séchés et de soies pour brosses. Il était si riche qu'il possédait même un piano, ce qui était un grand luxe à l'époque. Il avait créé un négoce international et partait environ tous les six mois aux États-Unis pour son travail et pour rendre visite à ses deux enfants, Necha et Max, qui s'étaient installés à Saint-Louis.

Ma mère et ses sœurs, Pesha et Lifsha, avaient habité chez Nissan avec leurs parents, Srulach et Esther, pendant la construction de leur propre maison. Puis Srulach avait contracté la tuberculose. Il espérait partir dans un sanatorium en Italie pour suivre un traitement, mais on lui refusa le visa ; Esther et lui partirent donc vers l'Ouest, dans un sanatorium près de Varsovie, où il mourut.

Quand Esther revint, après avoir enterré son mari, elle se disputa avec son beau-père ; apparemment, c'était lié à l'héritage qui lui revenait, à elle et aux enfants, maintenant que son mari, le fils de Nissan, était mort. Leur conflit fut assez grave pour que ma grand-mère et ses deux filles emménagent dans leur nouvelle maison avant la fin de sa construction. Lifsha, la fille de Srulach née d'un premier lit (sa première femme aussi était morte de la tuberculose), fut envoyée dans une autre ville par mon grand-père pour y vivre avec l'une de ses tantes.

Cela suscita chez ma mère un tel ressentiment que, pour le restant de ses jours à Kolki, elle changeait de trottoir chaque fois qu'elle descendait la grand-rue pour éviter de passer devant la maison de Nissan. Avec elle, c'était tout ou rien, elle ne pardonnait pas facilement.

Même quand j'avais du mal à convaincre ma mère de me parler de la guerre, elle ne rechignait pas à évoquer Kolki, et, au fil des anecdotes, je fus capable de construire dans ma tête une version du shtetl. Je voyais les maisons, les animaux, les poêles à bois, ma grand-mère et mes tantes. Je savais où chacun habitait. Je voyais ma mère dans une robe élégante qui pouvait lui avoir été envoyée par l'un de ses cousins américains, longer la rivière pour une *shpatzir*, une promenade, avec ses amies. Ou descendre sur la berge sablonneuse, près des barques, pour faire la vaisselle avant la Pâque.

D'autres histoires commencèrent à émerger, oscillant souvent entre d'atroces récits de guerre et les détails de la vie quotidienne. Les horreurs étaient devenues familières avec le temps, mais les détails les plus ordinaires pouvaient prendre un tour presque magique, ce qui peut expliquer le penchant de certains artistes à transformer le shtetl en conte de fées.

C'était une merveilleuse petite ville aux habitants bienveillants. Des gens simples. Vaillants.

Nous avions une bibliothèque. Nous avions un médecin. Nous avions un dentiste.

Les maisons étaient en brique.

Et en bois.

Il y avait de belles maisons.

Nous avions deux frères pour voisins.

Ils étaient bouchers.

Nous avions des chevaux.

Et des charrettes.

Nous avions de beaux vêtements et de belles chaussures.

Pour le Shabbat, il y avait du poulet, du bœuf parfois, de la dinde peut-être deux fois par an pour les grands jours de fête. Le schmaltz *était important. Ici, on ne veut pas du gras, on le jette. Là-bas, quand on allait chez le boucher – je m'en souviens –, on le suppliait pour qu'il nous donne un peu de gras...*

Et Trochenbrod, où j'allais de temps en temps, en été, parce qu'il y avait de tout : du lait frais, de la crème aigre fraîche, et du yaourt. De la smetana. *Avec la* smetana, *on faisait du beurre... Très bon... Tout était frais, là-bas, les fruits...*

Nous avons insisté auprès de ma mère pour qu'elle nous donne plus de détails, la soumettant parfois à un interrogatoire en règle. Frank a décidé d'écrire sur sa grand-mère dans le cadre de son projet de fin d'études au lycée et, durant six semaines, en 1992, il a passé plusieurs jours par semaine avec elle, équipé d'un magnétophone, tout en faisant les courses, bons de réduction à la main, à la recherche des promos de la semaine. Elle fut aussi interrogée par des bénévoles du musée du mémorial américain de l'Holocauste, par des écrivains et des cinéastes, par d'autres membres de la famille et par un cousin anthropologue qui s'intéressait de près à Kolki. J'ai des heures d'enregistrements réalisés à diverses périodes de sa vie.

Il y avait des motifs récurrents : le manteau, la sœur qui lui court après, la paire de chaussures. La belle Lifsha, la demi-sœur de ma mère, âgée de vingt-cinq ans, et ses deux filles, ainsi que son mari, David Shuster, qui avait été mobilisé dans l'armée polonaise pour se battre contre les nazis.

Ma mère se rappelait être allée faire ses adieux à David avec Lifsha et le reste de la famille. « Nous pleurions tous tellement », disait ma mère, « parce que nous pensions que nous ne le reverrions jamais ».

David a survécu ; Lifsha et ses filles, non. Lifsha a été tuée dans des circonstances si terribles que ma mère a hésité à nous les raconter, jusqu'à ce qu'elle parle, de façon énigmatique, d'un million de viols. J'ignore encore exactement quand est morte Lifsha, mais, d'après ce que j'ai pu comprendre, elle fut l'une des premières à mourir au tout début de l'invasion, comme le grand-père maternel de ma mère, Yosef Weinberg. Il se trouvait dans l'une des quatre synagogues du village pour les prières du matin quand les nazis sont arrivés. Les portes furent verrouillées et la synagogue incendiée.

Pesha et sa mère, Esther, sa grand-mère paternelle, Chava, ainsi que les filles de Lifsha, âgées de deux et cinq ans, furent emmenées dans un ghetto juif où elles vécurent environ un an. Pesha parvint à en sortir pour tenter de troquer des cuillères d'argent contre de la nourriture pour la famille et se fit tirer dessus à vue. Peu après, Chava et Esther, qui portaient chacune un enfant de Lifsha dans les bras, furent abattues au bord d'une fosse.

Et puis, au milieu de l'horreur de ces histoires atroces, ma mère a raconté cette histoire poignante :

Avant la guerre, il y avait eu un homme. Un dentiste. Il l'avait invitée à faire une promenade dans sa barque mais elle n'y était pas allée, même s'il lui plaisait. Il venait lui rendre visite, mais sans qu'il ne se passe rien – elle semblait à la fois intriguée et un peu effrayée par l'intérêt qu'il lui portait. Il devait avoir une dizaine d'années de plus qu'elle – ou peut-être cinq, ou vingt. La différence d'âge variait chaque fois qu'elle racontait l'histoire, ce qu'elle fit souvent, après l'avoir longtemps gardée pour elle. Je posais à ma mère une question à propos de la rivière et elle en revenait au dentiste, l'homme qui l'avait invitée à faire une promenade en barque.

C'est là – avec cet homme et sa barque – qu'il est possible de voir la genèse de toute grande histoire d'amour en temps de guerre. Apparemment, il y avait un autre prétendant, plus sérieux, qui, un jour, après la guerre, après s'être engagé dans l'armée pour se venger des nazis et avoir été grièvement blessé, avait réussi à retrouver l'adresse d'Ethel, à lui écrire ou à faire écrire par quelqu'un d'autre le message suivant sur une carte postale : « Ne m'attends pas. Marie-toi. » Et c'est ce qu'elle fit. Elle se maria et enterra son mari, puis se remaria et, bizarrement, alors que ma mère était aux États-Unis depuis peut-être quinze ou vingt ans, la sœur de cet homme l'a retrouvée et lui a dit ce qui lui était arrivé. « Pendant deux ou trois jours, je n'ai rien pu avaler », m'a dit ma mère.

Que lui était-il donc arrivé ? Je n'en sais rien. C'est l'une des nombreuses questions – le fragment d'une autre histoire – à laquelle je n'aurai jamais de réponse.

Même avec ces bribes de détails, j'imagine la scène, ma mère submergée d'émotion, désormais remariée, vivant dans une banlieue résidentielle américaine, gérante d'un magasin d'alimentation. Elle a des enfants, des gendres et des belles-filles ; elle mène une vie compliquée et pénible à bien des égards. Et voilà que surgit du passé cette nouvelle inattendue, cette information à propos d'un amoureux perdu de longue date. Je vois le combiné du téléphone contre son oreille, ses doigts triturant nerveusement le long fil torsadé.

Elle communique avec la sœur de cet homme un moment, clandestinement. Et puis, pour une raison inconnue, décide d'arrêter.

« Ça s'est passé comme ça », dit-elle simplement, des années plus tard. « Une guerre terrible, tu sais. »

J'apprendrai plus tard qu'il n'était que l'un des nombreux courtisans de ma mère après la guerre. David Shuster, qui avait été marié à Lifsha, avait demandé ma mère en mariage après la guerre. C'était une vieille tradition du shtetl – un veuf épouse la sœur cadette célibataire. Mais ma mère avait décliné sa proposition ; elle m'a dit qu'elle ne pouvait pas épouser le mari de sa sœur. David avait semblé comprendre et avait respecté sa décision – il lui avait même donné de quoi s'acheter un manteau neuf.

Ils se sont revus des années plus tard en Israël. David s'était remarié ; il avait désormais une autre fille et un beau-fils. Il a dit à ma mère qu'il gardait toujours une photo cachée de Lifsha sur lui.

Kolki. C'était une ville merveilleuse, où les gens étaient bienveillants, simples, vaillants, disait ma mère.

Dans l'entre-deux-guerres, il y avait peu de voitures. Quand on en voyait une, tout le monde courait derrière tant c'était un motif d'émerveillement.

Il n'y avait ni eau courante ni électricité sauf dans deux ou trois maisons, dont celle de mon grand-père – où se trouvait le piano.

On se chauffait avec les poêles.

On tirait l'eau de la rivière voisine, le Styr, ou des puits. Quand on avait les moyens, on se faisait livrer l'eau par un homme qui la portait dans des seaux, à l'épaule.

On lavait le linge en faisant bouillir l'eau sur le poêle.

Le mercredi, c'était jour de marché, où l'on faisait la plupart de ses courses. Ma mère le décrivait comme une espèce de bazar ou de marché aux puces, où il était possible de tout acheter, des chevaux aux vaches en passant par les myrtilles et le beurre. Il y avait de petites boutiques, généralement au rez-de-chaussée des maisons – tailleurs, cordonniers, boulangers, charpentiers –, un médecin et, bien sûr, le dentiste.

Il y avait un certain nombre de synagogues à Kolki – ma mère se souvient d'au moins quatre petites, dont certaines étaient fréquentées par certaines professions. Par exemple, il y avait la *shul schneider* (la synagogue des tailleurs) et une autre destinée aux marchands plus prospères, comme le riche grand-père de ma mère, et d'autres étaient dirigées différemment, selon l'orientation du rabbin. Ma mère, quand on lui posait la question, ne se souvenait pas d'être allée une seule fois à la synagogue, même si elle se rappelait avoir joué devant pendant les Jours redoutables.

Mes parents étaient nés dans la même région – dans ce qui est aujourd'hui l'Ukraine occidentale et qui était alors la Pologne orientale –, mais pas dans la même ville. Trochenbrod et Kolki n'étaient qu'à une vingtaine de kilomètres de distance, mais de nombreux membres de nos familles respectives vivaient dans ces deux villes et les visites étaient fréquentes.

Il existe vraiment une géographie juive. Quand on est membre de la tribu, on apprend à ne pas s'étonner que notre voisin ait un lien de famille avec notre meilleur ami d'enfance ou que sa fille vienne d'épouser notre cousin. Ou que le petit garçon qui est au CM1 avec notre fils soit un cousin éloigné.

« Cette ville est un shtetl », pourrait-on dire. Mais c'est plus qu'une ville. C'est le monde.

Ma mère aimait raconter l'histoire du visiteur américain qui traverse la rue à Kolki quand une femme sort la tête par sa fenêtre et lui crie : « Vous connaissez mon benjamin ? Il habite à New York. » Comme si l'Amérique était un lieu si petit que tout le monde s'y connaissait, comme à Kolki. Il n'y a pas de chute à cette histoire, mais il n'est pas impossible que l'Américain ait répondu oui.

Comme pour moi, la date de naissance de ma mère était falsifiée. Elle savait qu'elle était née en 1920 à Kolki le jour de Lag Ba'omer, une fête juive considérée comme un « jour heureux » en pleine période de tristesse entre Pâque et Chavouot, une journée de fête et de feux de joie. Au shtetl, on se souvenait facilement des dates quand elles coïncidaient avec un jour de fête. En 1920, Lag Ba'omer tombait le 6 mai. Tous les documents officiels de ma mère au camp de réfugiés ainsi que son certificat de naturalisation américaine indiquent pourtant la date du 15 juin 1920. Quand j'ai insisté pour qu'elle m'explique pourquoi nos dates de naissance officielles n'étaient pas les bonnes, elle m'a répondu que c'était à cause de mon père – c'était lui qui avait changé toutes les dates. A posteriori, comme il a visiblement changé ma date de naissance intentionnellement, j'imagine qu'il a décidé de faire la même chose avec les autres.

Les récits transmis d'une génération à l'autre modifient notre comportement, mais personne ne sait si cela nous pousse à mieux connaître le passé ou à le taire. Cette question est centrale dans le mouvement de pensée qu'on appelle *postmémoire*, un terme introduit pour la première fois par l'auteure et professeure de Columbia Marianne Hirsch. Elle défend l'idée que les souvenirs traumatiques sont transmis d'une génération à l'autre, même si cette dernière n'a pas fait directement l'expérience des événements. Elle suggère que les récits avec lesquels nous grandissons nous sont transmis avec une telle charge affective qu'ils semblent constituer des souvenirs à part entière. Que ces souvenirs hérités – ces fragments d'événements traumatiques – sont un défi à toute reconstruction narrative.

Comme tant d'autres choses dans notre histoire familiale, les fausses dates de naissance ne sont pour moi qu'un détail de plus, le fragment supplémentaire d'un événement traumatique, d'un défi à la reconstruction narrative.

Et pourtant, l'accumulation de fragments est tout ce qui me reste, dans les bocaux alignés sur le manteau de ma cheminée et dans l'histoire de ma famille, et ils s'ajoutent à un tableau qui forme un tout. Comme dans la récitation des noms pour le Yizkor, cette prière aux disparus, je suis contrainte de réciter les fragments de mon histoire familiale, de dresser la simple liste des noms, parce que c'est parfois tout ce qui nous reste. Il n'y a pas de sépultures pour marquer leurs noms sur une tombe, alors, au moins, dans ces pages, leurs noms existent.

Il y a mon arrière-grand-mère maternelle, Rose, ou Reizel, comme on l'appelait à Kolki, qui emmenait parfois ma mère à Trochenbrod pour rendre visite à sa belle-sœur Sara Weinberg Bisker, l'épouse du cousin de mon père.

Et la demi-sœur plus âgée de ma mère, Lifsha, qui était mariée à David Shuster. Ils avaient fait connaissance quand il était venu de Trochenbrod à Kolki pour ses affaires. Apparemment, ce fut le coup de foudre. J'ai un certain nombre de photos de Lifsha, avec des groupes d'amis, jouant de la balalaïka, des photos avec son mari et l'une de leurs filles, et un magnifique cliché d'elle sur lequel elle se promène, élégamment vêtue, dans la rue principale de Kolki avec deux de ses tantes, son mari David, sa grand-mère et quelques cousins. « Promenade du Shabbat à Kolki, 1937 », est-il écrit au dos d'une photo des femmes de la famille, toutes de noir vêtues, élégantes et libres. Sans la description, j'aurais pu croire que c'était à Paris.

Les parents de ma mère s'appelaient Esther Weinberg et Srulach Bronstein, ou Braunshtein, selon la personne qui écrivait son nom. Ils étaient tous deux veufs, leurs premiers mari et femme étant morts de tuberculose.

Ma grand-mère Esther, veuve, avait eu un fils issu d'un premier lit, qui était mort et dont j'ignore jusqu'au nom. Mon grand-père Srulach avait une fille, Lifsha, qui était devenue membre de leur nouvelle famille.

Ethel, ma mère, fut le premier enfant né du second mariage de mes grands-parents. Sa naissance marqua un nouveau départ dans l'histoire de cette famille brisée.

Quatre ans après la naissance de ma mère, Esther et Srulach eurent une autre fille, Pesha – la fille aux chaussures. Pesha était une enfant taciturne, c'est tout ce que ma mère m'en a dit, car elle ne parlait presque jamais de sa sœur cadette autrement que pour en revenir à ses chaussures.

Ma grand-mère Esther était issue d'une famille religieuse qui habitait un *dorf*, ou village, qui s'appelait Kolikovitch (Kulikowicze), près de Kolki, au bord du Styr. Seules y vivaient une poignée de familles, et celle de ma grand-mère y fut peut-être la seule famille juive.

Mon arrière-grand-père Yosef Weinberg était un homme de grande taille, un croyant connu pour son tempérament explosif.

Mon arrière-grand-mère Rose, ou Reizel, était une femme douce de très petite taille, révérée par ses enfants et petits-enfants. Comme presque tous les Juifs de Kolki, mes arrière-grands-parents, mais aussi mes grands-parents, avaient un lien de parenté, soit par cousinage, soit par alliance.

Itzak Sahm, cousin germain de mon arrière-grand-père Yosef Weinberg, était marié à Feiga, sœur jumelle de mon arrière-grand-mère Rose.

La fille aînée de Yosef et Rose, Chia, qui était la sœur de ma grand-mère Esther, avait épousé l'un des cousins de mon grand-père Srulach. Deux sœurs avaient épousé deux cousins. Et ainsi de suite.

Je regrette de ne pouvoir rattacher plus d'histoires à ces noms. Un nom n'est pas une vie, mais c'est parfois ce qu'on peut trouver de mieux et, même énoncée sous cette forme assez monotone, cette récitation est ma façon de mêler leur souvenir à notre histoire.

Récemment, une nuit que je ne trouvais pas le sommeil, je suis descendue devant mon ordinateur et j'ai tapé sur Google le nom du sanatorium en Pologne où mon grand-père maternel était allé se faire soigner et où il était mort. Me souvenant du nom que ma mère m'avait donné, j'ai tapé diverses orthographes et j'ai fini par trouver le sanatorium d'Otwock, à vingt-cinq kilomètres de Varsovie. La ville bénéficiait apparemment d'un microclimat qui en faisait le lieu parfait pour traiter les maladies du poumon. Isaac Bashevis Singer a parlé d'Otwock et de son « air cristallin ». Après avoir cliqué sur divers liens, j'ai trouvé le cimetière juif d'Otwock, qui avait répertorié la liste de ses tombes. Sur l'une d'elles figurait l'inscription « Israël Shlomo Bronstein, fils de Natan Tzvi », que l'on connaissait sous le nom de « Nissan ». Le surnom de mon grand-père était « Srulach », mais son nom de baptême était Israel. Il est mort le 14 mars 1927 et, à mon grand étonnement, j'avais trouvé une photo de sa tombe sur le site. Ça collait ! J'avais désormais la date exacte de sa mort et je connaissais même son deuxième prénom, Shlomo. Je suis montée en courant l'annoncer à Bert, qui n'a pas partagé plus que ça mon enthousiasme à cette heure de la nuit. Mon mari s'intéresse à mes découvertes mais, pour lui, ça peut attendre le lever du soleil.

Il se trouve que c'est la seule tombe de mes ancêtres directs qui existe encore en Europe. Des générations entières de ma famille ont vécu sur ce continent, mais soit leurs tombes ont été détruites ou labourées, soit leurs corps reposent dans des charniers, sans aucune trace d'eux ailleurs que dans la base de données de Yad Vashem, si quelqu'un a eu l'idée d'y entrer leur nom.

Ma mère fut hantée toute sa vie par le fait de n'avoir pas fait ses adieux à sa mère, qui ne broncha pas quand elle vit sa fille rassembler ses affaires. Elle est partie sans savoir où aller. Avec seulement un manteau, une paire de ciseaux, une tenue de rechange, et les chaussures de Pesha.

Sur la place de la ville, elle a retrouvé quatre de ses amies : Sura Kleiman, Bryna Weiman, Kittle Dricker, et Sura Mechlin. Ensemble, elles ont suivi l'armée russe qui battait en retraite et sont restées à distance de l'avancée des Allemands. Mais les cinq femmes ont vite été séparées dans le chaos de l'exil. Trois sont restées ensemble et ma mère s'est retrouvée avec Sura Mechlin, celle qu'elle connaissait le moins. Pendant le reste de la guerre, elles ont été comme des sœurs. Les cinq ont survécu et refait leur vie en Israël, au Canada et, dans le cas de ma mère, aux États-Unis.

Ma mère et Sura ont voyagé quelques jours dans une charrette attelée à un cheval sur la route de l'Est en compagnie d'un Russe avec lequel ma mère avait travaillé dans un magasin de Kolki. Mais, au cours de leur retraite, les troupes soviétiques ont vu le cheval, la charrette, un homme jeune en bonne santé et elles les ont immédiatement réquisitionnés. Avant de partir, le Russe a tendu à ma mère une petite valise en lui disant de ne pas l'ouvrir avant qu'elles soient seules. Et c'est là, en effet, que ma mère a eu de la chance : la valise était pleine de billets que l'homme avait pris au magasin. Il y en avait assez pour que ma mère et Sura commencent leur périple, même s'il tournait court.

Les deux « nouvelles sœurs » continuèrent leur avancée en direction de l'Est, suivant l'armée qui battait en retraite, dormant dans des granges et des champs. Elles se débrouillèrent pour cacher les pommes de terre qu'elles volaient dans la doublure de leur pantalon. Les gens qu'elles croisaient en route leur donnaient parfois de quoi manger. Les fermiers, un peu de lait et peut-être du miel. Mais, parfois, la faim les tenaillait.

Chaque jour fut une quête pour leur survie, à mesure qu'elles s'enfonçaient dans le territoire russe. Elles passèrent les trois années suivantes à vagabonder dans le pays, à pied, en charrette, parfois accrochées à un wagon. Ce rythme épuisant eut un prix. À force de marcher, ma mère eut les jambes enflées. À un moment donné, elle souffrit de malnutrition et Sura s'occupa d'elle, l'aidant parfois à s'habiller. Elles se reposèrent l'une sur l'autre durant leur voyage, jusqu'en Asie, survivant au jour le jour.

Pendant la guerre, environ un million de Juifs de l'ex-Union soviétique, Pologne comprise, réussirent à s'enfuir en Russie, un nombre important d'entre eux atteignant l'Asie centrale, comme ma mère et Sura. On estime qu'ils furent 300 000 à mourir de maladie et de famine, et que beaucoup d'autres périrent au sein de l'armée soviétique.

« J'ai eu de la chance », disait ma mère. « Les autres étaient très, très mal en point, ceux que j'ai laissés derrière. »

Ma mère était le chef, m'a dit Sura des années plus tard, quand j'ai fait sa connaissance en Israël, en 1999. Sura m'a offert une coupe à Kiddouch, pour célébrer la vie, et en souvenir d'elle.

« S'il restait dix grains de riz pour faire une soupe, Ethel insistait pour que nous en gardions deux pour le lendemain », m'a dit Sura. Elles marchaient plusieurs kilomètres d'affilée, le plus souvent de nuit, troquant parfois un peu de riz auprès des familles locales contre du savon pour se laver. Ma mère répétait à Sura qu'il fallait qu'elles gardent quelque chose pour s'acheter une robe neuve quand elles rentreraient au pays et reverraient leur famille.

Elles travaillèrent à la ferme et même à l'usine, fabriquant des armes pour l'armée soviétique. Elles se retrouvèrent au Kazakhstan, et travaillèrent un temps dans une ville d'Ouzbékistan, près de Tachkent. Il y a plus de 4 000 kilomètres à vol d'oiseau entre Kolki et Tachkent, à peu près autant qu'entre New York et Los Angeles. Ethel et Sura ne suivirent guère un itinéraire aussi direct, ayant fait la majeure partie du voyage à pied. Mais elles étaient déterminées à réussir, même si elles virent de nombreuses personnes abandonner en route.

En 1944, alors que la guerre n'était pas encore terminée, ma mère et Sura apprirent que Kolki et les shtetls voisins avaient été libérés et elles se demandèrent immédiatement par quel moyen rentrer. Elles finirent par obtenir une autorisation de sortie du territoire ouzbek, pour rejoindre le front occidental et travailler comme secouristes. Après avoir survécu si longtemps, elles n'avaient aucun intérêt à rejoindre la ligne de front. En route, elles croisèrent un groupe de jeunes Juives qui étaient devenues expertes dans la fabrication de faux papiers, ce qui permit à ma mère et Sura d'éviter les théâtres d'opération et de rallier Kolki.

Elles écrivirent une lettre à Staline – du moins, la lettre lui fut adressée – et, assez bizarrement, reçurent une réponse des autorités russes qui leur annonçait que tous les Juifs de Kolki avaient été tués. Ma mère et Sura refusèrent d'y croire. Même si la guerre n'était pas encore terminée, elles rentrèrent chez elles.

Quand elles arrivèrent enfin à Kolki, elles croisèrent le beau-frère de Sura, qui avait survécu en se cachant dans la forêt. Il leur raconta tout ce qui était arrivé à leurs familles, une personne après l'autre. Après avoir dit à la poignée d'autres survivants revenus à Kolki ce qui était arrivé à leurs proches, il partit pour la Palestine où, d'après ma mère, qui le rencontra des années plus tard, il n'a littéralement plus jamais prononcé le moindre mot.

J'aimerais en savoir plus à son sujet. J'aimerais avoir plus de détails – ma mère m'a dit regretter de ne pas avoir eu du papier et un stylo pour consigner leur périple par écrit, mais qu'elle était trop occupée à survivre. Je peux en tout cas vous dire ce que je sais.

À leur retour, ma mère identifia leur maison – ou plutôt ce qui en restait, puisqu'elle avait brûlé ; la roue de la fabrique à huile végétale, dans l'arrière-cour, était toujours là, sortant du sol.

Tandis que ma mère pleurait, une femme traversa la rue vêtue de la robe de sa sœur Lifsha. Impossible de se tromper, parce qu'elle avait été envoyée par un parent américain.

Ma mère et Sura voulurent réciter le kaddish pour leur famille, mais le charnier était dans la forêt en dehors du village et on leur déconseilla d'aller dans les bois.

Un voisin que connaissait ma mère, voyant qu'elle et Sura avaient faim, leur offrit un repas qui contenait un morceau de viande. Sura le mangea, mais ma mère n'y toucha pas. Elle raconta cette histoire à Jonathan, qui écrivait alors son livre sur le végétarisme, *Faut-il manger les animaux ?*[2]

« Il vous a sauvé la vie, lui a dit Jonathan.

— Je ne l'ai pas mangé.

— Tu ne l'as pas mangé ?

— C'était du porc. Je ne mangeais pas de porc.

— Pourquoi ?

---

2. Paris, Éditions de l'Olivier, 2011.

— Comment ça, pourquoi ?

— Quoi, parce que ce n'était pas casher ?

— Bien sûr.

— Même si ça pouvait te sauver la vie ?

— Quand plus rien n'a d'importance, alors il n'y a plus rien à sauver. »

3

L'histoire de mon père s'est avérée plus difficile à mettre au jour. J'avais huit ans quand il est mort, un événement dont il m'est encore difficile de parler. Même si j'en ai reconstitué un récit crédible, cela reste une énigme ; plus j'en apprends, moins j'en sais, à la fois sur lui et sur ce qu'il a vécu pendant la guerre.

Il n'existe aucune photo de mon père enfant, aucune de sa famille avant-guerre ni de ses parents, qui sont mes grands-parents. Aucune photo de sa sœur et son mari, qui sont mes tante et oncle.

Des bribes d'information m'ont été transmises au fil des ans par des cousins israéliens et d'autres survivants de Trochenbrod, au Brésil et en Israël, des conversations en Ukraine et des documents qui n'ont été révélés que récemment par le musée de l'Holocauste. J'ai eu recours à tous les outils généalogiques disponibles, j'ai retrouvé des parents perdus de vue depuis longtemps et d'autres dont j'ignorais l'existence, mais aucun n'était directement lié à la famille de mon grand-père paternel. J'ai rassemblé des archives impressionnantes, mais la réalité est qu'il est plus facile de trouver des informations – ou du moins des références – sur le shtetl fictionnel qui est sorti de l'imagination de Jonathan que sur le lieu où a réellement vécu mon père.

J'ai fini par accepter l'idée de ne jamais connaître complètement l'histoire de mon père : comment il survécut à la guerre, les détails de ce qu'il endura, de ce qui le hantait et continua de jeter une ombre sur la nouvelle vie qu'il s'était créée en Amérique. Tout ce que je sais, c'est que la résolution du mystère de la photo en noir et blanc de mon père et de la famille qui l'a caché pendant la guerre, ou de la localisation de Trochenbrod – du moins le glanage de bribes d'événements et la reconstitution de l'histoire de la sœur que je n'ai jamais connue – ont été, pour moi, un moyen de trouver mon père.

J'écris aujourd'hui dans mon bureau glacial du sous-sol, emmitouflée dans mon pull à capuche de Trochenbrod. Il a été offert à Jonathan pendant le tournage du film tiré de son roman, qui, si l'on devait écrire une fin de conte de fées à cette histoire tragique, résumerait assez bien le tour étrange et inattendu qu'a pris ce voyage à la recherche du passé de mon père.

« Le souvenir engendre le souvenir qui engendre le souvenir », écrit Jonathan à propos de son « Trachimbrod » de fiction, et c'est dans ces souvenirs-là que réside ma connaissance du vrai Trochenbrod. Au fil des ans, cette recherche m'a amenée à absorber avec voracité chaque détail et chaque anecdote que je pouvais trouver pour rassembler des informations sur les vestiges de Trochenbrod, comme les débris de souvenirs de mes bocaux de verre :

Nous savons qu'après la pluie, l'air y sentait les fleurs des champs.

Qu'il y avait de la boue.

Et des oies.

Et des serpents.

Ces serpents, d'après un survivant, proliféraient tellement qu'ils entraient dans les maisons et que les enfants jouaient avec eux et les nourrissaient pendant le repas, tels des animaux domestiques. Un jour, un rabbin est venu à Trochenbrod et, comme les gens se plaignaient, il a dit :

« Je vais les chasser ! » Le rabbin est allé dans les champs, a coupé de l'herbe et l'a jetée dans le champ voisin en psalmodiant quelques mots – une prière, un sort, une liste de courses, ou une malédiction. Toujours est-il que cela marcha et ce fut la fin de l'infestation de serpents à Trochenbrod. C'est ce qu'on raconte, en tout cas.

Nous savons, grâce aux entretiens et aux mémoires des survivants, qu'il y avait de bonnes maisons dont le sol était en terre, bien solides, bâties sur des fondations profondes, rectangulaires.

Une ville prospère, dont la population était juive à 99 %.

Une place commerciale florissante, le lieu idéal pour faire son marché.

Certains pensent que c'est après une visite à Trochenbrod que Cholem Aleikhem eut l'idée de créer son personnage de Tévié le laitier.

L'odeur du pain à peine sorti du four se répandait à l'approche du Shabbat et, en été, quand les fenêtres étaient ouvertes, on entendait tout le monde en ville chanter les mêmes chansons pour le Shabbat, comme si le village était peuplé d'une seule grande famille qui se réunissait autour de la même table.

Le shtetl a disparu, et pourtant, il est toujours présent dans notre vie. J'ai passé ce qui me semble une éternité à réunir des témoignages provenant de livres et de documentaires, des quelques photos de famille qui restent, de récits de survivants, d'histoires orales, de retrouvailles de survivants, et de la visite que je ferais à Trochenbrod en 2009, avec mon fils Frank. Mon bureau déborde de documents et de photos, de grands classeurs à triples anneaux étiquetés « Trochenbrod », de boîtes et de chemises pleines de paperasse et d'histoires de familles. De reproductions de cartes – dont certaines sont si vieilles qu'on les dirait peuplées de dragons et de créatures mythologiques. De lettres

– fourrées dans des chemises, l'une d'elles, de cinq pages de long, rédigée en yiddish et d'une belle écriture par Itzhak Kimelblat au Brésil, qui désirait me raconter son histoire pour entretenir le lien avec ce lieu disparu.

Si la majeure partie de ce que je sais de mon histoire familiale, soigneusement et difficilement recueillie, constitue le projet de recherche de toute une vie, pour lequel je me suis lancée dans une chasse au trésor dans des bibliothèques, sur Internet et partout dans le monde, les grandes lignes de l'histoire de Trochenbrod ne réclament aucune enquête – sa trajectoire, de sa création à sa destruction violente, est facilement accessible dans les livres d'histoire.

Trochenbrod faisait partie de la Deuxième République polonaise avant d'être rattachée à l'Union soviétique et d'être occupée par l'Allemagne nazie dans le cadre du pacte Molotov-Ribbentrop – ou pacte de non-agression germano-soviétique, ou traité de non-agression entre l'Allemagne nazie et l'Union soviétique, selon l'entrée Wikipédia que l'on préfère, ou de quel côté des chars d'assaut on se trouvait.

Sans aller trop loin dans les replis de l'histoire, il est intéressant de se demander comment les Juifs se sont retrouvés à cultiver cette parcelle marécageuse, loin de tout, au sol si pauvre et infesté de serpents. Avrom Bendavid-Val, qui est poussé par une envie similaire à la mienne d'explorer Trochenbrod, note dans son ouvrage *The Heavens Are Empty* que traditionnellement, les Juifs n'étaient pas connus pour être des fermiers, sans doute à cause du conflit entre les pratiques religieuses et les exigences de la vie agraire – ou peut-être simplement à cause du fait qu'on leur interdisait d'être propriétaires terriens.

La réponse la plus courte est que cette région d'Ukraine est devenue, à la fin du XVIIIe siècle, ce que l'on connaît sous le nom de « Zone de résidence de l'Empire russe », qui s'étendait de la Baltique à la mer Noire et comptait entre cinq et six millions de Juifs.

Ce fut à bien des égards une situation idyllique et, à plus d'égards encore, tout sauf cela. Les Juifs étaient redevables d'un lourd impôt, tenus à la conscription au sein de l'armée russe, et se voyaient refuser de nombreux droits civiques. Mais ils pouvaient éviter certaines des mesures les plus draconiennes s'ils acceptaient de cultiver la terre arable, ce qui a entraîné la création du shtetl juif de Trochenbrod.

Cela, je l'ai appris dans les livres d'histoire. Les informations que j'ai réussi à recueillir à travers mon histoire familiale sont plus prosaïques :

Je sais que la mère de mon père, Brucha, et sa famille habitaient Trochenbrod, à une maison de distance de celle où son frère Yurchem et sa belle-sœur Sosel vivaient.

Que, à quelques maisons de là, du même côté de la rue, habitaient les cousins Avrom et Sara Bisker.

Que leur voisin était Peretz Bisker, père d'Ida Bisker Kogod, grand-père de Bob Kogod, dont nous avons fait la connaissance aux États-Unis. De l'autre côté de la rue, il y avait les Kimelblat, dont le fils Shai avait épousé la demi-sœur de mon père, Choma.

Je sais qu'à Trochenbrod tout le monde avait un surnom, ce qui, comme je l'ai appris par la suite, était important pour identifier les gens. J'ai aussi appris que les surnoms s'inspiraient soit d'un défaut, soit d'une profession. Par conséquent, il y avait Chaim Nutta, le cordonnier. Et Shaul Avramchick, qui était connu sous le nom de « Gros Mangeur » ; Itzy, dit « le Nombril », était un rabbin désigné par le gouvernement. Il y avait Leib « le Grand » et Leib « le Petit ». Il y avait Itzy, dit « Gros nez » et Helchick le boucher et Ephraïm « le Pleureur de la synagogue » et Pinchas le charpentier et Yankel le maréchal-ferrant et Chava la sage-femme et Ydel « l'Imbécile », et je pourrais continuer ainsi, et je le devrais peut-être, parce que l'une des raisons d'être de ce texte est de perpétuer leur histoire.

Malgré mes efforts, je ne sais toujours presque rien du côté Safran de la famille, celui de mon grand-père paternel. J'ignore si mon grand-père avait des frères et sœurs et d'où il venait. J'ai engagé un enquêteur en Ukraine en 2005 pour tenter de trouver des documents qui auraient pu m'éclairer sur la famille de mon grand-père. Il n'a rien trouvé et pense que Yosef Safran était originaire d'un autre lieu, probablement d'une plus grande ville. La seule trace que j'ai trouvée est un répertoire professionnel polonais de 1929 disponible sur Internet qui mentionne un marchand du nom de « Szafran » à Trochenbrod.

En vérité, j'ai appris des années plus tard que la famille de ma grand-mère, les Bisker, n'était pas vraiment originaire de Trochenbrod, mais du village limitrophe, Lozicht. Ils étaient tous deux reliés et traversés par une même route et ne faisaient qu'un dans l'esprit des gens.

Si mon père avait des cousins éloignés aux États-Unis, aucun d'eux ne le connaissait avant qu'il émigre. Ses parents les plus proches étaient trois cousins germains installés en Israël. Ce sont eux qui m'ont appris que ma grand-mère Brucha s'était remariée et que mon père avait une demi-sœur, Choma, ou Nechoma. Le cousin de mon père, Shmuel Bisker, m'a dit que mon père était non seulement son cousin, mais aussi son meilleur ami.

Je sais que, d'après Shmuel, mon père était le meilleur élève à des kilomètres à la ronde et qu'il avait toujours eu « le sens des affaires ».

Je sais, par ma mère, que mon père passait son temps à courir, montant une affaire, allant d'un magasin à l'autre. Au bout du compte, il n'a peut-être plus trouvé la force de courir.

Je sais, pour y avoir réfléchi, que survivre à la guerre ne signifiait pas forcément en réchapper.

Il n'existe qu'une seule photo de mon père avant la rencontre de mes parents : c'est une photo noir et blanc sur laquelle il est en compagnie d'un autre homme et de deux femmes. Ma mère m'a dit avoir rencontré l'autre homme à deux reprises, quand elle était allée rendre visite à mon père à Loutsk. Elle se souvient que mon père entourait cet homme d'attentions, et croit se rappeler qu'il était toujours souriant – dans son esprit, parce qu'il était fier d'avoir contribué à sauver mon père. Il disait qu'il était venu à Loutsk parce qu'il voulait que mon père rentre au village pour épouser sa fille.

Quand j'ai demandé à ma mère pourquoi elle n'en savait pas plus et ne lui avait jamais posé de questions, elle m'a dit qu'après la guerre personne ne voulait parler du passé. Ce fut sans doute particulièrement le cas de survivants comme mon père qui s'étaient remariés et avaient fondé une nouvelle famille. Ils voulaient tourner la page et refaire leur vie. Puis, une fois aux États-Unis, personne n'avait voulu savoir. Soit leurs parents américains avaient peur de demander, soit ils avaient peur d'apprendre ce qui s'était passé en Europe. Peut-être ne savaient-ils pas comment le demander. Ou peut-être se sentaient-ils coupables de ne pas avoir fait plus pour aider leur famille.

Et pourtant, après tout ce temps passé, il existe un besoin de se souvenir, de glaner tous les fragments que je peux trouver pour reconstituer un shtetl disparu où les habitations, les écuries et les étables ne faisaient parfois qu'un, où l'on conservait les poules derrière le poêle, les patates sous le lit, et où, en hiver, quand il gelait, on gardait les veaux dans la maison. Où il y avait non seulement des serpents, mais une flamme. Et, chaque soir, on voyait briller cette flamme à la lisière de la forêt. Parfois la flamme était grande, parfois petite. Parfois elle rasait le sol, d'autres fois elle bondissait très haut. Comme pour les serpents, les habitants de Trochenbrod y étaient habitués. Si quelqu'un s'en approchait pour la regarder, elle disparaissait. Que cette flamme ait réellement existé ou non, que les serpents fussent des animaux domestiques ou non, ou que Trochenbrod fut vraiment une source d'inspiration pour Cholem Aleikhem, ce shtetl disparu était si pittoresque, paré d'une telle aura de magie par ses anciens habitants, qu'il n'est guère étonnant que mon fils Jonathan en ait fait une œuvre de fiction.

Nous savons que les habitants avaient une solide éthique de travail et que la terre était fertile à Trochenbrod.

Il y avait des laiteries, des tanneries, une verrerie, des petits commerces, des écoles, des synagogues.

Les enfants qui grandissaient à Trochenbrod étaient forts et en bonne santé – « un jeune gars de Trochenbrod », disait-on, « pouvait assommer dix paysans » !

Il n'y avait qu'une seule famille de chrétiens – la loi polonaise interdisait au facteur d'être juif.

Les familles juives des villages voisins envoyaient leurs filles à Trochenbrod pour qu'elles engraissent avant leur mariage.

La ville entière participait aux fêtes de mariage.

Des femmes goys venaient des villages alentour pour traire les vaches au moment du Shabbat.

La ville avait une rue principale, non pavée, qui traversait Trochenbrod jusqu'à Lozicht. Elle était longée de bornes destinées à empêcher les chevaux de glisser dans la rigole d'écoulement de l'artère.

Des menoras pour Hanoukka étaient sculptées dans des moitiés de pommes de terre (celles, peut-être, que l'on gardait sous son lit) dans lesquelles on creusait un petit trou, où l'on versait du pétrole et où l'on allumait une petite mèche de coton.

Derrière chaque maison, il y avait des terres arables, et derrière ces terres, la forêt.

Il n'y avait pas l'électricité.
Des ours bruns y furent observés à deux reprises.

Quand les Allemands sont arrivés en 1941, les habitants de Trochenbrod n'ont pas tout de suite été pris de panique. Ils avaient déjà vécu sous l'autorité allemande, et beaucoup se souvenaient que, pendant la Grande Guerre, les Allemands leur avaient presque servi de protecteurs contre les Russes.

Nous savons que, même si les habitants avaient senti qu'il se préparait quelque chose, comme ma mère l'a senti, une sorte de paralysie s'était emparée d'eux. Il est facile, avec le recul, de se dire qu'ils auraient dû s'enfuir, mais quand je m'imagine dans la même situation, je sais que j'aurais eu du mal à abandonner tout ce que je connaissais. Quitter sa vie, ses amis, sa maison, ses quelques possessions. Et puis, il se pouvait que certaines des histoires circulant à l'époque, à propos de ce qui était arrivé à d'autres, ne soient pas vraies. Et que, si elles l'étaient, il soit impossible qu'elles se reproduisent.

Voilà pourquoi les habitants de Trochenbrod furent plus tard qualifiés de *luftmenschen*, ce qui signifie « aviateurs » ou « ceux qui ne sont pas réalistes, » parce qu'ils n'avaient pas cru à la vérité.

Certains Juifs furent choisis par les Allemands pour veiller à l'application des décrets nazis par les Juifs au sein de conseils que l'on appela *Judenräte*.

On encouragea les Ukrainiens des villages alentour à tout saccager.

Le 9 août 1942, vingt soldats d'une unité d'extermination arrivèrent : l'*Einsatzgruppe C*.

Avec onze camions militaires.

Les Juifs reçurent l'ordre de se rassembler au centre du village. Cela incluait les habitants de Trochenbrod et les Juifs de Pologne orientale qui avaient fui les nazis.

On leur ordonna de se mettre en ligne et de poser la main sur l'épaule de la personne qui était devant eux.

Les Allemands prirent des photos et mesurèrent la taille et la largeur d'épaules de ces gens, la population juive, pour calculer la longueur et la largeur des fosses nécessaires.

Mais les calculs n'étaient pas tout à fait exacts parce que certains de ces Juifs furent abattus, de façon arbitraire, en chemin.

On leur annonça qu'ils seraient déplacés dans un autre ghetto.

Le 11 août, les habitants furent emmenés par groupes de deux cents au bord des fosses et abattus au cours de ce qui est connu pour être la première « *Aktion* ».

Entre cinq cents et mille personnes survécurent.

Certains s'enfuirent dans la forêt. Et puis, pour Yom Kippour, le 21 septembre, beaucoup sortirent des bois, affamés et gelés, pour fêter Yom Kippour ensemble, mais les Allemands les attendaient.

Une fois qu'ils en eurent fini, il restait une soixantaine de Juifs.

Les Allemands ont cultivé les terres pendant un certain temps, après la mort des Juifs, jusqu'à ce que les partisans juifs qui étaient membres de la résistance reviennent détruire une partie du village.

Nous savons grâce à des Israéliens nés à Trochenbrod que, après cela, les Soviétiques ont détruit ce qui en restait. Ils voulaient effacer toute preuve physique des villages juifs, ils ont donc supprimé tous les vestiges et rattaché la terre à un kolkhoze, baptisé non sans ironie « Nouvelle Vie ».

Ce que je sais de la façon dont mon père a réussi à s'enfuir du massacre de son ghetto, je le tiens en grande partie de sa cousine, Ida Bisker Kogod, qui, lorsqu'elle a rencontré mon père pour la première fois aux États-Unis, a osé lui demander comment il avait survécu. Il lui raconta qu'avec un ami, lui aussi Juif du ghetto, ils avaient été envoyés par les nazis en mission pour remplacer les vitres d'une gare située à quelque distance de là. C'est à ce moment-là que les nazis décidèrent de liquider le ghetto de Tchetvertnia où on l'avait déplacé, lui et sa famille. Quand mon père et son ami sont revenus, un Ukrainien sur une charrette lui a dit qu'ils avaient massacré tout le monde. D'après ma mère, mon père a affirmé que son premier réflexe avait été de se rendre pour mourir avec le reste de sa famille. L'Ukrainien, à ce qu'on raconte, lui a dit qu'il pourrait faire cela plus tard et l'a caché sous la paille de sa carriole. Il permit à mon père de rester chez lui une seule nuit, ayant peur que, s'il venait à être découvert, lui et sa famille ne soient abattus.

J'ignore où mon père a passé la majeure partie de la guerre. Un ancien habitant de Trochenbrod a la certitude qu'il est parti à l'Est, jusqu'à Moscou. J'ignore par quel moyen et ne le saurai sans doute jamais. Tout ce que je sais, c'est que, à la fin de la guerre, il s'est caché dans la maison d'un voisin, celui que l'on voit sur la photo que ma mère a réussi à conserver. Il a survécu parce qu'une personne au cœur juste a risqué sa vie ainsi que celles de sa femme et de ses enfants pour cacher mon père dans sa grange, derrière sa maison. J'ignore combien de temps ou à quel moment de l'occupation allemande il s'y est caché. Les enfants du fermier montaient la garde dehors, se relayaient, faisant mine de jouer pour mieux surveiller l'arrivée éventuelle d'Allemands. Heureusement, après les exterminations, les Allemands n'entrèrent plus dans les villages que par intermittence.

Il y a une inscription au dos de la photo. Depuis tout ce temps, nous essayons de la déchiffrer, en vain. Le seul mot que nous avons réussi à lire ressemble à « Augustine », que nous pensons être peut-être un fragment d'adresse. Ou le nom d'une ville. D'une rue. D'une personne.

C'est la photo que Jonathan a prise avec lui, des années plus tard, quand il a entrepris son voyage jusqu'à Trochenbrod qui donnerait naissance à *Tout est illuminé.* Il avait décidé de retrouver Augustine.

4

Sur la photo de mariage, mon père porte un élégant costume sombre et une chemise blanche impeccable. Sa cravate est à rayures et il est coiffé de ce qui ressemble à un feutre flambant neuf. L'appareil s'est déclenché au moment où il a les yeux mi-clos, deux fois plus ouverts que ceux de ma mère, qui sont complètement fermés sous le voile blanc qui lui assombrit le visage.

Pensaient-ils au passé derrière ces paupières tombantes, ou appelaient-ils de leurs vœux un avenir plus radieux ? Qui le sait ? Ce qui est évident sur cette photo, néanmoins, c'est l'habituelle superstition de ma mère. On a fait disparaître quelque chose ou quelqu'un, on a coupé la photo. Il n'est pas fait proprement, ce nettoyage. Contrairement aux discrètes retouches pratiquées de nos jours sur Photoshop, celle-là ressemble davantage à une décapitation. Quand j'ai demandé à ma mère de qui il s'agissait, elle m'a expliqué qu'il y avait eu deux cérémonies de mariage ce jour-là, l'une après l'autre, ce qui portait malheur. Il est possible qu'elle ait coupé l'autre couple qui figurait sur la photo, mais c'est difficile à dire parce qu'il y a deux autres personnes visibles, et deux mains.

Je possède une autre photo qui semble avoir été prise juste avant ou juste après le mariage. Mon père porte le même costume et la même cravate. Ma mère et mon père ont l'air si heureux, si proches, leur tête se touchent presque. Ma mère, dont les cheveux sont attachés, porte une belle robe ornée d'une grande broche. C'est la photo de mes parents que je préfère, et c'est ainsi que j'aime penser à eux, radieux malgré la brièveté de leur bonheur.

Il me reste au moins ces souvenirs, avec en lambeaux, la *ketouba*, le contrat de mariage juif, raccommodée au fil des ans avec du scotch qui n'a pas jauni. Je l'ai trouvée dans la boîte en carton que ma mère conservait secrètement, soigneusement recouverte de papier décoratif adhésif et restée cachée au fond d'un placard jusqu'à ce que je mette la main dessus, des années plus tard. Il manque une partie de la *ketouba*, soigneusement déchirée le long de la couture, mais, contrairement à la retouche volontaire de la photo, il semble que ce ne soit pas voulu : une simple conséquence malheureuse du temps qui passe. La *ketouba* est grande et ornée, pré-imprimée, avec des blancs à remplir.

Mes parents se sont mariés à Lodz, à environ 120 kilomètres au sud-ouest de Varsovie, le 5 mai 1945, d'après les documents du camp de réfugiés que j'ai retrouvés. Ils se connaissaient à peine depuis quelques mois, après avoir fait connaissance à Loutsk, en Ukraine orientale – la grande ville la plus proche de leurs shtetls respectifs et le lieu de rassemblement des survivants juifs. Pour les standards de l'époque, ils formaient déjà pratiquement un vieux couple. Les mariages hâtifs étaient répandus parmi les réfugiés. Certains se mariaient seulement quelques semaines après leur rencontre, d'après ma mère. « La vie n'était pas normale », m'expliqua-t-elle. Ils n'avaient pas de temps à perdre avec la normalité, quoi que cela signifie ou ait jadis signifié. Ces gens-là avaient perdu tous leurs proches et toutes leurs possessions – entièrement, tragiquement, littéralement. Ils étaient impatients de revivre, de fonder une famille, ou d'en refonder une. De fermer les yeux pour se consacrer à la vie.

Je parlais à un ami dont les parents se sont également mariés en Pologne vers la même époque. Quand je lui ai dit que mes parents s'étaient mariés le 5 mai, il m'a regardé droit dans les yeux et m'a dit : « Non, ce n'est pas vrai. » Comment le savait-il ? Il m'a raconté que ses parents s'étaient mariés dans une autre ville polonaise le 1er mai et que je ferais mieux de vérifier attentivement la *ketouba*. Il avait raison. Le 5 mai était un samedi, jour du Shabbat, où les mariages sont interdits, sauf après le coucher du soleil. La *ketouba* mentionne la date du dix-huitième jour du mois de *Iyar*, qui correspond à la fête juive de Lag Ba'omer, ce même jour de fête au cours duquel ma mère affirme être née. Omer est une période sombre de quarante-neuf jours entre les fêtes de Pâque et de Chavouot ; les origines de cette fête ne sont pas claires. Mais nous savons que le trente-troisième jour de cette période, Lag Ba'omer, marque une pause dans le deuil et reste une des journées durant lesquelles les mariages juifs sont permis.

Les Juifs impatients de refaire leur vie, quelle que fusse leur foi après ce qu'ils avaient traversé, attendaient le trente-troisième jour pour une célébration officielle de leur mariage. C'est ce jour-là que mes parents se sont mariés, leurs amis aussi, ainsi que de nombreux autres couples de réfugiés. En 1945, Lag Ba'omer a eu lieu le 1er mai. Il est intéressant de noter que c'est le lendemain du jour où Hitler s'est suicidé. Quelques jours plus tard, le 7 mai, les Allemands capitulaient, mettant un terme à la guerre en Europe.

À Lodz, où mes parents se sont mariés et où je suis née, habitait la deuxième plus grande communauté juive de la Pologne de l'entre-deux-guerres après Varsovie, qui fut totalement détruite pendant la guerre. Lodz, elle, a survécu à l'occupation allemande sans trop de dégâts. Un tiers de sa population était juive avant la guerre. Sur environ 233 000 Juifs, à l'époque, 200 000 furent déplacés de force dans le ghetto et on estime que 5 000 à 7 000 Juifs du ghetto ont survécu. En 1946, ce nombre s'élevait à environ 50 000 Juifs, la plupart en provenance d'autres endroits d'Europe. Ce fut une gare et un carrefour pour ceux qui arrivaient de l'Est et tentaient de fuir une Europe qui ne voulait clairement plus d'eux.

Mes parents vécurent dans un appartement de Lodz autrefois occupé par une famille de Juifs assassinés ; la ville regorgeait de logements vacants et de commerces qui avaient précédemment appartenu à des Juifs.

Ils partagèrent leur premier appartement avec un autre couple de réfugiés juifs, qui attendait aussi un enfant. Ceux qui géraient la distribution de ces logements vacants devaient avoir compris que ces couples-là iraient bien ensemble : les deux femmes attendaient leur premier enfant, sans aucun membre de leur famille pour les aider, et se soutiendraient sans doute mutuellement.

Les couples tombèrent d'accord sur le fait que la première à accoucher aurait la meilleure chambre, que l'autre mère apporterait son aide à la nouvelle famille et qu'elle cuisinerait pour elle. Puis elles inverseraient les rôles à la naissance du deuxième enfant.

Je n'ai trouvé aucune trace officielle de mon arrivée à l'hôpital de Lodz le 17 mars 1946. Je suis venue au monde en me glissant sous le rideau de fer. Quelques jours avant ma naissance, le 5 mars 1946, Winston Churchill a prononcé l'un de ses discours les plus célèbres, au Westminster College de Fulton, dans le Missouri, déclarant : « ...Un rideau de fer s'est abattu sur le continent. Derrière cette ligne se trouvent toutes les capitales des anciens États d'Europe centrale et orientale... et toutes sont soumises, sous une forme ou une autre, non seulement à l'influence soviétique, mais à des mesures de contrôle drastiques – et toujours plus fortes – édictées par Moscou. »

L'enquêteur que j'ai engagé pour retrouver mon acte de naissance a été incapable de mettre la main sur le moindre document. Apparemment, en Pologne, à l'époque, les naissances n'étaient pas automatiquement enregistrées. Il aurait fallu que mes parents fassent les démarches et il est possible qu'ils en aient vu assez pour savoir qu'une inscription sur n'importe quel registre officiel à ce moment de l'histoire ne me vaudrait sans doute rien de bon.

« Tout va bien se passer » était la teneur des messages que ma mère a entendus quand elle était allongée sur un lit dans le couloir de l'hôpital, seule, sans péridurale, et prête à mettre au monde son premier enfant, même si j'apprendrais plus tard que je n'étais pas le premier enfant de mon père. Mon père ne fut pas autorisé à rester avec elle pendant le très long travail, mais il put au moins lui faire passer des mots d'encouragement.

Esther Brucha Safran. Je porte le prénom de mes deux grands-mères assassinées : la mère de ma mère, Esther Weinberg Bronstein, et la mère de mon père, Brucha Bisker Safran Kuperschmit. Le hasard veut aussi que je sois née à Pourim, fête de la reine Esther, l'inattendue reine de la Perse ancienne qui sauva les Juifs.

Mon prénom a beau avoir été choisi dans le but de garder vivant le souvenir de mes grands-mères, j'ai instinctivement compris dès le début que mon rôle était d'apporter de la joie. De faire accéder ma famille à un avenir meilleur tout en portant le prénom de mes deux grands-mères assassinées. Je ne peux pas dire avec certitude que j'y suis arrivée, mais j'ai fait de mon mieux.

Je devais être une sorte de miracle pour mon père – une petite fille, vivante, dont la poitrine se soulevait et retombait, après l'assassinat de sa première fille, celle dont il ne m'a jamais parlé.

Le temps dut s'arrêter brièvement pendant la durée de notre séjour dans cet appartement dont les propriétaires précédents étaient désormais des fantômes. Tandis que nous réapprenions le métier de vivre, insufflions une nouvelle vie à ces meubles rustiques d'avant-guerre – les chaises où d'autres s'étaient assis, la table où ils avaient pris leurs repas, les lits dans lesquels ils avaient dormi. Nous étions loin des routes de terre de Kolki et de Trochenbrod, mais nous avions encore du chemin à faire.

Il existe une photo de mes parents où ils sont dans la rue, à Lodz : ma mère porte un chapeau, elle a passé le bras sous celui de mon père, et il y a un autre homme à côté d'elle. Ils sont chics dans leurs bottes, et je me plais à imaginer que ce fut une période de transition heureuse, qu'ils ont profité de ce style de vie plus cosmopolite, même si je sais que ce ne fut pas le cas. Leurs sourires cachent l'horreur qu'ils viennent de traverser, sans parler du fait qu'ils étaient sans doute submergés par les préoccupations d'une vie d'adulte, par le fait de subvenir à leurs besoins, de mettre de quoi manger sur la table, d'offrir un meilleur cadre de vie à leur famille.

Au fil des ans, j'ai insisté auprès de ma mère pour qu'elle me donne plus de détails à propos de Lodz mais, sans surprise, elle se souvenait surtout d'avoir été une jeune mère privée de sa propre mère pour l'épauler.

Elle a fini par se confier, et ce qu'elle m'a raconté fut plus pittoresque que je ne l'aurais cru. D'abord, elle a parlé d'un *deli*. Puis, devant mon insistance, elle a hésité sur la véritable nature de ce commerce. J'apprendrais plus tard que, même s'il y avait bien un établissement qui vendait à boire et à manger, ce n'était peut-être qu'une façade et qu'ils avaient tiré leurs bénéfices de l'argent lui-même. Mes parents faisaient du change et ils rachetaient de l'or qui avait été fondu pour faciliter son transport. Ils le faisaient pour cette population largement nomade qui voyageait d'Est en Ouest à la recherche d'un avenir meilleur.

En tant que tel, le *deli* servait des verres à l'œil à la police et aux autorités du coin pour graisser la patte des officiels et se les mettre dans la poche, m'apprit un des associés de mon père. Et les affaires tournaient si bien que mon père et ses associés avaient demandé à un cordonnier juif de creuser le talon de vieilles chaussures pour y cacher l'argent et les objets de valeur. Ils utilisaient de vieilles chaussures pour paraître moins suspects – ne voulant pas attirer l'attention en affichant des signes extérieurs de prospérité. Je me suis souvent demandé si cela rappelait à ma mère les chaussures de Pesha.

J'ai appris la plupart de ces choses grâce à Itzhak Kimelblat, que j'ai rencontré plusieurs fois à Rio et que Frank a interviewé de son côté lors des quelques voyages qu'il fit au Brésil. Les Kimelblat venaient de Trochenbrod, ou plutôt de Lozicht, la « banlieue » de Trochenbrod. La carte du shtetl montre qu'ils vivaient de l'autre côté de la rue, en face de chez ma grand-mère Brucha. Itzhak me raconta qu'il était allé à l'école avec Choma, la demi-sœur de mon père, et que Choma avait épousé Shai Kimelblat, le cousin d'Itzhak, ce qui faisait pratiquement de nous des parents par alliance.

La première fois que je l'ai rencontré à Rio, Itzhak avait près de quatre-vingt-dix ans. Il était chic et pimpant, et doté d'une mémoire phénoménale. Je lui ai demandé de me parler des affaires que faisaient les Kimelblat avec mon père et plusieurs autres associés et il m'a répondu tout naturellement : « Oh, tu veux dire au 78, rue Piotrkowska ? » J'ai cherché l'adresse en ligne et je l'ai trouvée : la rue et l'immeuble. J'y ai immédiatement reconnu l'arrière-plan de certaines photos de mes parents avec leurs associés, y compris Itzhak Kimelblat et son frère, Natan. C'est un vieil immeuble élégant, situé dans l'une des plus belles rues de Lodz. De nos jours, la rue regorge de cafés, de librairies et de boutiques.

J'ai aussi appris que c'était le lieu où était né le pianiste Arthur Rubinstein, en 1887. Il y a désormais une plaque sur la façade et, devant, une statue de bronze grandeur nature de Rubinstein assis à un majestueux piano.

De l'autre côté de la rue, au 77, se trouve une ancienne banque qui a appartenu à un autre Juif fortuné de Lodz, le banquier Maximilian Goldfeder. Elle a depuis été transformée en club. La rue est bordée de grandes demeures, de banques et d'usines de textile qui appartenaient jadis à des industriels juifs désormais assassinés. À une époque, le plus grand bâtiment de Lodz était la « Grande » synagogue, qui a été incendiée par les nazis en 1939, comme toutes les autres synagogues. Il reste un autre vestige glaçant de l'histoire de la ville : pendant la Seconde Guerre mondiale, la rue fut brièvement rebaptisée « rue Adolf-Hitler ».

L'affaire que mon père et ses associés avaient montée exigeait une certaine dextérité mentale : il fallait qu'ils mémorisent les fluctuations des taux de change et convertissent les monnaies sans l'aide de calculatrice. Ces types de Trochenbrod n'avaient peut-être pas fait d'études, mais ils avaient de la jugeote. J'y pensais parfois en voyant ma mère ralentir l'avancée de la file d'attente à la pharmacie, recompter ses bons de réduction, recalculer dans sa tête pour s'assurer qu'il n'y avait pas d'erreur.

Vu l'attitude héroïque de ma mère pendant la guerre, le fait qu'elle ait traversé un continent presque entièrement à pied et sa faculté d'anticipation du danger, il n'est guère difficile de l'imaginer en associée à succès dans ce commerce familial de l'ombre. Elle m'a raconté être allée un jour à Kiev avec des pièces d'or attachées en cachette autour de la taille. Mon père lui avait donné l'adresse et le nom de ses contacts. Je ne sais plus si elle devait échanger des billets contre de l'or ou vice-versa. Elle s'était fait une frayeur dans le train, quand un homme avait tenté de la séduire. Terrifiée à l'idée qu'il la touche et découvre la ceinture d'or secrète, elle était parvenue à se sortir de cette situation. Bref, mission accomplie. J'imagine que cela s'est passé avant ma naissance et que, après mon arrivée, elle a abandonné ce genre de missions qui réclamaient du cran, mais, telle que je la connais, rien n'est moins sûr.

D'après ce que je sais de la période que nous avons passée à Lodz, mes parents ont géré leur épicerie-bureau de change pendant environ un an et demi. Et, même si Itzhak m'a permis de combler pas mal de trous de cette période, Natan et lui n'ont pas fait affaire avec mon père plus de quelques mois. D'autres associés sont arrivés et repartis, comme le prouvent les photos du *deli* où pose mon père avec un casting changeant. Sur une photo, Itzhak et Natan portent les médailles de guerre reçues pour leur combat au sein de la résistance, Itzhak continuant de soigner ses blessures de guerre qui l'obligeaient à marcher avec une canne.

D'autres campagnards passèrent par Lodz, à la recherche de leur famille, y compris le cousin germain de mon père, Gadia Bisker. Quand je l'ai rencontré en Israël des années plus tard, il s'est vanté d'avoir été mon premier baby-sitter. Mes parents l'avaient aidé à se remettre sur pied, lui avaient acheté chaussures et vêtements neufs, mais il n'était apparemment pas pressé de se trouver du travail, à la grande frustration de mon père. On imagine aisément qu'il ait perdu toute forme de volonté. C'était le seul cousin de mon père à avoir survécu aux massacres de Trochenbrod. Ses sœurs et leur famille, de même que sa mère, furent toutes assassinées, probablement aux côtés de ma grand-mère et de ma tante Choma.

Deux des frères de Gadia étaient partis avant la guerre. Shmuel et Yehoshua Bisker faisaient partie des sionistes de Trochenbrod qui avaient émigré en Palestine au milieu des années trente et Gadia n'avait qu'une idée en tête, quitter la Pologne pour les rejoindre ; ce qu'il fit, en fin de compte. Après la guerre, plus de 70 000 Juifs étaient arrivés illégalement en Palestine britannique sur plus d'une centaine de bateaux chargés de ramasser les réfugiés qui avaient traversé l'Europe à pied ou dans des véhicules camouflés jusqu'aux ports de la Méditerranée. Tout le monde n'y était pas arrivé : de nombreux réfugiés furent arrêtés par les patrouilles britanniques et envoyés en camps d'internement à Chypre.

Mes parents avaient peut-être réussi à fonder une famille, à gérer une affaire, à porter des bottes à la mode, mais on leur rappelait constamment qu'ils n'étaient pas voués à rester là. Entre 1944 et 1946, il y eut une série d'incidents antisémites en Pologne, à une époque de désordre général et de guerre civile contre les communistes soutenus par l'Union soviétique. Et il devint vite évident que le rideau de fer compliquerait toute velléité de départ. Itzhak raconte qu'une jeune fille envoyée par Brihah (qui signifie littéralement « s'évader » et qui était le nom d'une association aidant les réfugiés juifs à franchir les frontières de l'Europe pour aller en Palestine) était venue dans leur boutique un jour pour leur dire qu'il était temps de quitter la Pologne.

Itzhak et Natan, jeunes et sans attaches, traversèrent l'Europe jusqu'en Italie et finirent à Rio, où ils avaient de la famille. Une fois au Brésil, Natan a refait sa vie comme marchand ambulant, puis a fondé ce qui deviendrait l'une des plus grandes chaînes de bijouteries du pays, créant une marque de montres qui porte son nom. Mon mari, Bert, porte encore fièrement une de ses montres. En fait, Natan est arrivé dans ce pays peu après deux autres immigrés juifs bijoutiers – Hans Stern et Jules Roger Sauer – qui fuyaient aussi les persécutions ; tous trois ont créé d'importantes marques internationales.

Nous sommes restés à Lodz un peu plus longtemps. S'enfuir était plus compliqué pour nous car je n'étais qu'un bébé. Mais les événements nous rappelaient constamment la nécessité de partir, y compris les attaques et les pogroms, comme celui qui se produisit à Kielce le 4 juillet 1946, au cours duquel quarante-deux Juifs furent assassinés et beaucoup d'autres blessés. Il était temps de s'en aller.

J'avais près de six mois en août ou septembre 1946, quand nous avons fini par quitter Lodz. Nous nous sommes comportés comme de véritables espions pour ne pas nous faire repérer. Ma mère a voyagé léger, n'emportant que peu d'affaires, et a dit à nos voisins qu'elle et moi partions quelques jours. Mon père est allé au travail, comme si de rien n'était. À un moment de la journée, il a dit qu'il sortait faire une pause, ou qu'il avait une course à faire. Il n'y est jamais retourné.

Nous nous sommes retrouvés dans un lieu décidé à l'avance où ils avaient organisé notre transport du centre de la Pologne vers le centre de l'Allemagne, puis dans un camp de réfugiés de la zone américaine. Ma mère se souvient d'un camion couvert d'une bâche équipé d'un double fond dans lequel nous nous sommes cachés pendant la majeure partie du trajet. Parmi les affaires qu'elle avait prises figuraient de petites coupes d'argent pour célébrer le Kiddouch, des *becher* en yiddish, mais elle s'en est débarrassée en route de crainte que nous ne soyons surpris avec en cas de contrôle. Étant donné ce que je sais aujourd'hui, je suis sûre qu'il y avait de l'argent ou de l'or caché dans le talon de leurs chaussures ou la doublure de leurs vêtements, voire d'autres objets de valeur – tous plus faciles à dissimuler que de grosses coupes d'argent.

Le plus grand défi, m'a dit ma mère, a été de voyager avec un bébé. Elle était obligée de m'enfoncer des tissus dans la bouche pour que je ne fasse pas de bruit quand nous traversions des territoires dangereux. Nous avons voyagé de cette façon entre Lodz et Berlin, distants de 500 kilomètres environ. De nos jours, sur de bonnes routes et à bord d'un bon véhicule, le trajet prendrait cinq heures ; il m'est donc difficile d'imaginer à quel point notre voyage fut long et pénible. Ma mère ne se souvient pas de grand-chose, en dehors du fait qu'elle vivait très mal d'avoir eu à me bâillonner. Il est probable qu'elle soit incapable de se souvenir d'autre chose : il n'y avait aucun souvenir digne d'être conservé – hormis le fait d'avoir réussi à passer.

5

On voit ce que l'on veut bien voir, ou peut-être ce qu'on éprouve le besoin de voir, dans une photo, et, pratiquement toute ma vie, j'ai regardé ces clichés pris pendant les presque trois ans passés en Allemagne et j'y ai vu tous les signes d'une vie de famille normale. Je fais des grimaces pour la photo, flotte adorablement dans mon douillet manteau en lapin blanc à capuche. Et il y a mes parents, toujours très élégamment vêtus, entourés de leurs amis, pendant un pique-nique. À les voir, on se dit qu'ils sont à un barbecue dans quelque jardin, tels des personnages de John Cheever, dissimulant leur ennui derrière de grands sourires.

Qu'on y regarde à deux fois. En arrière-plan, des miradors, des baraquements délabrés, et une clôture de fil barbelé. Nous étions en exil. Apatrides. Des gens sans pays. En hébreu, on dirait que nous étions les *She'arit Hapleta* – les derniers survivants. Nous étions des réfugiés et, par conséquent, assignés à un camp de réfugiés.

Ces camps-là, où se retrouvèrent la plupart des Juifs après la guerre, constituent souvent un épilogue oublié. Leur existence même n'est mentionnée qu'en passant, voire pas du tout, dans la littérature par ailleurs abondante consacrée à la Shoah, même si près de 300 000 survivants juifs ont transité en Allemagne de 1945 à 1950. Dans son ouvrage publié en 2010, *Holocaust Survivors in Postwar Germany, 1945-1957*, l'universitaire Margarete Myers Feinstein partage

une anecdote amusante à propos de cette omission fréquente : à la fin du film *La Liste de Schindler*, un officier soviétique arrive à cheval aux portes d'un camp de travail et annonce aux survivants juifs qu'ils sont libres de partir. Puis on se retrouve cinquante ans plus tard : les Juifs libérés arpentent les collines d'Israël. Mais que leur est-il arrivé entre-temps ?

Pendant l'été 1945, les Juifs qui avaient survécu aux camps d'extermination, qui avaient réussi à se cacher ou qui avaient rejoint les partisans, ou encore ceux qui avaient survécu en Union soviétique, allèrent en Allemagne, qui était pour eux un lieu de transit vers une vie meilleure. Le plan des alliés était de rapatrier les réfugiés dans leur pays d'origine. Mais, pour les réfugiés juifs, ce n'était pas envisageable ; non seulement ils avaient perdu leur maison et les membres de leur famille avaient été assassinés, mais, dans bien des cas, la population locale – leurs anciens amis et voisins – avait participé à leur persécution. On peut comprendre qu'ils aient refusé d'y retourner, mais aucun autre pays ne voulait d'eux. L'immigration légale était interdite en Palestine à l'époque, et même les États-Unis avaient mis en place des quotas d'immigration qui favorisaient les non-Juifs. Presque toutes les possibilités d'émigration loin des cimetières de l'Europe étaient taries.

Des centaines de camps de réfugiés furent ouverts, non seulement en Allemagne, mais aussi en Autriche et en Italie. Ils accueillirent près de 850 000 personnes qui, en plus des Juifs, incluaient Arméniens, Polonais, Lettons, Lituaniens, Estoniens, Grecs, Russes, Ukrainiens, entre autres.

On installa le plus souvent des logements de fortune. Dans le meilleur des cas, le camp de réfugiés était établi dans un château ; dans le pire, dans un ancien camp de concentration.

Tout bâtiment disponible convenait : colonie de vacances, camp de concentration, hôpital, maison individuelle, baraquement de l'armée ou camp de prisonniers.

Les camps étaient souvent insalubres, trahissant le manque de préparation des alliés, leur négligence pure et simple ou, dans plus d'un cas, leur mépris total pour les réfugiés juifs. Les nécessités de base telles que les sous-vêtements, les chaussures, le papier toilette et les brosses à dents manquaient. Certains réfugiés portaient encore les pyjamas à rayures des camps d'extermination, et d'autres – détail tout aussi horrifiant – se virent remettre des uniformes de soldats SS. On dit que les rations de nourriture fournies aux réfugiés étaient inférieures à celles qu'avaient reçues les prisonniers de guerre allemands.

La guerre avait beau être finie, cela ne signifiait pas que les sentiments avaient changé. Dans certains camps, la police allemande, dont plusieurs membres étaient d'anciens nazis, était chargée de faire régner l'ordre. On rapporte aussi des actes antisémites de la part de soldats américains affectés dans les camps de réfugiés. Sans parler de la cohabitation avec les autres occupants – au début, certains réfugiés juifs logeaient aux côtés de Polonais, Lituaniens, Lettons, entre autres, qui avaient collaboré avec les nazis.

Deux soldats juifs de l'armée américaine cantonnés en Allemagne en 1945, Edward Herman et Robert Hilliard, découvrirent le terrible traitement réservé à un groupe de réfugiés juifs à Sankt Ottilien, un camp de la zone américaine. Hilliard a écrit un livre qui raconte leur expérience, très justement intitulé *Surviving the Americans.* En Bavière, Sankt-Ottilien abritait un hôpital installé par les survivants eux-mêmes – un groupe composé de plusieurs médecins qui avaient été emprisonnés dans des camps de concentration – parce qu'aucun matériel médical n'était fourni par l'armée américaine à l'époque. Des milliers de Juifs mouraient encore d'épuisement et de maladie et n'avaient accès à aucune aide médicale, sinon celle qui était fournie par les survivants juifs.

Ces deux jeunes soldats introduisirent tous les produits alimentaires qu'ils étaient en mesure de trouver, lait en poudre et œufs, de leur mess à l'hôpital, où des patients malades et émaciés ne recevaient aucun soin. Ils recrutèrent d'autres GI pour faire passer en contrebande de la nourriture sous le nez de la police militaire américaine, qui avait reçu l'ordre de ne laisser entrer aucune marchandise par un canal non officiel. Malgré la présence américaine, les gouvernements civils locaux étaient dirigés par les mêmes personnes que sous les nazis.

Poussés par la frustration, ces soldats juifs américains rédigèrent une lettre de neuf pages qui témoignait des horreurs qu'ils voyaient, accusant les Américains de génocide. « En raison de votre négligence et de votre indifférence, écrivirent-ils, vous êtes tout aussi responsables de la mort des Juifs européens que ne le furent les nazis les plus diaboliques par le passé. "Non !", criez-vous. Nous crions "oui", comme les milliers de Juifs d'Europe qui sont désormais indigents, sans nourriture, sans abri, sans vêtements ni aide médicale. »

Ils envoyèrent des copies de cette lettre à tous ceux qu'ils pensaient susceptibles de les soutenir et demandèrent aux destinataires de la faire suivre, en particulier aux dirigeants politiques les plus influents et aux associations juives.

L'une de leurs lettres fut, dit-on, lue par le président Harry Truman, qui avait déjà demandé à Earl G. Harrison, directeur de la faculté de droit de l'université de Pennsylvanie et ancien haut-commissaire à l'immigration, d'enquêter personnellement sur les conditions de vie dans les camps de réfugiés. Truman demanda à Harrison de vérifier les accusations formulées dans la lettre et d'interroger les deux soldats, pour comprendre leur parcours et leurs possibles motivations. Harrison rendit même visite à la mère de Hilliard. Il faut croire qu'on les jugea dignes de foi.

Harrison déclara le 1er août 1945 que les conditions étaient si alarmantes que « nous traitons les Juifs comme les nazis les traitaient, à ceci près que nous ne les exterminons pas ».

Cela entraîna la publication d'un article à la une du *New York Times* le 30 septembre 1945, intitulé « Le président ordonne à Eisenhower de mettre fin aux nouvelles maltraitances envers les Juifs ».

C'est dans les camps d'Allemagne du Sud placés sous la responsabilité du général George Patton que la situation était la pire. Patton écrivit dans son journal que les réfugiés juifs étaient « une espèce sous-humaine totalement dépourvue de la distinction culturelle et sociale propre à notre époque ». Patton fut relevé de son commandement par le général Eisenhower, et le président Truman nomma un conseiller auprès de l'armée chargé exclusivement de la gestion des camps. Les officiants juifs, tout comme les travailleurs humanitaires, poussèrent aussi beaucoup les soldats américains à traiter les réfugiés avec plus de compassion. Cela prit du temps – trop de temps –, mais les conditions s'améliorèrent.

D'après ce que j'ai pu comprendre, notre famille a quitté Lodz pour rallier un camp à Berlin où nous sommes restés peu de temps. Puis, à mesure que certains camps fermaient et que d'autres ouvraient pour accueillir la vague de réfugiés qui déferlait à l'Ouest, nous avons été déplacés plusieurs fois avant d'atterrir dans une ancienne caserne de Ziegenhain.

Ziegenhain est une belle ville médiévale où se trouvait un camp construit par les nazis pour accueillir leurs prisonniers de guerre. François Mitterrand, qui devint par la suite président de la République française, en fut l'un des premiers occupants.

En 1945, la population du stalag IX-A de Ziegenhain comprenait plus d'un millier de prisonniers de guerre américains, dont la plupart avaient été capturés lors de la bataille des Ardennes, fin 1944. Les prisonniers de guerre juifs étaient généralement séparés des autres par les Allemands, et nombre d'entre eux envoyés dans des camps de travail. Mais il y eut des actes d'héroïsme. En janvier 1945, les Allemands annoncèrent que tous les prisonniers de guerre juifs devaient se rassembler le lendemain matin. Le plus haut gradé américain du camp, l'adjudant Roddie Edmonds, qui était prisonnier depuis une centaine de jours, ordonna à tous les Américains – Juifs et non-Juifs – de se rassembler. Ils furent plus d'un millier à se mettre en rangs devant les baraquements, l'adjudant Edmonds à leur tête.

« Nous sommes tous juifs », déclara Edmonds au commandant allemand. L'Allemand dégaina son pistolet et le braqua sur Edmonds. Ce dernier refusa de céder. « Si vous me tuez, il faudra tous nous tuer, et, après la guerre, vous serez jugé pour crime de guerre. » Étonnamment, cela fonctionna : l'officier allemand repartit.

Après la libération du camp, en mars 1945, le stalag IX-A de Ziegenhain devint le camp d'internement 95 et fut utilisé par l'armée américaine pour détenir les soldats nazis jusqu'à la moitié de l'année 1946.

Puis ce fut notre tour. À partir d'août 1946, les baraquements insalubres du stalag IX-A et du camp d'internement 95 devinrent le camp de réfugiés 95-443 de Ziegenhain, notre nouveau domicile. J'imagine que nous avons dû arriver au moment où le camp de prisonniers avait été transformé en camp de réfugiés, parce que mon acte de naissance falsifié – le seul en ma possession – mentionne que, le 8 septembre, nous y étions.

En 1933, il n'y avait que cinquante-trois Juifs en ville. Désormais, il y en avait des milliers, en comptant les deux mille de notre camp.

Ziegenhain est la toile de fond de mes premiers souvenirs. À moins que je ne m'en souvienne que parce qu'il m'en reste de nombreuses photos et qu'on m'a raconté beaucoup d'histoires à propos de cette période et de cet endroit. J'ignorais, comme il se doit, les circonstances qui nous avaient amenés là, j'acceptais nos conditions de vie, occupée par ma famille et mes nombreux nouveaux amis, mon manteau blanc en peau de lapin et mon tricycle. Sur les photos, j'ai l'air heureuse et aimée – et je le suis sans doute.

Ziegenhain est aussi cher à mon cœur parce que c'est le lieu de ma naissance fictive. Quand je vois les photos de mes fêtes d'anniversaire au camp, je ne peux m'empêcher de me demander à quelle date mes parents ont choisi de le fêter.

Il n'y avait aucune intimité possible dans les baraquements où nous logions. Les salles d'eau et les cuisines étaient partagées et il y avait des trous dans le mur entre notre espace et celui des voisins. Avant d'aller me coucher – sur un lit de camp, puisqu'il n'y avait pas de lit d'enfant à mon arrivée –, je regardais par le trou du mur et souhaitais à nos voisins *gute nakht*, « bonne nuit » en yiddish. Ces derniers furent les amis les plus proches de mes parents

au camp : Ruchel et Aaron Brenner. L'un des avantages de ce mode de vie communautaire fut au moins de forger de profondes amitiés pour la vie. Aaron fut l'associé de mon père au camp et Ruchel la meilleure amie de ma mère. La mienne, aussi : sur bien des photos, je marche entre Ruchel et ma mère et je leur tiens la main. Sur d'autres, il n'y a que Ruchel et moi, bras dessus, bras dessous.

Au début, la nourriture, les vêtements et les médicaments manquaient. Comme elle ne pouvait aller au marché local acheter des produits frais et de la viande, ce que les Allemands avaient la possibilité de faire, ma mère recevait des colis alimentaires de l'armée américaine et d'associations juives. Il y avait des choses qu'elle n'avait encore jamais vues. Dans l'un de ces colis, des boîtes d'une substance poudreuse. Ma mère les examina avec perplexité. Elles étaient de couleur vive et leur contenu était sucré. Apparemment, ce produit s'appelait Jell-O. Elle n'avait aucune idée de ce qu'elle était censée en faire.

La définition d'une vie normale est élastique et, même dans ces conditions difficiles, de vibrantes communautés improvisées émergèrent. Il y eut des écoles et des théâtres dans le camp, et même des journaux. De nombreux mariages y furent en outre célébrés et, sans surprise, de nombreux enfants y naquirent – conséquence du fait que la plupart des survivants avaient entre vingt et trente ans, les générations les plus jeunes et les plus vieilles ayant eu moins de chances de s'en tirer pendant la guerre. Ces jeunes réfugiés voulaient prendre un nouveau départ, et la façon la plus efficace de défier la tentative hitlérienne d'exterminer les Juifs était de perpétuer la vie, et elle était partout, cette vie nouvelle. Les camps de réfugiés devinrent l'endroit du monde où le taux de natalité était le plus élevé à ce moment-là.

Ma vie fut aussi marquée par une certaine normalité parce que mon père – qui avait des talons creux à ses chaussures – était un entrepreneur avisé qui savait comment gagner de l'argent. Il ne voulait pas vivre comme un prisonnier. Il n'était pas du genre à se rouler les pouces en attendant le versement d'une aide financière, et il se tourna vers le marché noir. Pour certains occupants, c'était simplement une façon de se procurer de meilleures denrées alimentaires et de meilleurs vêtements. Pour d'autres, comme mon père et ses quatre associés – parmi lesquels Aaron, le voisin que je voyais par le trou du mur –, c'était un moyen d'accumuler des richesses transportables qui leur serviraient pour leur installation future. Les associés troquaient de tout : nourriture, cigarettes, bijoux, café et chocolat ; autant de produits dont tout le monde manquait. Ma mère se souvient de grands camions qui s'arrêtaient à l'entrée du camp pour livrer les marchandises qu'ils revendaient au marché noir. Il va sans dire que tout cela agaçait prodigieusement l'armée américaine, et pourtant, malgré tout, le commerce parallèle prospéra.

Des années plus tard, en Israël, je rendrais visite à Ruchel et Aaron et en saurais plus sur notre séjour en camp. Ils me racontèrent que, un jour, Aaron et mon père avaient posé des articles du marché noir – de l'or et des bijoux – sur un des lits de camp. Nous étions tous dans la salle commune quand un soldat entra à l'improviste pour une inspection. D'après Aaron, je fus une ardente complice du délit : je retournai dans la chambre où se trouvait le lit, retirai les articles et les cachai dessous. Rien ne fut découvert. Ma mère ne s'en souvient pas, mais je veux croire que c'est vrai.

Ce n'est que récemment, en abordant le sujet avec mes enfants et en observant mes petits-enfants, que j'ai pris la mesure de la complexité émotionnelle d'un tel acte. Même petite, je voulais rendre service et je comprenais que mon rôle était d'apporter de la joie, y compris si cela impliquait de contrevenir aux règles.

Parfois, je me demande ce que mes parents ont éprouvé après avoir abandonné ce qui était une existence passablement attrayante et cosmopolite à Lodz, où ils avaient un bel appartement et une certaine liberté de mouvement, en échange de ce qui se révélerait trois années relativement difficiles, un avenir incertain et une vie à l'arrêt. Cela dit, je soupçonne que les talents de négociant de mon père nous permirent de profiter d'un plus grand confort que la plupart de nos compagnons de camp. Il me semble que je ne manquais de rien, à l'époque – mon tricycle devait faire des envieux parmi mes camarades de jeu. J'avais ma propre petite valise pour enfant, en cuir noir à liseré marron. Je l'ai portée fièrement lors de notre traversée de l'Atlantique. Aujourd'hui un peu usée, cette valise reste l'une de mes possessions les plus précieuses.

Mais l'argent liquide ne résolvait pas tous les problèmes, bien sûr. J'ai plusieurs fois connu des alertes de santé en Allemagne, comme des crises d'asthme – affection aujourd'hui partagée avec deux de mes petits-enfants. Je me demande parfois comment j'ai survécu à ces crises potentiellement fatales. Non seulement parce que les traitements disponibles à l'époque étaient sans doute rudimentaires, mais aussi parce que les soins médicaux d'après-guerre, en Allemagne, étaient prodigués par des médecins allemands, dont les réfugiés juifs se méfiaient, souvent à juste titre. Un jour que mes parents m'avaient emmenée dans une clinique à cause de mes difficultés respiratoires, on leur annonça qu'il fallait que je passe la nuit sur place, seule. Mes parents refusèrent. Une autre fois, ma mère m'emmena consulter une médecin qui révéla la nazie qu'elle était en affirmant qu'elle devait me gifler quand je pleurais pour me faire taire. Nous sommes vite parties. Mon amie Gina Roitman, née dans un autre camp de réfugiés, à Passau, a produit en 2013 un documentaire sur une sage-femme nazie qui tuait les nouveau-nés juifs en leur broyant la fontanelle. On déclarait aux mères que les enfants étaient morts des suites naturelles de l'accouchement. Quand l'armée américaine s'aperçut que le taux de mortalité des nouveau-nés était anormalement élevé, elle ordonna l'exhumation des corps pour pratiquer des autopsies. Des poursuites furent engagées contre la sage-femme nazie, mais elle avait déjà tué plus de cinquante nourrissons juifs – alors que la guerre était finie.

D'après ma mère, je n'ai jamais marché à quatre pattes. À l'âge de neuf mois, je me suis simplement levée, et j'ai marché. Vu les conditions d'hygiène du camp, je comprends que personne n'y ait mis d'enfant par terre. On peut facilement faire l'analogie suivante : si on voulait survivre, il fallait se lever tout seul.

La marche n'allait pas non plus sans son lot de dangers. Un jour que je jouais avec un autre bébé dans la cuisine commune, quelqu'un a fait chauffer une casserole pour préparer de la bouillie. Le gruau bouillant s'est renversé et est tombé sur ma tête. Ma mère a réagi comme une hystérique, et mon père est entré dans une rage folle. Elle ne l'avait encore jamais vu s'énerver à ce point. Apparemment, mes cheveux tombèrent ou brûlèrent et ce fut un événement si traumatique que j'ai temporairement cessé de marcher. Sur les photos consécutives à l'incident, j'ai les cheveux très courts et je ressemble un peu à un garçon, mes oreilles décollées bien en évidence. Encore aujourd'hui, une zone de mon crâne est chauve ; les cheveux n'y ont jamais repoussé.

Récemment, je suis tombée sur une carte de vœux du Nouvel An qui date du camp. Elle souhaite la bonne année en hébreu sur fond de palmiers et, bizarrement, présente une photo de ma mère et moi à l'intérieur d'un cœur. Nous sommes l'instrument d'une propagande, les figures emblématiques du Fonds national juif, qui vendait ces cartes aux réfugiés pour les convaincre de refaire leur vie en Palestine.

Hélas, ma mère ne voulait pas aller en Palestine. Elle avait assez lutté et savait que les réfugiés qui voyageaient illégalement par bateau pour rejoindre Israël se faisaient souvent intercepter et finissaient dans des camps de détention à Chypre. D'ailleurs, elle voulait se rapprocher des membres de la famille encore vivants. Son premier choix était le Brésil, où habitaient une sœur et deux frères de sa mère. L'un d'eux – son oncle Solomon Weinberg – avait promis de nous aider à émigrer. Les cousins germains de mon père, eux, étaient en Israël, et je soupçonne que c'est à eux qu'allait sa préférence, mais il se rangea à l'avis de ma mère. « Avec des si » est une expression qui s'applique tellement bien à l'histoire de ma famille que personne ne sait quelle eût été notre vie si nous avions choisi Israël ou le Brésil.

Il y a peu, j'ai trouvé parmi les documents de ma mère une liasse de lettres envoyées par mon oncle Solomon et sa femme, Chana, à l'époque où nous étions au camp, ainsi qu'une lettre expédiée peu après notre arrivée aux États-Unis. Je crois qu'il fut le premier membre de notre famille proche à entrer en contact avec nous. J'ai passé des journées entières avec ma mère à traduire ces lettres du mieux possible. Si ma mère a reçu des lettres d'autres membres de la famille qui vivaient à l'étranger, elle ne les a pas conservées.

Ces lettres, qui ont été écrites de mai 1946 à décembre 1949, en disent long sur le désir intense de mon oncle d'entretenir le contact avec la famille et de proposer son aide, ainsi que sur la difficulté pour les réfugiés juifs de choisir un lieu de vie. Oncle Solomon avait apparemment envoyé de l'argent à ma mère à Kolki, mais l'enveloppe lui avait été retournée. Le soulagement de mon oncle quand il apprit bien plus tard qu'elle avait survécu, s'était remariée et avait eu un enfant fut palpable. Ils nous envoyèrent des cadeaux au camp, parmi lesquels une robe de soie brodée faite sur mesure pour moi que je n'ai jamais portée, parce que ma mère disait qu'elle était trop habillée pour un camp de réfugiés. Ils firent tout ce qui était en leur pouvoir pour faciliter notre émigration au Brésil. Mais il devint vite clair, à mesure que notre séjour en Allemagne s'éternisait, que les obstacles à notre émigration étaient de plus en plus difficiles à franchir, pour finir par être insurmontables.

Également révélatrice, la certitude chez Solomon que ce qui était arrivé aux Juifs d'Europe pouvait se reproduire ailleurs dans le monde. Quand ma mère a tenté de mettre en contact Solomon et Chana avec des réfugiés chrétiens qui avaient reçu l'autorisation d'émigrer au Brésil, il la sermonna : « J'étais loin d'imaginer que tu puisses être aussi aveugle... Tu sais bien que nous avons perdu six millions des meilleurs et des plus chers d'entre nous. La seule raison pour laquelle ils ont été assassinés est qu'ils étaient juifs. C'est tellement bête de m'écrire que tu as rencontré des chrétiens qui viennent au Brésil et que tu me les recommandes. Je ne veux pas les voir, j'ai pour vous tous les papiers garantissant que vous aurez du travail, que j'ai des moyens financiers suffisants pour que le gouvernement brésilien n'ait pas besoin de subvenir à vos besoins, et toi tu n'arrives pas à obtenir l'autorisation d'émigrer. » Il ajoutait que le Brésil n'acceptait que très peu de Juifs, et que ceux qui arrivaient se déclaraient chrétiens.

Il insista longuement, encourageant ma mère à migrer en Israël : « Tous les Juifs qui ont l'occasion d'aller en Israël doivent le faire sans perdre une minute. »

Sa lettre suivante nous arriva aux États-Unis. Il écrivait : « Je suis très très heureux que vous ayez mis fin à votre errance. » Mais il ajoutait en guise d'avertissement : « Il y a aussi de l'antisémitisme sur cette bonne et belle terre d'Amérique. » Oncle Solomon y plaidait encore la cause d'Israël, s'excusant pour ce qu'il appelait « sa passion sioniste ». « Si un autre Hitler devait naître, il tenterait de refaire la même chose. Si Israël est fort, cela n'arrivera plus », prédisait-il.

Puis, sur une note plus poignante : « Écris-moi tout le temps. Je répondrai. Nous sommes si peu nombreux, désormais. Il faut garder contact. »

6

À peine quelques mois avant de recevoir la dernière lettre de Solomon, en août 1949, ma famille embarqua sur l'USS *General Stuart Heintzelman*, navire de transport militaire plein de réfugiés, qui partit du port allemand de Bremerhaven en direction de New York. Trimballant ma petite valise de cuir, j'étais en route pour mon troisième pays où, disait-on, les rues étaient pavées d'or. Cela prendrait du temps, mais nous finirions par nous y sentir chez nous. Quant à mon père, il lui faudrait plus qu'un océan pour atténuer les souffrances du passé.

J'étais trop petite pour avoir conservé des souvenirs de notre voyage, mais je sais que ma mère et moi avons eu le mal de mer pendant la majeure partie de la traversée, et que nous avons passé la plupart de notre temps sur le pont à l'air frais, comme beaucoup de nos compagnons de camp, tout aussi verts que nous. Apparemment, j'étais fascinée par les bouteilles de soda des distributeurs automatiques, ainsi que par les oranges et les bananes. Je ne sais pas si c'était la première fois que je voyais des fruits frais ou des boissons gazeuses exotiques, mais ils firent manifestement forte impression sur moi.

Comme le *Heintzelman* avait été construit par la marine américaine pour le transport de troupes de la Seconde Guerre mondiale, il n'y avait pas d'installations adaptées aux familles. Les hommes dormaient d'un côté du bateau,

les femmes et les enfants de l'autre, et nous ne vîmes pas beaucoup mon père, même si nous prenions nos repas ensemble.

Des années plus tard, quand j'ai tenté de retrouver une trace officielle de notre voyage, le seul document de bord relatif à la traversée qu'il fit en août fut une liste des membres d'équipage et des « étrangers employés à bord du navire ». Bien que ces bateaux fussent construits pour transporter 3 000 GI, ils convoyèrent entre 700 et 800 réfugiés pour ces trajets exceptionnels. Nous étions une cargaison particulière. Sur le document de bord, j'ai compté 173 membres d'équipage américains, y compris les cuistots, serveurs, bouchers, et ingénieurs. Il y avait aussi un chirurgien et quatre infirmières qui avaient manifestement embarqué dans le cadre de cette mission, puisque le document de bord précisait qu'ils faisaient partie de l'armée depuis moins d'un mois. Il y avait également à bord onze « étrangers » membres de l'Organisation internationale pour les réfugiés, parmi lesquels un médecin letton, un dentiste, trois infirmières et une escorte de représentants officiels, de même que des infirmières polonaises, russes et ukrainiennes sans doute choisies en fonction de leur pays d'appartenance pour faciliter la communication avec les passagers qui ne parlaient pas anglais.

Comme il m'était impossible de trouver une liste des passagers à bord, j'ai commencé à chercher des informations à propos du navire. J'ai appris que, lors de son premier voyage, en octobre 1945, le *Heintzelman* avait transporté 3 000 soldats à Yokohama. Moins d'un an plus tard, en juin 1946, le *Heintzelman* commença le transport de réfugiés – sa première traversée partit de Bremerhaven, avec à bord 843 réfugiés en route pour l'Australie. À l'époque, les États-Unis n'avaient pas encore ouvert leur porte aux réfugiés juifs, mais ils fournissaient au moins des moyens de transport vers des pays plus accueillants.

Finalement, après le vote de la loi sur les réfugiés en 1948, les États-Unis ouvrirent leurs portes, étroitement et avec de stricts quotas d'immigration. La loi initiale autorisait 200 000 personnes à émigrer entre 1948 et 1950. Elle fut ensuite prorogée de deux ans, autorisant l'entrée sur le territoire américain d'environ 400 000 réfugiés. Elle était ouvertement antisémite ; seuls 80 000 admis étaient juifs, alors que l'on estime à environ 10 000 anciens nazis le nombre d'Allemands autorisés par cette loi à émigrer aux États-Unis.

Le président Truman déclara devant le Congrès que la loi « sous sa forme actuelle [était] injustement discriminatoire à l'égard de certains réfugiés en raison de leur religion, pays d'origine ou profession », et que « ces dispositions [étaient] contraires à tous les idéaux américains ». Il n'en signa pas moins le texte. Pour être éligible à l'entrée sur le territoire américain dans le cadre de cette loi, un réfugié devait être passé par l'Allemagne, l'Autriche ou l'Italie avant le 22 décembre 1945. La plupart des survivants juifs originaires de Pologne et d'Union soviétique n'avaient pas encore eu le temps d'aller aussi loin à l'Ouest à la fin de l'année 1945. En 1946, mes parents étaient encore en Pologne, où je suis née.

En outre, la loi était discriminatoire à l'égard des Juifs pour d'autres raisons. Par exemple, elle stipulait que 30 % des immigrants admis sur le territoire américain devaient être des fermiers. Encore une autre mesure subtilement discriminatoire vis-à-vis des Juifs, dont la plupart n'avaient pas le droit de posséder de terres.

Les documents de ma mère que j'ai retrouvés et ceux qui sont disponibles au musée du mémorial américain de l'Holocauste donnent une vision incomplète et incohérente des événements. La plupart des documents importants dont ma famille avait besoin pour entrer aux États-Unis dans le cadre de cette loi sur les réfugiés furent émis et certifiés par les autorités de Ziegenhain aux mois de mars, d'avril et de mai 1949, juste à temps pour nous permettre de quitter l'Europe. Mon père, toujours plein de ressources, avait même réussi à obtenir de l'Organisation internationale pour les réfugiés de Kassel, en Allemagne, qu'elle lui remette un certificat attestant qu'il était travailleur agricole – et « de premier ordre » avec ça.

Le plus probable est que mon père connaissait des gens à Ziegenhain qui furent en mesure de nous fournir de faux papiers, mentionnant les dates requises. Il est presque certain que mes parents étaient parvenus à la conclusion que nos chances d'émigration pour les États-Unis auraient diminué si mon acte de naissance prouvait que j'étais née en Pologne en 1946. C'est pourquoi mon seul acte de naissance disponible est un document certifié et tamponné le 4 mai 1949 par un officier d'état civil de Ziegenhain qui déclare que je suis née le 8 septembre 1946 à Ziegenhain. Je comprends que l'on ait modifié mon lieu de naissance, mais pourquoi septembre au lieu de mars ? Je ne le saurai sans doute jamais avec certitude. Même si la logique des choses n'est pas toujours claire, le résultat l'est.

Nous avons débarqué à New York le 14 août 1949 et, au moment de poser le pied à terre, je portais toujours ma petite valise, qui se trouve aujourd'hui sur une étagère de ma salle à manger. À l'intérieur, une copie de mon acte de naissance falsifié et un chandail bleu tricoté à la main par notre chère amie Ruchel Brenner comme cadeau d'adieu. Le chandail porte mes initiales, « ES », et s'attache à la taille avec deux pompons identiques. La petite valise, aujourd'hui élimée, contient aussi la carte professionnelle d'un conservateur du musée du mémorial américain de l'Holocauste, qui veut l'ajouter à leur collection d'objets sur la Shoah et ses conséquences. Je finirai un jour par en faire don, mais je ne suis pas encore prête ; je m'en sers toujours pour raconter mon histoire à mes enfants et petits-enfants.

Même si mes parents n'avaient pas le droit d'emporter beaucoup d'affaires avec eux, ils arrivèrent chargés de cadeaux pour la famille qui nous prenait sous son aile. Et pas seulement des cadeaux pour la forme – ils étaient arrivés avec des coupes d'argent pour le Kiddouch et une menora en argent, ainsi que des trousses de toilette qui contenaient de beaux miroirs et peignes, et des bijoux pour les deux tantes maternelles de ma mère, Chia et Jean, et pour ses cousines. Manifestement, les activités de mon père à Lodz et, plus tard, au camp de réfugiés, lui avaient été profitables. Il portait une mallette de cuir et avait pris un appareil photo Leica, marque très recherchée aux États-Unis à l'époque. En plus de ces cadeaux de valeur, ma mère avait une grosse bague de diamants qu'elle avait sans doute cachée dans une chaussure ou la doublure d'un manteau. Il est aussi vraisemblable que mon père ait emporté une coquette somme en liquide, car il semble avoir commencé son existence américaine avec plus que les dix dollars alloués aux réfugiés pour leur voyage et les cinq dollars distribués à chacun d'entre nous par la Société d'aide aux immigrants juifs à notre arrivée. Quel que soit le moyen employé pour faire passer sa richesse, il eut la chance de ne pas se faire prendre, puisque les lois qui régissaient l'occupation alliée relatives à l'argent étaient strictes. Les réfugiés n'avaient pas le droit de posséder de monnaie étrangère, et la monnaie allemande ne pouvait être changée en dehors de l'Allemagne. Les immigrants pouvaient se servir de leurs marks pour acheter de la nourriture qu'ils emporteraient en voyage, mais ils ne pouvaient dépenser plus que les dix dollars d'allocation pour remplir leurs bagages.

Avant de quitter l'Allemagne, nous avions besoin d'un parrainage qui nous garantisse l'hébergement et promette à mon père un emploi pour éviter d'être à la charge de l'État. Mes parents ont passé une annonce dans le camp, ainsi que dans *Forward*, un quotidien en yiddish publié à New York, dans l'espoir de retrouver des membres de la famille. Ma mère a indiqué son nom d'épouse, de jeune fille, ses origines et le nom de ses quatre grands-parents.

Le nom de « Bronstein » attira l'attention de quelqu'un à New York. Il s'agissait de l'oncle de la demi-sœur aînée de ma mère, Lifsha. Inquiète qu'il refuse de la parrainer s'il venait à s'apercevoir qu'il ne s'agissait pas de Lifsha, mais de sa demi-sœur, et qu'ils n'avaient pas de lien du sang, ma mère lui écrivit. Il répondit : « Peu importe. La famille, c'est la famille. »

Ma mère finit par entrer directement en contact avec deux de ses tantes, côté Weinberg, à Washington. Ce qu'on m'a raconté, c'est que ma grand-tante Jean, qui n'avait pas d'enfants et que je considérais depuis toujours comme ma tante « distinguée », tenait à nous parrainer. Malheureusement, le projet échoua parce qu'elle n'avait jamais été naturalisée.

Finalement, le mari de l'autre tante de ma mère, Mime Chia (*mime* signifie « tante » en yiddish), fut notre parrain officiel. Vigder Cherechevski, lui aussi originaire de Kolki, n'était pas seulement le mari de Chia – l'oncle de ma mère par alliance –, mais aussi le cousin germain du père de ma mère. Si vous êtes perdu, il vous suffit de savoir que, à Kolki, il existe une infinie variété de façons d'être de la même famille.

Le document, rempli le 9 février 1948, promettait qu'Oncle Vigder, citoyen américain, parrainerait ma mère, Ethel (Etka), vingt-huit ans, et sa famille, y compris son mari Leib Safran (Lejb), trente-huit ans, et sa fille Esther (moi), deux ans. Intitulé « Assurance individuelle par parenté », il promettait aussi que mon père, s'il était admis, occuperait le poste de vigile pour la société de construction Barnaby, « à un salaire au moins égal au salaire moyen [...] sans que cela entraîne le licenciement d'une tierce personne ». Oncle Vigder dut aussi promettre que « le candidat principal et les membres de sa famille qui l'accompagnent [...] ne bénéficieront pas du système d'allocations publiques [...] et disposeront d'un logement sûr et salubre au 5013 3rd St. NW, Washington, D.C., consistant en une chambre d'ami dans une maison de neuf pièces occupée par le déclarant et son épouse, sans entraîner le départ d'une tierce personne de ladite maison ».

Nous fûmes accueillis sur les quais à New York par un représentant de l'Hias, qui nous donna à chacun cinq dollars et des billets de train pour Washington. Notre document de l'Hias atteste que le bénévole nous a remis quinze dollars par personne, mais ma mère est sûre qu'on nous en a seulement donné cinq, et quinze au total. Pour ce genre de choses, je fais confiance à sa mémoire. Ma mère se souvenait aussi que la première personne qu'elle vit à la descente du train à Washington fut Oncle Vigder. Il portait un costume blanc et elle l'a pris pour le chauffeur de taxi. Il était venu avec sa suite – tantes, oncles, cousins et quelques parents de parents – des gens que nous ne connaissions pas et dont nous ignorions l'existence, pour la plupart.

Ce que nous n'avions pas compris, c'est que nous arrivions en pleine tragédie personnelle. Cette famille américaine qui était la nôtre venait de perdre son seul enfant – mon cousin Mark, quatre ans, qui aurait eu à peu près le même âge que moi. La cousine germaine de ma mère, Lottie, fille de Chia et Vigder, avait donné naissance à Mark Joseph Bennett le 4 juin 1945 après plusieurs fausses couches et une grossesse difficile. Mark, qui avait jusque-là été en bonne santé, était mort après une banale opération des amygdales quelques mois avant notre arrivée.

Nous avons passé nos premiers jours en Amérique dans la maison mitoyenne de Mime Chia et Oncle Vigder, dans 3d Street NW, celle qui était décrite dans les documents de parrainage. Qui sait ce qu'ils se disaient en ma présence, eux qui venaient de perdre leur précieux et unique petit-fils, mais ils m'accueillirent néanmoins chez eux. J'étais une petite immigrée qui parlait yiddish et qui ignorait qu'elle remplissait le vide laissé par la mort récente d'un autre enfant.

Dans mes archives, une boîte étiquetée « Cherechevski » contient toutes les photos de Mark. J'ignore si quelqu'un d'autre les possède. Des années plus tard, comme je les examinais et tâchais de reconstituer ces souvenirs, j'ai éprouvé le besoin soudain d'aller me recueillir sur sa tombe. J'étais déjà allée plusieurs fois dans ce cimetière, Beth Shalom, à Capitol Heights, dans le Maryland, pour l'enterrement des grands-parents de Mark, de sa tante et de son oncle, ainsi que pour celui de ses parents, Lottie et Abe Bennett, qui reposent chacun d'un côté de leur fils unique. Sa tante, Bea Cherechevski, fut la dernière à mourir. À mon insu, elle a fait de moi sa tutrice à la fin de sa vie. C'est moi qui ai entrepris toutes les démarches pour sa prise en charge et, à la fin, pour ses funérailles – il n'y avait personne d'autre. Lors de mes nombreuses visites au cimetière, je n'avais jamais vraiment regardé la pierre tombale de Mark, sans doute parce que je ne l'ai jamais connu, même si j'avais assisté à l'enterrement de tous ses proches parents. Quand il mourut, le 7 mai 1949, il devint le premier de cette famille de sept personnes à être enterré dans cette concession. Je suis désormais la gardienne du souvenir de Mark et de ses parents, grands-parents, tantes et oncles.

Le fils de Chia et Vigder, Izzy, avait coutume de dire que ma mère avait été sauvée de la Shoah pour s'occuper de sa famille américaine. C'est ce qu'elle fit, et je l'ai imitée. Nous n'avions plus de famille en Europe, et ils n'avaient aucune descendance en Amérique. Ils étaient tout ce qui nous restait et réciproquement. Ils assistaient aux dîners de la famille de ma mère ainsi qu'au grand *seder* élargi de la Pâque juive, et nous nous sommes occupés de la cousine Bea quand elle a souffert d'Alzheimer.

Les sodas et les fruits frais n'étaient qu'un aperçu des multiples merveilles américaines. Il y avait cette chose en boîte qui s'appelait le thon. Ma mère se souvient du premier repas chez Mime Chia où ce plat fut servi. Elle ignorait complètement ce que c'était. Nous avions encore beaucoup à apprendre de l'Amérique, et tirer la chasse d'eau faisait partie des compétences nécessaires – mais pas trop souvent, parce qu'il fallait garder un œil sur la facture d'eau.

Il fallait aussi que j'apprenne l'anglais. Cependant, les premiers temps, le yiddish, ma langue maternelle, sembla suffire. Quand on me demanda si je voulais un cadeau, je répondis une *shlafende lyalke*, cette poupée qui ouvrait et fermait les yeux, chose que je n'avais jamais vue au camp de réfugiés. J'en ai vite reçu plusieurs.

Mes parents furent bien accueillis lors de nos premières semaines américaines, mais on leur posa peu de questions à propos de ce qu'ils avaient enduré en Europe et sur la façon dont ils avaient survécu. C'était typique pour les survivants de la Shoah, aux États-Unis, et sans doute partout dans le monde. On les encourageait à tourner la page, et ainsi à intérioriser l'horreur de leurs expériences passées. Le silence généralisé au sein de ma famille à propos du passé signifie que nous n'avons pas fait exception à la règle.

Dans son ouvrage publié en 2007, *Case Closed*, la spécialiste de la Shoah Beth B. Cohen examine les difficultés rencontrées par les 140 000 survivants qui rallièrent les États-Unis entre 1946 et 1954. Sur la base des registres d'agences juives de services sociaux et d'interviews de survivants, elle découvrit que les immigrants recevaient pour instruction de ne pas s'appesantir sur le passé. On les encourageait à trouver du travail, un logement, et à apprendre l'anglais. D'ailleurs, on ne les appelait pas encore « survivants » – on les surnommait les « blancs-becs », ou les « immigrés », ou les « réfugiés », et ils suscitaient la gêne de certains de leurs semblables juifs. Cohen note qu'un sondage effectué par Gallup en 1945 montre que, pour 37 % des Américains, le nombre d'immigrés en provenance d'Europe aurait dû être inférieur à celui d'avant-guerre. Certains membres du Congrès tentèrent d'ailleurs de faire diminuer les quotas d'admission de moitié.

Je soupçonne mes parents de n'avoir pas eu besoin de conseils de la part des travailleurs sociaux. Ils firent de leur mieux. Quinze mois après notre arrivée, le 9 novembre 1950, ma mère donna naissance à mon frère. On lui attribua le prénom hébreu de mes deux grands-pères, Israel Srulach Bronstein et Yosef Safran. Ce fut une décision facile à prendre, mais mes parents ne savaient pas comment l'appeler en anglais ; ils firent donc confiance à un parent américain, né aux États-Unis, pour lui trouver un nom. La seule condition étant que ce fût un prénom facile à prononcer pour mes parents. C'est ainsi qu'Israel Yosef, de façon plus qu'incongrue, est devenu Julian Edwin Safran.

Je me souviens d'avoir rendu visite à ma mère à l'hôpital pour la circoncision de mon frère, huit jours après sa naissance. À l'époque, on gardait les mères qui venaient d'accoucher plus d'une semaine, c'est pourquoi la circoncision eut lieu à l'hôpital. Ma mère et moi n'avions jamais été séparées si longtemps. Elle portait une robe de velours bleu foncé qu'elle avait apportée d'Europe et me fit l'effet d'une reine.

Assez curieusement, vu la somme de photos que j'ai conservées de notre petite famille à Lodz et, plus tard, au camp de réfugiés, il en existe très peu de nos premiers jours aux États-Unis. C'est seulement aujourd'hui que je me retourne sur le passé et que je m'aperçois que, hormis les barbelés en arrière-plan, le camp de réfugiés a peut-être bien été l'un des interludes les plus heureux de la vie de mes parents. Ils étaient jeunes, entourés d'amis, et dans l'attente d'un avenir meilleur. Une fois cet avenir arrivé, il y eut toute une série de nouvelles épreuves – ils durent s'adapter à une vie nouvelle dans un pays nouveau, tout en tâchant d'oublier leurs deuils indicibles.

Il existe, bien sûr, des photos de notre vie américaine, mais elles sont en général d'inspiration plus formelle : quelques clichés de moi à l'école primaire, et une photo de mon frère encore tout petit. J'ai aussi retrouvé ce qui ressemble en tout point à la tablée d'une bar-mitsva, sans doute peu après notre arrivée. Mes parents sont jeunes et beaux ; je suis assise entre eux, un peu hagarde.

Pour autant que je sache, la première fois que nous avons utilisé le Leica en Amérique, c'est quand je l'ai retrouvé au milieu des affaires de mon père et que je m'en suis servie pour faire une photo de Frank juste après sa naissance, puis, plus tard, de Jonathan et Josh, et de mes neveux, Ben et Jeremy – de tous les petits-enfants de mon père.

L'autre photo de mon père en Amérique est jointe à sa déclaration d'intention de demande de naturalisation, datée de novembre 1949. Après tout ce chemin, il n'est jamais devenu citoyen américain : ma mère et moi, si, en octobre 1954, trois mois après sa mort.

Ce document a au moins le mérite de me donner une idée précise de son apparence physique : il était petit, un mètre soixante-sept, pesait soixante-trois kilos, avait les yeux noisette et des cheveux noirs grisonnants. L'une des caractéristiques non mentionnées est ce que nous appelons les « oreilles Safran ». Mon père avait les oreilles décollées. Quand j'étais petite, après notre arrivée en Amérique, ma tante Jean trouvait que j'avais moi aussi les oreilles décollées et elle me les scotchait. À chaque naissance de mes fils ou de mes neveux, l'une des premières choses que nous avons vérifiées fut leurs oreilles.

L'une des raisons pour lesquelles je suis sûre que mon père a réussi à faire entrer en douce de l'argent aux États-Unis est que nous avions assez de liquide à notre arrivée pour qu'un parent lui demande aussitôt s'il pouvait en emprunter la moitié. D'après ma mère, nous sommes arrivés dans ce pays avec environ 10 000 dollars, l'équivalent de 106 036 dollars en 2019. Ma mère avait de quoi faire du shopping. La cousine Bea l'a emmenée chez Mazor Masterpieces, un magasin d'ameublement très chic de la 7e Rue. À l'époque, le quartier de la 7e Rue, au nord de Pennsylvania Avenue, était connu pour être celui de l'ameublement de D.C. Bizarrement, ma mère, d'ordinaire si économe, si près de ses bons de réduction, eut un coup de cœur pour une chambre assez chère, mais elle hésita à l'acheter. 700 dollars, ce n'était pas donné, en 1949. Apparemment, voyant qu'elle tergiversait, Bea lui a brusquement demandé : « Tu as besoin de la permission du président ? »

Pourquoi a-t-elle payé une chambre aussi cher, je l'ignore. Peut-être ne savait-elle pas qu'il y avait des magasins moins chers pour acheter ses meubles. Ou peut-être voulait-elle se sentir comme une Américaine, ce qui impliquait d'avoir une belle chambre. En tout cas, elle a gardé ces meubles dans sa chambre plus de soixante ans, on peut donc dire qu'elle les a bien amortis.

Je ne suis pas sûre de bien me souvenir de mon père, ni si ce que je me rappelle s'est vraiment produit. J'ai beau avoir passé ma vie à tenter de savoir ce qui lui était arrivé pendant la guerre, j'ai tâché de refouler les conséquences et les difficultés auxquelles il a fait face en Amérique. Encore aujourd'hui, il m'est difficile d'en parler, et il m'a été difficile de trouver les mots justes pour ce livre.

Il y a beaucoup de souvenirs agréables et chaleureux, bien sûr. Certains sont réels, d'autres sans doute tirés de diverses anecdotes. Je me souviens de l'avoir accompagné dans ses tournées pour acheter des denrées alimentaires en gros pour son magasin. Il m'emmenait à Union Market sur

Florida Avenue. C'est aujourd'hui un quartier commerçant chic de Washington mais, à l'époque, c'était un fatras de marchands qui vendaient de tout, des cigarettes au paquet de chewing-gums vendu avec une carte de baseball en passant par des conserves, des produits frais et des poulets vivants – tout cela chez des marchands à leur compte, comme mon père. On montait dans sa jeep, ou dans son break, je ne sais plus, on allait d'un marchand à l'autre pour se fournir, et on achetait aussi des produits pour un autre épicier qui venait d'émigrer et n'avait pas de voiture.

Parfois, ma mère nous accompagnait et choisissait un poulet vivant pour notre repas. On prenait celui qu'elle voulait et on regardait le boucher casher le tuer et le déplumer. À la maison, ma mère lui retirait ses dernières plumes et le lavait.

À l'endroit où officiaient l'épicier italien et le boucher casher se trouve aujourd'hui un marché couvert gastronomique avec une librairie et des boutiques de spécialités culinaires. Il n'y a plus de poulet vivant, mais de la glace italienne et des huiles d'olive du monde entier.

Je sais peu de choses de l'éducation qu'avait reçue mon père, voire de l'existence qu'il avait menée avant-guerre ou des rêves qu'il avait pu nourrir. L'un de ses amis les plus proches, Sol Aleskow, immigrant comme lui, m'a raconté des années plus tard que mon père était intelligent, qu'il détestait tenir une épicerie et qu'il voulait faire autre chose. D'après son ami, l'une de ses idées avait été de fabriquer des pare-chocs de voiture, un projet qu'ils étaient allés démarcher à New York. D'après Sol, « il aurait pu tout faire ».

Même s'il voulait changer de branche, mon père est allé de l'avant, a vendu sa boutique puis en acheté une nouvelle. Aujourd'hui, je suis émerveillée par la facilité avec laquelle il a fait ça, se débrouiller avec un tel succès dans un nouveau pays dont il ne parlait pas la langue, a fortiori quand on sait quel incroyable fardeau il portait. La maison dont je me souviens le mieux, et où nous avons habité le plus longtemps, est celle du 1822 North Capitol Street. La boutique était au rez-de-chaussée. Il y avait deux appartements à l'étage. Nous habitions dans l'un et l'autre était loué à un couple de personnes plus âgées qui vivaient avec leur petit-fils adolescent. Un jour, ils sont partis et nous avons emménagé dans leur appartement, juste avant l'ouverture de notre nouvelle boutique dans la 15e Rue – qui était dans un meilleur quartier et avait plus de potentiel, d'après mon père, en tout cas. Il s'avéra que les propriétaires de l'affaire de la 15e Rue avaient trafiqué les livres de comptes et soumis à mon père une comptabilité falsifiée. Il leur avait versé une avance de 10 000 dollars qu'il ne put récupérer. Malgré la mort de mon père, les propriétaires n'ont jamais rendu cet argent à ma mère.

En descendant North Capitol Street après une réunion, il y a quelques années, j'ai remarqué que, comme presque tout le reste du quartier, notre ancienne boutique avait été transformée en un immeuble d'habitation de luxe. Je me suis garée, je suis entrée et j'ai demandé à l'architecte qui se trouvait là si je pouvais visiter l'immeuble. La boutique était plus petite que dans mon souvenir, mais je me suis rappelée l'endroit où se trouvait autrefois le billot de boucher, celui où se tenait mon père quand il coupait la viande pour ses clients. Le même billot de boucher où j'avais un jour oublié quelques instants ma tirelire en forme de chien à taches noires et blanches. À mon retour, l'argent avait disparu. Je n'avais jamais vu mon père entrer dans une telle colère. Il m'avait hurlé dessus et dit que je ne comprenais pas à quel point c'était dur pour lui, et j'imagine qu'il voulait dire : dur de gagner sa vie.

Avec le recul, je me dis que mon père, qui était sous pression, s'approchait de la fin.

Après toutes ces années, j'ai monté l'escalier jusqu'aux nouveaux espaces reconfigurés et j'ai reconnu l'endroit où mon frère et moi dormions, la pièce où nous étions ce vendredi matin-là, le 30 juillet 1954. Je garde le souvenir vivace de la lumière qui entrait par la fenêtre tandis que j'étais assise par terre à côté de mon frère, qui avait alors trois ans et demi. Nous avions une boîte de métal grise au couvercle rouge. Elle était pleine de pâte à modeler, et je fabriquais des pétales que j'attachais les uns aux autres pour former une rose.

Mime Inda, la sœur du père de ma mère, une femme nerveuse qui avait passé la majeure partie de la guerre cachée à Paris avec son mari et son fils, apparut soudain. Il y eut une grande agitation. J'ai refoulé la plupart de ces événements, mais je crois qu'on m'a dit que mon père était mort. Peut-être me l'a-t-on dit à ce moment-là, peut-être plus tard. Un parent est passé nous prendre, mon frère et moi, pour nous emmener chez des cousins. Nous n'avons pas assisté à l'enterrement.

Personne n'a parlé de mon père ou de ce qui lui était arrivé. Je comprenais, malgré mon jeune âge, que je n'étais pas censée poser de questions. Sa mort s'est ajoutée à la liste familiale d'histoires indicibles destinées à rester enfouies dans le passé. Des années plus tard, une fois adulte, j'ai vu un acte de décès, ou quelque document officiel, qui mentionnait clairement la cause de la mort : un suicide. Mon frère est allé en obtenir une copie de son propre chef, mais il n'en a jamais discuté avec moi. Je ne sais même plus comment je l'ai appris, mais je le sais. Il en a parlé à sa femme, Sandy, qui l'a appris à leurs fils. Et, des années plus tard, l'un de ses fils l'a manifestement appris à Jonathan – après qu'il eut déjà écrit une scène racontant le suicide d'un grand-père dans son roman. Mais je n'en ai jamais parlé à quiconque, pas même mon mari. Quand on me demandait comment était mort mon père, je répondais toujours que c'était lié à la guerre. J'imagine que ce fut vraiment le cas, mais pas dans le sens sous-entendu par ma réponse.

J'avais une soixantaine d'années la première fois que j'ai ouvertement parlé de la mort de mon père. La lecture des mémoires d'Amoz Oz publiés en 2005, *Une histoire d'amour et de ténèbres,* dans lesquels il fait la chronique de ses propres difficultés à affronter le suicide de sa mère, fut un tournant pour moi. Il n'en avait jamais parlé avec son père. Avant de lire ce livre, je n'étais même pas capable de prononcer le mot « suicide ».

Mon père avait un compagnon juif lorsqu'il était parti, sur ordre des nazis, effectuer la mission qui leur sauva la vie. Il s'appelait Srulach Zilberfarb. C'est avec lui qu'il était quand leurs familles furent assassinées, tandis qu'ils remplaçaient les vitres d'une gare lointaine. En novembre 2009, j'ai rencontré la famille de Srulach dans un café situé près de mon hôtel, à Tel-Aviv. Srulach était déjà mort et, malheureusement, son fils souffrait d'un cancer incurable, mais sa belle-fille, ses deux petits-enfants ainsi que l'épouse et l'enfant d'un de ses petits-enfants vinrent au café. Ils apportèrent des photos de Srulach et, même s'il avait eu une longue vie en Israël, sa famille le décrivit comme un homme hanté, amer. « Il baissait toujours les yeux, me dirent-ils. Il n'avait jamais vraiment trouvé de joie dans sa nouvelle vie en Israël. Même avec ses enfants, il lui était difficile d'exprimer de l'émotion et de l'amour. » Sa belle-fille le formula avec les mots suivants : « Il n'a jamais cessé de souffrir. »

Peut-être mon père éprouvait-il la même chose. Il devait être hanté par le passé, lui aussi. Après tout, il souffrait peut-être d'une angoisse et d'une dépression pathologiques, chose dont on ne parlait pas ouvertement dans les années cinquante. Peut-être son ambition sans bornes s'était-elle fracassée sur l'achat de la nouvelle boutique – celle dont il avait compris qu'elle ne marcherait pas aussi bien qu'il l'avait cru et dans laquelle il avait déjà englouti une part considérable des biens de la famille. Peut-être était-ce la goutte qui fit déborder le vase.

Même en tenant compte de tous ces éléments, je crois que c'est la Shoah qui l'a tué. À moins que je ne veuille le croire. Certaines études suggèrent que le taux de suicide parmi les survivants de la Shoah n'est pas plus élevé que dans le reste de la population, même s'il y eut des suicides notables, comme ceux de Primo Levi, Paul Celan, Bruno Bettelheim et Jean Améry. Survivre à la guerre ne signifiait pas nécessairement en réchapper.

Ma mère a choisi de surmonter cette tragédie en tournant la page sans se retourner, du moins dans ses conversations avec moi. Nous avons vite quitté la maison où nous avions vécu avec mon père pour nous installer dans le deux-pièces d'un immeuble du sud-est de Washington, dans South Capitol Street, que possédait la tante de ma mère, Jean et son oncle Bob. Ma mère en est devenue la gardienne, encaissant les loyers, gérant l'immeuble, et sortant les poubelles des locataires quand le préposé ne venait pas. Je tâchais de me rendre utile. J'étais douée de mes mains et je me suis découvert un talent pour la réparation des stores vénitiens, démontant les lamelles cassées, les réinstallant et remplaçant leurs cordes.

Le logement était exigu : ma mère et moi partagions la chambre, meublée de son bien-aimé lit en acajou et, à côté, d'un petit lit pour moi. Mon frère dormait sur le canapé convertible du salon.

Ma mère et moi nous asseyions sur la pelouse devant notre appartement pour chercher des trèfles à quatre feuilles ; j'ai encore la feuille adhésive pleine de ceux que nous avions trouvés et que ma mère a conservée. Je suis sûre que ce fut une période terrible pour elle mais, en présence de ses enfants, elle demeurait stoïque. Je ne crois pas l'avoir jamais vue pleurer – ni à ce moment-là, ni à aucun autre. Ce n'est que des années plus tard qu'elle m'a dit s'être souvent demandé, à l'époque : « Pourquoi le soleil brille pour tout le monde sauf pour moi ? »

Quand je repense à la façon dont j'ai vécu cette immense tragédie survenue dans ma vie, je me souviens d'avoir tenté de faire encore moins de vagues que d'habitude, d'être une gentille fille et de bien travailler à l'école. Et de m'intégrer. Mes camarades de classe m'ont décerné le titre d'élève la plus appliquée et m'ont choisie pour prononcer le discours de la fête de l'école primaire, à la fin de l'année. Inconsciemment, je devais savoir qu'il me fallait être un soleil pour ma mère. Nous nous protégions mutuellement. Elle ne m'a jamais dit que mon père s'était suicidé, et je ne lui ai jamais posé de questions. Ce fut notre pacte tacite.

Un peu plus de huit ans après la mort de mon père, ma mère s'est remariée. Un cousin l'a présentée à Rubin Kaplan, un homme facile à vivre, qui aimait rire. Lui aussi était un survivant de la Shoah et, comme mon père, il tenait un commerce d'alimentation. Veuf depuis peu, il avait deux jeunes filles : Frances, onze ans, et Judy, neuf ans. J'avais seize ans à l'époque, et mon frère douze.

Nous formions deux familles de trois personnes où manquait l'un des deux parents. Puis, soudain, nous devînmes une famille de six. Nous avons déménagé pour nous installer dans une banlieue résidentielle du Maryland et ma mère nous a tous inscrits dans notre nouvelle école. Nous n'avons pas cherché à discuter des subtilités de former une famille unie ou des sujets potentiellement délicats, problématiques, comme le fait que Frances et Judy venaient de voir leur mère mourir d'un cancer. Je suis sûre qu'il y avait de l'amour entre ma mère et Rubin, ou une sorte d'amour. Mais ce fut aussi l'union propice de deux veufs qui mettaient en commun leurs forces et leurs ressources. Imaginez deux survivants de la Shoah, veufs, trimant sept jours sur sept dans une petite épicerie pour élever quatre enfants. La tribu Brady, très peu pour nous.

À bien des égards, ce changement fut probablement plus facile pour moi que pour les autres. J'étais déjà adolescente et relativement indépendante. J'étais membre d'une association pour jeunes Juifs, les Jeunesses de la synagogue unie d'Amérique, ce qui signifiait que j'avais des amis dans tout le pays, y compris dans notre nouveau quartier. J'avais déjà un pied dehors – j'entrerais bientôt à l'université, même si je continuerais d'habiter la maison une fois inscrite à l'université du Maryland ou quand, l'été, je travaillerais en semaine au ministère des Affaires étrangères et sortirais le week-end.

Nous mettions tous la main à la pâte à l'épicerie Kaplan, au coin de la 17ᵉ et de Florida Avenue, un quartier qui n'était pas épargné par la délinquance à l'époque. Un dimanche, je travaillais là-bas avec M. Gotkin, un Juif d'un certain âge qui nous donnait parfois un coup de main. Le soir, nous avons fermé à clé, comme d'habitude, avant de rejoindre la voiture. J'avais déjà mon permis et je comptais le déposer chez lui. Mais dès que nous avons mis un pied dehors, j'ai été menacée par une arme à feu à bout portant. Le voleur a mis la main sur le sac que je tenais, croyant qu'il contenait de l'argent liquide. Je l'ai lâché, il est parti en courant. Des pommes ont commencé à tomber par le fond du sac, qui était déchiré. M. Gotkin et moi sommes vite montés dans la voiture et avons verrouillé les portières, l'argent à l'abri dans un autre sac.

Après cet incident, je suis devenue méfiante – les rares fois où ma mère et Rubin sortaient seuls, je gardais une batte de baseball près de la porte d'entrée pour protéger la maison et les enfants, au cas où.

Je suis sûre qu'il y eut des moments heureux, mais nous avons aussi constamment vécu dans une sorte de peur – de la délinquance, du manque d'argent, du fait de gérer un petit commerce et de s'occuper de quatre enfants – et, la plupart du temps, ma mère et Rubin étaient épuisés. Cela ne les a pas empêchés de créer une maison accueillante, où toute la famille se réunissait pendant les vacances, où les visiteurs qui n'habitaient pas en ville venaient dîner et où les repas étaient toujours faits maison.

Après l'université du Maryland, j'ai obtenu un diplôme de 3e cycle en sciences politiques à l'université de Boston. Ma mère voulait que je sois enseignante pour fonder une famille et être en vacances tout l'été. J'avais autre chose en tête. J'ai fait une série de petits boulots liés au monde politique, y compris au *Congressional Quarterly.* C'est là que je travaillais quand on a arrangé pour moi un rendez-vous galant avec quelqu'un que je n'avais jamais vu, Bert Foer, en 1970. À l'époque, il faisait son service et avait été mobilisé pour la guerre du Viêtnam pendant ses études de droit. Nous nous sommes mariés un an plus tard et avons déménagé à Chicago pour qu'il puisse terminer la fac de droit à l'université de Chicago. J'ai décroché le poste d'attachée de presse de l'État de l'Illinois pendant la campagne présidentielle de George McGovern. Ce fut une grande chance et un boulot exaltant ; j'ai même eu la chance de participer à la convention démocrate avec les délégués de l'Illinois. Mais j'avais vingt-cinq ans, j'étais jeune et un peu dépassée par les événements. Un jour, par exemple, j'ai dit à des journalistes que l'hélicoptère qui transportait le directeur de campagne de l'Illinois entre Chicago et Springfield, où il allait probablement déposer les documents officiels de candidature de McGovern à l'élection, était cloué au sol dans un champ de maïs à cause des mauvaises conditions météo. C'était vrai, et pourtant, ce fut ma première leçon. Moins on en disait, mieux ça valait. Les journalistes et les caricaturistes politiques, avides de mettre un peu de piment dans le train-train quotidien de cette campagne, se sont emparés de l'image de l'hélicoptère embourbé dans un champ de maïs au lieu de le montrer à Springfield, la capitale de l'État. Cela devint un sujet de railleries, notamment dans une caricature publiée par le *Chicago Tribune* et des reportages du J.T. du soir sur les chaînes nationales.

Après la fac de droit et l'élection à l'issue de laquelle McGovern fut battu à plates coutures, nous sommes retournés à Washington pour nous rapprocher de la famille. Notre premier fils est né en 1974 et les deux autres en l'espace de huit ans. J'ai occupé une poignée de postes différents dans les relations et les affaires publiques, et j'ai créé ma propre boîte. Nous nous sommes installés dans un quartier confortable de Washington, allant à la synagogue, nous impliquant dans les activités scolaires de nos enfants et, bien que chaque aspect de mon existence fût remarquable pour l'épouse, la mère et la femme que j'étais – chaque circoncision, chaque bar-mitsva, chaque match de foot, spectacle scolaire et conversation autour de la table constituant un émerveillement –, ce fut aussi un soulagement que tout soit on ne peut plus normal.

Rubin, qui était devenu croyant à la fin de sa vie, mourut le jour de Noël, le 25 décembre 2003. Ils étaient mariés depuis quarante et un ans. Après sa mort, ma mère a continué d'habiter seule dans la maison pendant neuf ans.

Elle s'occupait, allait faire sa gym, allait à la synagogue et nous emmenait faire des emplettes. Comme elle ne savait pas conduire et qu'elle savait qu'aucun de nous n'avait le temps ou la patience de s'arrêter aux six ou sept différents magasins qui lui permettraient de bénéficier des meilleures promos, elle répartissait entre nous les courses à faire, m'enrôlant, enrôlant mon frère, mes demi-sœurs, et son petit-fils. Je fus sans doute la moins tolérante et la plus frustrée de tous. Finalement, elle s'aperçut que ses amis du quartier mouraient– beaucoup étaient aussi des survivants de la Shoah – et qu'elle ne voulait plus vivre seule.

Elle décida de s'installer dans une résidence juive pour personnes âgées dépendantes en 2012. Quand elle y alla pour discuter des préparatifs de son installation, elle insista pour s'y rendre sans mon frère ou moi. Elle savait que nous accepterions immédiatement les tarifs proposés. Comme toujours, elle était déterminée à négocier. L'une de mes amies, venue lui rendre visite à ce moment-là, éclata de rire et lui dit : « On ne marchande pas, dans ce genre d'endroits. » C'était sans doute vrai mais, malgré tout, ma mère obtint une ristourne.

Au bout de trois ans, elle voulut partir. Elle m'avoua qu'elle avait peur de rester seule dans l'appartement. Au début de l'année 2015, je l'ai ramenée à la maison pour le week-end et ce fut terminé. Même si nous avons gardé l'appartement plusieurs mois, nous n'avons jamais réussi à la convaincre d'y retourner et elle a habité avec nous pendant trois ans et demi.

Quand il fallut lui faire définitivement quitter son appartement pour l'installer chez nous, mon frère proposa de s'occuper de tout et dit qu'il s'arrangerait pour se débarrasser des meubles et de la plupart des vêtements. Elle n'avait jamais accordé trop d'importance aux biens matériels ; elle n'accumulait pas les *tchotchkes* comme la porcelaine ou les figurines. Mais elle gardait une trace de ce qui comptait et elle tenait à jour des carnets détaillés de ses antécédents médicaux et de ses lettres les plus importantes, classées et soigneusement étiquetées ; ses photos étaient rangées dans des enveloppes. Je fus reconnaissante à mon frère de son aide, mais je sentais que c'était l'occasion rêvée d'apprendre de nouvelles choses, voire de découvrir quelques secrets, et j'insistai pour être la première à me rendre dans l'appartement avant qu'il soit vidé. Je ne voulais pas récupérer quoi que ce soit ; ma mère avait d'ailleurs déjà donné les quelques objets de valeur qu'elle possédait. Elle avait offert à mes demi-sœurs une montre et un collier en or. À ma belle-sœur, la bague de diamants qu'elle avait rapportée d'Europe. Et à moi, un collier de perles, tout en me sommant de n'en jamais remplacer la chaîne ni changer le fermoir. Si je le faisais réparer, pensait-elle, il ne serait plus qu'un collier de perles parmi d'autres, et plus le sien.

Par ailleurs, elle avait toujours été prévoyante avec ses finances, donnant de l'argent à ses enfants et petits-enfants, calculant ce qu'il lui fallait pour tenir jusqu'à la fin de sa vie. Ce n'était donc pas après l'argent ou les bijoux que je courais, c'était après quelque chose de plus précis : je voulais mettre la main sur le mot d'adieu de mon père. Pour être franche, je n'étais même pas sûre qu'il existât, mais je le soupçonnais. C'était sans doute ma dernière chance de le retrouver.

Son appartement lumineux était plein de meubles du logement qu'elle avait partagé avec Rubin, dont cette chambre en acajou achetée en 1949. Elle avait toujours le même bureau, toujours couvert des mêmes vieux papiers, avec ses chèques annulés, tous soigneusement classés et étiquetés. Certains étaient datés de 1949, l'année de notre arrivée aux États-Unis. Elle avait aussi attaché avec des pinces des copies de bons d'épargne encaissés depuis longtemps. J'ai tout passé en revue, sans succès.

Ma mère et moi poursuivions notre travail de rangement et de classement, quand, au bout de quelques heures, nous nous sommes assises sur le lit pour nous reposer.

« Où est-ce qu'il est ? lui ai-je demandé, tentant le tout pour le tout.

— Quoi ?

— Le mot de papa.

— Je ne sais pas. J'ai oublié », m'a-t-elle répondu.

J'étais presque sûre qu'elle bluffait, alors j'ai poussé ma chance : « Très bien, ai-je dit, on va rester là jusqu'à ce que ça te revienne. »

Elle n'a pas bougé, n'a rien dit – moi non plus, pendant au moins cinq longues minutes.

Finalement, elle a craqué. « C'est sur l'étagère du haut dans la penderie de la chambre. »

Je suis montée sur un tabouret pour atteindre l'étagère et, sans surprise, c'était bien là. Une boîte de 20 × 25 cm et de 10 cm de profondeur, qui contenait ce qu'elle avait de plus précieux. Ce n'était pas une boîte ordinaire : elle était recouverte d'un papier adhésif qui avait l'apparence du bois. J'ai eu l'impression de déterrer un trésor. À l'intérieur, les vestiges de la vie de ma mère : des dizaines d'enveloppes, chacune soigneusement étiquetée, qui contenaient des lettres et des chèques annulés. Elle avait aussi gardé les lettres de remerciements qu'on lui avait adressées pour des prêts sans intérêts. L'une d'elles était le cri du cœur de l'épouse d'un épicier à qui ma mère avait prêté de l'argent – elle la remerciait et la suppliait de ne jamais révéler qu'ils avaient eu des soucis d'argent.

J'imagine qu'il n'y avait rien d'étonnant dans le fait qu'elle ait gardé ce genre de traces. Quand elle avait quitté sa maison pour aller dans cette résidence communautaire, elle m'avait montré une boîte à chaussures, elle aussi recouverte de papier adhésif, qui contenait des lettres que m'avaient envoyées mes ex-petits amis, classées par ordre chronologique et alphabétique de l'envoyeur. Manifestement, elle les avait toutes lues.

J'avais aussi trouvé le chèque annulé du paiement de la moitié de l'acompte sur le prêt de la maison que Rubin et elle avaient achetée. D'autres enveloppes portaient le prénom de ses enfants, beaux-fils et belles-filles, petits-enfants, et contenaient les cartes – même les cartes de vœux Hallmark – et les petits mots qu'ils lui avaient envoyés au fil des ans. Une enveloppe portait l'étiquette *ketouba*, en hébreu et, sans surprise, j'y ai trouvé la grande et belle *ketouba* du mariage de mes parents le jour de Lag Ba'omer en 1945 à Lodz.

Il y avait aussi la plus grande et la plus sophistiquée des cartes de fête des Mères que j'aie jamais vue, datée de 1950 et signée « Louis et Esther » avec de beaux caractères qui donnaient l'impression d'être l'œuvre d'un calligraphe professionnel. C'était notre première fête des Mères en Amérique.

Et puis je l'ai trouvée, l'enveloppe que je recherchais, sobrement étiquetée « 30 juillet 1954 ». La date du suicide de mon père.

Il y avait quatre mots, en réalité, tous écrits en yiddish ou dans un mélange de yiddish et d'anglais – du *yidglish*, comme on disait. Dessus figurait une adresse, « 1822 N. Capitol Street ». Chaque mot était numéroté ; les deux premiers étaient écrits sur des feuilles de papier boucherie qu'il utilisait pour emballer la viande, dans sa boutique. Les deux derniers mots étaient écrits sur une feuille arrachée à un petit carnet de notes à spirales, recto verso.

« Il disait qu'il m'aimait » : c'est tout ce que ma mère m'a dit à propos des mots ce jour-là, tandis que nous étions assises sur son lit. Elle me l'a dit d'un ton étrangement détaché. Mais je vois aujourd'hui que c'était tout ce qui comptait à ses yeux, qu'il l'ait aimée. Ou peut-être était-ce tout ce qu'elle voulait que je sache. Bien sûr, elle n'avait pas besoin de me le dire ; il était clair, sur les photos de Lodz, celles de leur mariage et celles du temps qu'ils avaient passé au camp de réfugiés, qu'ils étaient amoureux.

Elle ne pouvait pas savoir que ce que je voulais entendre, c'est qu'il m'aimait, moi aussi. Lorsqu'il s'est tué, j'étais à peine plus âgée que la petite fille qu'il avait perdue, et mon frère était à peine plus jeune. Quand il nous regardait, pensait-il à son premier enfant ? Était-ce trop dur pour lui ? Ces questions-là, je ne les avais jamais formulées à haute voix.

J'ai ensuite fait traduire les mots d'adieu.

Le premier commence par : « Mon Etele est la meilleure épouse du monde. Pardonne-moi pour tout, ma chérie. » Puis il demande à ma tante Jean et à mon oncle Bob de « prendre bien soin de mes chers petits enfants et de ma chère Etele. Ainsi vous en serez récompensés, si Dieu le veut. »

Le mot suivant commence de la même façon : « Ma chère Etele et mes bons petits *kinderlekh* [enfants]. Etele, sois bonne avec nos enfants comme si nous étions tous ensemble... Ce sont des diamants. Etele, je te souhaite un avenir plein de bonheur. Je mets un terme à mes souffrances. Le monde est *narish* [absurde]. À toute ma famille, je demande de prendre bien soin de mes jeunes enfants... Et aussi, tout particulièrement, d'Etele. Je demande pardon à tout le monde pour ma terrible mort. »

Les mots suivants continuent dans la même veine. Le dernier dit : « Mes bons et chers petits. Prenez soin de vous et soyez heureux... Je regrette beaucoup de vous infliger ce malheur. Il faut qu'il en soit ainsi. Je suis à bout de nerfs et c'est insupportable. Mes chers petits, écoutez bien votre mère. » Signé : « Votre père, Leibel. »

7

Le 17 mars 1986, mes fils m'ont fait une surprise pour mes quarante ans. Nous aimons ça, les célébrations, dans la famille, et nous commémorons petits et grands événements, faisant tout nous-mêmes, dessins et gâteaux. Les semaines de préparation sont souvent plus amusantes que les fêtes elles-mêmes. Mais ce jour-là, le jour de mon véritable anniversaire, personne n'était jamais sûr de savoir quoi faire. Les garçons – qui avaient douze, neuf et trois ans et demi – décidèrent qu'il était temps de changer tout ça. Ils invitèrent donc chez nous tous leurs amis et les parents de leurs amis, et préparèrent cupcakes et cookies avec l'aide des voisins.

C'est à cette époque que de nombreux survivants de la Shoah et leurs familles vécurent un changement essentiel. Les commémorations de moments charnières liés à la guerre, comme la Nuit de Cristal, devinrent enfin publiques. En 1980, le Congrès vota à l'unanimité la création d'un conseil afin de réaliser un mémorial aux six millions de Juifs et aux millions d'autres victimes de la Shoah, qui devint le musée du mémorial américain de l'Holocauste. Le premier rassemblement de survivants de la Shoah eut lieu en Israël en 1981, et Elie Wiesel remporta le prix Nobel de la Paix en 1986. La culture populaire aussi commença à rendre compte de la Shoah dans des documentaires, des mini-séries et des longs-métrages : *Le Journal d'Anne Frank* fut tourné pour la télévision en 1980, *Le Choix de Sophie* en 1982 ; et en 1985 sortit *Shoah*, documentaire français d'une durée de neuf heures.

Une nouvelle dynamique se forma entre les générations quand les survivants devinrent grands-parents, comme ce fut le cas dans notre famille. Alors que ma mère rechignait encore à me parler de la guerre, elle s'en ouvrit beaucoup plus à ses petits-enfants, non seulement à propos de ce qu'elle avait enduré, mais aussi du shtetl où elle avait grandi. Pour moi, ces histoires étaient profondément tragiques. Pour mes enfants, qui avaient plus de distance, c'étaient des histoires de rédemption et la preuve de la force de leur grand-mère et de sa nature de super-héroïne.

Ce fut aussi une période où l'image que j'avais de moi changea. Je tentais toujours de trouver ma place et je m'apercevais que la majeure partie de mon histoire personnelle était guidée par un subtil esprit de rébellion. Petite, j'évitais de traîner avec les autres « blancs-becs », ce mot d'argot qui désignait les immigrés de première génération, parce que les survivants de la Shoah et leurs familles fraîchement débarqués d'Europe avaient tendance à rester entre eux, étaient vraiment des blancs-becs et ne connaissaient pas le mode de vie américain. Et puis, plus tard, consciemment ou non, j'ai épousé quelqu'un qui ne venait pas de ce monde. Mon mari, Bert, un intellectuel d'humeur égale, qui a tout au long de son éminente carrière d'avocat défendu les lois antitrust, est lui-même issu d'une famille juive installée aux États-Unis depuis plusieurs générations. La Shoah était un événement lointain pour lui, qui avait reçu une éducation laïque. Il m'a dit n'avoir appris l'existence de la Shoah que des années après la fin de la guerre, quand il avait accompagné sa mère au cinéma et qu'elle avait éclaté en sanglots devant des actualités cinématographiques consacrées à l'Europe. Ce fut un soulagement de devenir membre d'une famille où l'on était assez décontracté pour dire ce que l'on pensait, où l'on pouvait plaisanter, où il n'y avait pas de secrets douloureux. À bien des égards, la décontraction et les encouragements de Bert m'ont permis de devenir celle que je suis.

À ma petite échelle, je me suis aussi révoltée contre les habitudes de privation de ma mère. C'était plus qu'une simple obsession du marchandage : elle cuisinait tout avec parcimonie, économisant les ingrédients, comptant les grains de riz. À la naissance de l'un de ses arrière-petits-enfants, elle nous fit un chèque généreux – et nous offrit une liasse de bons de réduction pour des couches Pampers. Même dans les hôtels et les restaurants chics où nous l'invitions parfois, elle prenait sans hésiter les petits pains qui étaient dans la panière sur la table et les glissait dans des sacs plastiques qu'elle fourrait ensuite dans son sac à main, à ma grande honte. Mais comment reprocher cela à cette femme qui avait jadis volé des pommes de terre et les avait cachées dans la doublure de son pantalon pour survivre ? À la fin de sa vie, alors qu'elle avait emménagé chez nous, je trouvais parfois des morceaux de chocolat dans le sac accroché à son déambulateur ou cachés dans sa chambre, au cas où.

De mon côté, je réagissais en adoptant le comportement inverse. S'il y avait moyen de payer un peu plus cher, j'étais la bonne poire qui tombait dans le panneau. Je voulais embrasser la vie, pas vivoter ni vivre dans les ténèbres.

J'avais beau être déterminée à mordre la vie à pleines dents, même si cela consistait simplement à ajouter un peu de beurre ou de sucre à une recette, il m'arrivait parfois de douter de mon rôle. Je voulais être une bonne fille – ne pas causer de soucis à cette femme qui avait tant souffert. Mais je voulais aussi trouver ma voie. Je ne cherchais pas à fuir mon passé et je savais que j'avais un rôle à jouer dans cette histoire en tant que lien biologique entre ma mère, cette survivante à poigne, dans tous les sens du terme, et mes enfants, trois garçons qui évoluaient dans ce monde avec leur caractère bien trempé, et des histoires à raconter. Je servais de trait d'union entre ces générations, mais qu'est-ce que cela signifiait ?

On ne pouvait pas dire que je n'avais pas trouvé ma voie sur le plan professionnel : j'avais occupé des postes stimulants et intéressants dans le milieu de la politique et des affaires publiques pendant des années. Simplement, ce que je faisais n'avait pas grand rapport avec mes préoccupations profondes ou ces lieux d'Ukraine qui me hantaient. Puis on m'a proposé, en 2007, de diriger Sixth & I, un nouvel institut culturel juif hébergé dans une synagogue historique du cœur de Washington. C'était pour moi l'occasion rêvée de créer et de cultiver un nouveau modèle de communauté et d'expérience juives que je ne pouvais refuser, même si cela marquait une incursion inattendue dans un nouveau domaine professionnel, avec une énorme baisse de salaire. Et cela me tomba dessus à un moment où j'avais décidé de lever le pied : j'avais déjà soixante ans et j'étais devenue grand-mère.

Les divers fils de ma vie semblaient converger vers ce moment. J'étais impatiente, et j'avais l'opportunité de boucler la boucle de mes racines familiales : deux des personnes clé avec qui je travaillais désormais étaient originaires du même shtetl que mon père. La famille de Shelton Zuckerman, fondateur et président du conseil d'administration de Sixth & I, était de Trochenbrod. De fait, nous étions cousins éloignés. Nous avions fait le rapprochement des années auparavant, quand Jonathan et le neveu de Shelton, David, étaient devenus amis en CM1. Bob Kogod, éminent philanthrope et parrain de Sixth & I, qui se trouvait être un cousin lui aussi, avait également des origines familiales à Trochenbrod. Sur une carte du Trochenbrod d'avant-guerre, nous nous étions aperçus que les grands-parents de Bob et les miens étaient littéralement voisins d'en face, dans la même rue – ou plutôt, pour être tout à fait précis, sur le même chemin de terre.

C'est récemment que j'ai commencé à comprendre que la mise au jour de ces liens était ma véritable vocation et c'est au cours de ces dernières années, grâce à mes recherches dans les archives, à mes voyages et à mon travail d'enquête, que j'ai commencé à rattacher les maillons de la chaîne familiale.

Grâce aux nouveaux éléments que j'ai pu glaner auprès de ma mère, dans les archives, les bases de données et les publications, je suis partie à la recherche de ma famille élargie, examinant de vieilles lettres et des documents, cherchant de lointaines connexions lors de mes voyages et, des années plus tard, grâce aux progrès de la technologie, menant des recherches en ligne sur une base de prélèvements ADN. La découverte inattendue d'une personne menait inévitablement à une autre, et à de nouvelles informations. Pourtant, plus j'en apprenais, moins j'avais l'impression de savoir.

Tout en recherchant les membres de ma famille, guidée par un authentique désir de comprendre et de créer du lien, je poursuivais un autre objectif, qui, d'une certaine façon, relevait du domaine du fantastique : j'espérais retrouver la famille qui avait caché mon père afin de pouvoir parler avec l'homme et les deux femmes présents sur cette photo abîmée, eux qui avaient le mérite d'être les sujets concrets de ma recherche. Je ne croyais sans doute pas vraiment qu'une telle rencontre aurait lieu, mais je voulais tenter ma chance pendant qu'il était encore temps. Bien sûr, j'ignorais par où commencer ; je n'arrivais même pas à déchiffrer ce qui était écrit au dos de la photo, hormis ce qui ressemblait au mot « Augustine ». Je ne savais même pas à quoi il faisait référence : était-ce une personne, une adresse ou un mot griffonné là au hasard par quelqu'un qui n'avait rien d'autre sous la main ?

En guise de cadeau pour mon bac, ma grand-tante Jean, celle que je trouvais « distinguée », m'avait emmenée en voyage en Israël. Avec le recul, j'y vois la première étape de mon périple. C'était la tante de ma mère, elle venait d'un petit village situé à la périphérie de Kolki, et elle était devenue de facto une grand-mère pour moi, ainsi qu'une passerelle vers ce que je croyais être à l'époque un monde plus raffiné. Jean était une formidable aristocrate. Soit on l'aimait, soit on la détestait ; il n'y avait pas d'entre-deux. C'était une femme corpulente – pas grosse, mais large et plantureuse, ce qu'il était dur de ne pas remarquer, étant donné son attirance pour les chemisiers échancrés, y compris à la fin de sa vie.

Elle avait émigré adolescente, avant la guerre, en se glissant sur un bateau avec un parent et, d'après la légende familiale, en se cachant sous les jupons d'une femme. Elle était venue à Washington, où elle avait fini par faire carrière en tant que responsable du département « décoration » chez Kann's, un grand magasin, désormais fermé, sur Pennsylvania Avenue. Par conséquent, elle savait ce qui se faisait de mieux dans la vie et me l'enseignait, m'emmenant par exemple toute petite acheter une paire de gants blancs. Elle voulait que je sache apprécier les produits de qualité et, même si elle n'était pas riche, elle avait un avis bien tranché sur ce qu'il fallait ou ne fallait pas posséder. Quand Bert et moi nous sommes mariés, elle insista pour que nous ayons de l'argenterie et des services de porcelaine, mais elle les choisit pour nous. « Ma chérie, me dit-elle, tu n'as pas encore assez bon goût. »

Un jour, vers la fin de sa vie, elle alla à New York et en revint avec le tableau d'un nu féminin dont nous ne savions trop que faire. Il resta accroché au-dessus du lit où elle dormait avec son second mari, un homme attentionné et doux qui s'appelait Harry Greenberg et qu'elle connaissait depuis presque toujours. Des années plus tard, quand elle s'installa dans une maison de retraite et que nous vidâmes son appartement, nous ne sûmes toujours pas que faire du tableau ; personne dans la famille ne s'est empressé de le réclamer.

J'ai fini par le prendre et l'accrocher, sans conviction, dans notre salon. Un jour que le rabbin nous rendait visite, je me suis inquiétée : qu'allait-il penser de moi, la mère de trois enfants, en voyant ce tableau étrangement provocant au mur ? Qui sait ce qu'il a réellement pensé, mais son seul commentaire fut pour me demander si c'était l'œuvre d'un artiste célèbre. À vrai dire, je n'en avais aucune idée.

Au-delà de ses goûts artistiques, Jean m'a ouverte à une multitude d'univers. C'est lors du voyage que nous avons fait ensemble en Israël que j'ai rencontré, pour la première fois, des parents proches de mon père : trois cousins qui m'avaient connue petite. Ils furent abasourdis de me revoir. Ils déclarèrent que c'était un miracle, ce qui était le cas, en un sens – quand il reste si peu de survivants, chaque fois que l'on retrouve un membre de la famille, cela relève du miracle. Je n'ai pas trop su quoi leur demander, mais, sur le moment, le fait de renouer contact avec eux m'a suffi, et j'ai réussi à rassembler quelques bribes d'informations sur mon père et la famille de sa mère, les Bisker.

Même si j'aimerais bien avoir une nouvelle fois l'occasion d'interroger ces cousins morts depuis longtemps, ce voyage servit de catalyseur à ce qui allait devenir mon second métier, celui de connecteur de la famille, de plaque tournante d'un réseau de personnes qui ont repris et maintenu le contact avec des parents éloignés.

Si cette génération n'était plus là pour nous transmettre ses souvenirs, au début des années 2000 apparurent soudain de nouveaux moyens de connexion avec les membres de la famille : les tests ADN. J'ai eu la possibilité de participer à la recherche d'ancêtres par le biais de la génétique quand National Geographic nous a demandé d'organiser un événement à Sixth & I dans le cadre de son Projet génographique, en 2008. Pour rendre leur présentation plus intéressante, ils ont proposé d'analyser les résultats de membres de l'équipe et, sans surprise, je me suis portée volontaire. J'ai aussi donné un prélèvement de salive de mon frère. Le travail génographique avait pour but d'analyser les mouvements migratoires de l'ADN et non des individus, qui furent connus plus tard après d'autres séries de tests. Nous n'avons rien appris de très intéressant en dehors du fait que, du côté des hommes, notre lignée paternelle était fortement représentée au sein des populations méditerranéennes, en particulier dans les Balkans, en Grèce, mais aussi en Sicile. Nous avions des racines africaines, mais nos ancêtres avaient apparemment choisi de migrer vers le Nord, transitant par ce qui est aujourd'hui Israël, la Turquie et la Grèce. C'était plutôt logique : à Istanbul, j'étais tombée sur un bazar Safran – peut-être était-il tenu par des parents. En hébreu, *sefer* signifie « livre, » et *sofer* « scribe ». Et, bien sûr, le nom vient peut-être de l'épice, qui a aussi des racines au Moyen-Orient.

Peu après cette expérience, la commercialisation des tests ADN a explosé grâce à des sociétés comme 23andMe, qui simplifiaient le processus de recherches. C'était fascinant, mais cela me donnait aussi l'assurance de me faire une fois de plus happer toute la nuit dans un puits sans fonds. J'ai commandé des kits pour moi, mon frère et Bert, que j'ai convaincus de participer, malgré leurs réticences. Avec le temps, j'ai complété mes recherches en recourant à des outils comme Ancestry, MyHeritage et FamilyTreeDNA. Bert fut ravi d'apprendre que, d'après les résultats obtenus avec 23andMe, il était légèrement plus ashkénaze que moi – 97 % contre 94. La différence était insignifiante, évidemment, mais néanmoins intéressante.

Bert avait aussi beaucoup plus de parents proches que moi, ce qui n'était guère étonnant vu les différences entre nos histoires familiales. Tant de branches de mon arbre généalogique ont été coupées pendant la Shoah. Certains résultats, dans mon cas, étaient des cousins au troisième ou quatrième degré, qui portaient des noms que je reconnaissais. Puis apparut une petite-cousine au nom inconnu – Cheryl Kahn – dont les caractéristiques génétiques communes étaient bien supérieures à celles de tous les autres. Nous sommes entrées en contact et elle m'apprit que son grand-père, Max Bronstein, avait trouvé la mort à Saint-Louis dans un accident de voiture en 1947, juste avant la naissance de son père – c'était du moins ce qu'on lui avait dit. Or, j'avais un grand-oncle, Max, qui ne s'était jamais marié et qui était mort en 1994 de cause naturelle. Nous décidâmes de demander à nos parents de passer le test ADN. Ma mère essaya deux fois mais elle ne put donner assez de salive. Le père de Cheryl y parvint et s'avéra un cousin au deuxième degré de mon frère et de moi ; autrement dit, mon grand-oncle Max était bien le grand-père de Cheryl – son grand-père paternel.

J'étais impatiente d'étreindre cette nouvelle cousine, qui est de la même génération que mes enfants. Cheryl et son mari, Steve, sont venus de Californie pour nous rencontrer. Après leur visite, j'ai dit à Jonathan qu'elle m'avait vraiment donné l'impression d'être de la famille, ce à quoi il m'a répondu que c'était réellement le cas. C'est d'autant plus vrai qu'une étude récente a démontré que tous les Juifs ashkénazes sont cousins si l'on remonte jusqu'au trentième degré de parenté, et qu'ils descendent des mêmes 350 personnes qui vécurent il y a six cents à huit cents ans de cela. Mais cela ne diminue pas le lien qui est le nôtre : Cheryl m'appelle « tante Esther », et je la considère comme ma nièce.

J'ai tellement pris l'habitude de naviguer sur ces sites et d'établir des connexions que j'ai aidé Bert à remonter la trace de sa famille et que j'ai forgé, au fil des ans, des réseaux qui vont du Midwest à l'Amérique du Sud et de la Pologne à l'Australie. Mais, un jour, je me suis retrouvée dans une impasse. Les kits de tests ADN préviennent que l'on peut se découvrir des parents auxquels on ne s'attend pas, c'est-à-dire que l'on peut déterrer quelque scandale familial, apprendre qu'un membre de la famille est le fruit d'une liaison adultère. Un soir, je suis tombée sur une cousine au deuxième degré de Bert qui s'appelait Kendra Moore. Bert et moi en sommes restés perplexes : tout indiquait que nous étions en présence de quelque histoire licencieuse. Bert m'a demandé de ne pas aller plus loin ; il ne voulait pas savoir d'où venait Kendra, vu l'étroitesse de leurs liens ADN. Ce fut plus fort que moi, évidemment. J'ai tenté d'entrer en contact avec Kendra par le biais de 23andMe, mais elle n'a pas répondu. Déterminée, j'ai cherché son nom sur Google, sans succès. Alors que j'étais sur le point d'abandonner, elle a enfin répondu, m'expliquant qu'elle était une cousine au deuxième degré de Bert – Melissa Roudi, que nous connaissions bien. Elle s'était inscrite sur le site par curiosité et avait utilisé un pseudo. Comme elle était assise à côté d'un climatiseur Kenmore au moment de l'inscription, elle s'était inspirée du nom de la marque pour inventer un nom : « Kendra Moore ».

Après avoir frôlé un scandale familial, j'ai pu garder mon job d'historienne de la famille Foer. J'ai même eu l'idée d'organiser une grande réunion de famille – ce que j'appelais de mes vœux depuis toujours. Notre noyau familial, qui consiste aujourd'hui en trois enfants et six petits-enfants, est désormais la plus longue branche de l'arbre généalogique de Bert.

Imaginez une famille qui aime faire les choses en grand à chaque anniversaire, multipliez cela par dix, et vous aurez un aperçu de ce à quoi ressemble le *seder* chez nous. Le nombre d'invités peut varier, surtout quand la famille s'agrandit, mais, pour vous donner un ordre d'idée de la taille de notre *seder*, sachez que j'ai peint à la main un service Ikea de trente-six assiettes pour la fête de Pâque. Ce fut un projet de longue haleine : j'ai travaillé sur les assiettes plates pendant un an, sur les assiettes creuses l'année suivante, avant de finir par les assiettes à dessert.

Pour moi, Pâque n'est pas seulement l'occasion de réunir la famille autour d'un repas et de la lecture de l'Aggada ; c'est l'occasion d'entretenir la flamme du souvenir. Nous modifions nos récits, posons des questions, transposons l'histoire à l'époque contemporaine, la personnalisons, et nous en faisons même une représentation théâtrale. L'oralité est essentielle à la résilience.

Chaque année, nous trouvons un nouveau thème pour rafraîchir l'histoire de Pâque. Certaines années, nous écrivons une pièce de théâtre et faisons des appels au casting. « Vous rêvez de devenir une star de Pâque ? », proclamait un dépliant que mes fils ont envoyé quand ils étaient petits.

> Pour choisir un personnage, feuilletez votre Aggada !
> Quelques suggestions :
> 1. Moïse bébé
> 2. Aaron
> 3. Pharaon (BOOOUUU !!!)
> 4. Un Égyptien à l'époque des dix plaies (Il faut qu'il soit bien en colère !)
> 5. La fille de Pharaon qui a trouvé Moïse dans le Nil
> 6. La sœur de Moïse
>
> Soumettez-nous vos propositions.

À côté des avis de chacun sur le *seder* de l'année précédente (« Cowabunga !!! C'était génial, mon vieux !!!! ») figuraient les coordonnées de Jonathan, qui s'occupait du casting, pour éviter les doublons dans la distribution des rôles.

Lors d'une autre Pâque, plus cérébrale, il y a une quinzaine d'années, nous avons envoyé le questionnaire suivant :

- Quel est le lien entre oralité et histoire, entre oralité et souvenir, entre oralité et théâtre (représentation) ?
- En quoi l'histoire de l'Exode transmet-elle des valeurs ?
- Quelle est la différence entre l'histoire orale et l'histoire écrite dans le judaïsme ?
- Quel sens particulier peut-on donner à l'histoire cette année, à un moment où notre pays est en guerre au Moyen-Orient, où l'avenir d'Israël est en danger, l'antisémitisme rampant dans le monde et les libertés américaines assiégées chez nous ?

Plus récemment, notre dernier petit-fils, Leo, s'est pris de passion pour la guerre civile, que nous avons réussi à intégrer au *seder* – le rapprochement est un peu tiré par les cheveux du point de vue historique, mais cela reste une histoire d'esclavage. Nous avons même parlé de la façon dont les soldats juifs célébraient le *seder* pendant la guerre. Leo a porté l'uniforme d'un soldat de l'Union, et nous avons acheté des chapeaux de l'Union et des confédérés pour les autres invités ; Sacha, l'aîné de Jonathan, a joué le rôle d'Abe Lincoln, déguisé avec une barbe semblable à celle du président et coiffé d'un tuyau de poêle. Nous avons quand même réussi à inclure tous les rituels de la Pâque juive.

Même s'il était autrefois important pour moi que tout le monde puisse s'asseoir à la même table, notre groupe s'est tellement élargi que nous avons déménagé au salon, où nous nous asseyons sur des coussins éparpillés au sol, comme si nous célébrions le *seder* dans le désert. C'est ce qui a permis à ma mère de se joindre à nous pendant les dernières années de sa vie sans avoir à descendre au sous-sol, le seul endroit où l'on pouvait faire tenir tout le monde à la même longue table. Cela a permis aux plus jeunes de nos petits-enfants de bouger librement sans s'impatienter à table.

Ma mère a toujours été la star de nos *seder* ; elle y tenait le rôle central. Une année, nous avons organisé le *seder* autour de l'histoire de son exode personnel d'Europe en Amérique.

Ma mère est d'ailleurs une célébrité de la Pâque juive : elle a appris à l'animatrice Martha Stewart, sur une chaîne nationale, comment préparer des boulettes de *matsa*. C'était une émission censée promouvoir la version 2012 de la nouvelle Aggada américaine, publiée sous la direction de Jonathan, qui avait proposé, au lieu de parler du livre, d'inviter sa grand-mère à faire une démonstration culinaire. Dans la loge, avant le début de l'émission, elle a raconté aux membres de l'équipe qu'elle avait survécu à Hitler, ce à quoi ils ont malicieusement répondu : « Dans ce cas, vous arriverez bien à survivre à Martha ! » Ce qu'elle a fait, sous les applaudissements chaleureux du public.

Entre les nombreuses fêtes de Pâque et en marge des trajets en covoiturage, des devoirs scolaires, des repas, des factures et de tout ce que les choses du quotidien peuvent avoir à la fois d'extraordinaire et de terre à terre, j'ai continué, à mes heures perdues, de mener mes recherches. Et, même si je réussissais à dérouler peu à peu le fil des événements, il n'y eut pas d'avancée majeure avant que notre fils cadet, Jonathan, s'empare du projet.

Pour sa dernière année à Princeton, il avait besoin d'un sujet de thèse. Il espérait aussi passer l'été à Prague avec un ami et cherchait le moyen de concilier ces deux objectifs. J'ignore combien d'idées furent lancées, mais je lui ai proposé de partir en Ukraine pour tenter de trouver la famille qui avait caché son grand-père pendant la guerre. C'était, évidemment, ce que j'avais voulu faire en 1998, sans en avoir le courage.

Jonathan fut intrigué et je me suis mise à travailler sur l'organisation, rassemblant tout ce qui pouvait être utile à l'accomplissement de cette mission. J'ai fait pas moins de quarante copies de la photo de la famille qui avait caché mon père pour qu'il les distribue à Trochenbrod et dans les villages alentour. J'ai trouvé des cartes d'Ukraine en anglais et en ukrainien sur lesquelles j'ai entouré au feutre les shtetls importants qu'il fallait visiter, y compris Trochenbrod, d'où était originaire mon père, et Kolki, d'où venait ma mère. Non seulement j'ai fourni à Jonathan des sacs Ziploc, mais je lui ai donné une dizaine de pellicules noir et blanc pour qu'il rende compte de son voyage. J'avais le sentiment qu'il ne devait pas prendre de photos couleur, peut-être parce qu'elles ressembleraient trop à celles que j'avais déjà de ces lieux, mais aussi, sans vouloir trop plonger dans les recoins de ma psychologie, parce que le côté ténébreux du noir et blanc me semblait plus pertinent.

Il aurait besoin d'un guide en Ukraine, j'ai donc mis Jonathan en contact avec Mark Talisman, ancien vice-président du musée du mémorial américain de l'Holocauste, qui connaissait les responsables d'une agence de tourisme juive à Prague, où on l'aiderait à trouver un traducteur et un guide.

Même si ma mère savait que Jonathan partait passer l'été à Prague, nous ne lui avons pas parlé de l'autre volet du voyage. Elle ne comprendrait jamais que son petit-fils aille en Ukraine ; pour elle, c'était l'endroit le plus sinistre au monde, où s'était produit l'indicible et où, dans son esprit, l'indicible pouvait se reproduire.

Que Bert et moi l'ayons encouragé à entreprendre ce voyage ne signifiait pas que nous n'étions pas inquiets, nous aussi. C'était avant 1998, avant les téléphones portables, avant que le monde soit connecté par Internet, et, lors des cinq jours qu'il passa en Ukraine – dans ce coin du monde retiré, souvent périlleux –, nous n'avons pas pu communiquer avec lui. Nous appelions ponctuellement son colocataire à Prague, Itamar Moses, pour prendre des nouvelles, mais il n'en avait pas plus que nous.

Jonathan a commencé son voyage en cherchant le shtetl de sa grand-mère à Kolki, ce qui ne fut guère difficile, étant donné que la ville existe encore et qu'elle est mentionnée sur les cartes modernes de l'Ukraine, même s'il n'y reste plus aucun Juif. Il voulut se rendre sur le site du charnier où les membres de notre famille étaient enterrés. Au début, personne ne se souvenait de l'endroit où il se trouvait ni comment on pouvait s'y rendre – on se rappelait seulement qu'il était loin dans la forêt. Puis, finalement, quelqu'un s'est souvenu que plusieurs personnes étaient récemment venues se renseigner à propos du charnier, visiblement dans l'espoir de récupérer des dents en or. Comme sortie d'un sombre conte de fées, une vieille dame leur a montré la voie. Quelqu'un avait été la trouver, et Jonathan l'a suivie, avec son guide, dans la forêt, où ils ont localisé le charnier.

Avant le départ de Jonathan, la bibliothécaire de la ville lui a offert une brochure sur l'histoire de Kolki, écrite en ukrainien. Elle y a écrit le message : « Ne nous oubliez pas. » Des mois après le retour sans encombre de Jonathan, alors que ma mère était désormais au courant de son voyage, elle a lu cette brochure, qui ne mentionne à aucun moment le fait que la population de la ville était autrefois largement composée de Juifs. Comme s'ils n'avaient jamais existé.

Trochenbrod, ou plutôt le lieu où fut bâti le shtetl, se révéla plus difficile à trouver – un périple auquel Jonathan a donné des accents comiques dans son roman. Après avoir interrogé tous ceux qu'ils avaient croisés sur la route, son guide et lui ont fini par arriver à l'endroit où se dressait jadis le village, pour s'apercevoir qu'il n'en restait plus rien. Même les routes qui y menaient avaient disparu.

Avant le départ de Jonathan, je lui avais demandé de me rapporter quelque chose pour mes bocaux du souvenir – des cailloux, de la terre, n'importe quoi. Il m'a dit qu'il n'y avait rien, là-bas, pas la moindre brique, pas le moindre clou, aucun signe que cette ville autrefois juive ait jamais existé. Quand je lui ai demandé ce qu'il avait rapporté, il me répondit : « Il n'y a rien à rapporter ; rien pour nous. »

En un sens, le fait que Jonathan ne trouve rien lui a permis d'inventer. Il a rempli ce vide par de la fiction, et la fiction a fini par produire des faits. À ma grande surprise, il a non seulement permis de resituer Trochenbrod sur la carte, mais il m'a rapporté un morceau de mon père.

Tout est illuminé, le récit fictionnel de la vie dans les shtetls de nos ancêtres, est devenu un best-seller international et a été traduit dans plus de trente langues, suscitant un intérêt universel pour Trochenbrod. Même si aucun élément du passé n'a été illuminé dans ce roman, il s'est révélé essentiel pour trouver des gens qui avaient des informations susceptibles de lever quelques-uns des secrets les mieux enfouis du passé de ma famille.

Des personnes qui avaient un lien avec Trochenbrod ont commencé à nous contacter, Jonathan et moi – souvent pour vanter les mérites de son livre, et presque aussi souvent pour nous dire ce qui ne collait pas dedans. Il y avait ceux qui étaient outrés parce qu'ils avaient l'impression que l'histoire fictionnelle de Trochenbrod désacralisait la mémoire de leur village. Bien sûr, beaucoup d'autres furent enthousiastes, y compris une survivante, Betty Gold, qui vivait alors à Cleveland. Elle avait écrit ses mémoires, *Beyond Trochenbrod: The Betty Gold Story*, et le livre de Jonathan lui redonna l'occasion de raconter son expérience pour des journaux et à la télé.

Et puis, nous avons reçu l'appel d'un certain Avrom Bendavid-Val, qui a laissé un message disant qu'il connaissait la *véritable* histoire et que, si je souhaitais en savoir plus, je devais le rappeler. J'ai mis des années avant de le faire. J'ignore pourquoi, en dehors du fait que j'étais débordée, à l'époque. Des membres de la famille m'ont depuis suggéré que c'était peut-être pour une autre raison, par une sorte de peur latente de ce que je pouvais apprendre de quelqu'un qui savait vraiment. Mais, très franchement, je crois simplement que j'étais trop occupée. J'avais reçu une énorme quantité d'appels après le succès du livre de Jonathan, loin d'être tous amicaux, et je n'étais guère impatiente de prendre contact avec quelqu'un qui m'appelait peut-être encore pour se plaindre du fait que l'œuvre de fiction de mon fils prenait trop de libertés avec les faits. Pourtant, quand j'ai fini par discuter avec Avrom, il est devenu une part importante du voyage.

Même une fois retombée la vague d'intérêt initialement soulevée par le livre de Jonathan, j'ai continué de rencontrer des gens qui, parfois de façon très inattendue, ont ajouté des pièces au puzzle. En 2004, lors du mariage de Jonathan avec Nicole Krauss, Emily Jaiser, qui accompagnait l'ami d'enfance de Jonathan, Stewart Ugelow, m'a dit que sa famille était originaire de Kolki ; elle voulait présenter ma mère à son grand-père, Philip Kaiser, ancien ambassadeur au Sénégal, en Hongrie et en Autriche. Nous avons organisé une rencontre le mois suivant dans le majestueux appartement de Phil et de son épouse, Hannah Greeley. Nous sommes entrés par une grande galerie qui menait à une résidence aussi somptueuse que ce à quoi on est en droit de s'attendre chez un ambassadeur. Ma mère fut reçue comme une altesse royale. Il y avait un livre d'or ouvert à une page où il était écrit : « Déjeuner en l'honneur d'Ethel Kaplan », et on lui offrit des fleurs. L'ambassadeur a rompu le protocole en se présentant sous le nom de « Pichas Mayer », ce qui a fait tressaillir son fils aîné, Robert, rédacteur en chef du *Washington Post*, qui n'avait jamais entendu son père prononcer son nom d'origine. Lors du déjeuner, servi sur une longue table d'acajou, ma mère s'en est bien tirée et n'a pas semblé le moins du monde intimidée par tant de pompe ou par la présence de l'ambassadeur. Elle était impatiente de dire à Phil que c'était le père de ce dernier, Moishe Bear, né à Kolki, qui avait offert de la parrainer pour faciliter son émigration aux États-Unis, quand il avait vu une liste de survivants où apparaissait le nom de « Bronstein ». Elle lui a expliqué avoir alors écrit une lettre à son père pour lui dire qu'elle n'était pas sa nièce Lifsha, mais sa demi-sœur, et qu'il avait répondu « peu importe », acceptant de la parrainer. Ma mère a raconté à Phil de quelle façon elle avait finalement pris contact avec ses tantes à Washington, sans jamais oublier l'offre de Moishe Bear, et combien elle était ravie de pouvoir enfin le dire à son fils.

Robert a filmé le déjeuner, et la nièce de Phil, Sarah Kaiser Hyams, a fait une transcription du film de la rencontre ainsi que des interviews réalisées durant toute une année par l'épouse de Robert, Hannah Jopling, docteur en anthropologie. Sarah travaillait au musée du mémorial américain de l'Holocauste, ce qui ouvrit un autre canal d'information.

Le déjeuner inaugura une longue amitié et une nouvelle branche de l'arbre généalogique de la famille. Ma mère et moi avons même été invitées à la réunion de famille des Kaiser. Nous étions leur seul lien avec leur cousine Lifsha. Avant d'entendre l'histoire de la bouche de ma mère, ils ne savaient pas ce qui était arrivé à Lifsha et ses deux filles. Lors de cette réunion, quelqu'un a montré l'agrandissement d'une photo de Lifsha jouant de la balalaïka.

En 2007, après une pression diplomatique et politique considérable, des documents détenus par le service d'identification international de Bad Arolsen, en Allemagne, furent enfin rendus accessibles au public par l'intermédiaire du musée du mémorial américain de l'Holocauste. Ils contenaient des informations sur des millions d'individus, parmi lesquels mes parents et moi. Quand Sarah a commencé à travailler sur le système, elle a entré nos noms pour se faire la main et a trouvé plus de trente documents. Elle m'a envoyé des copies scannées de fiches jaunies qui répertoriaient nos déplacements après la guerre. Elle a aussi passé beaucoup de temps à lire les documents avec moi pour m'aider à les déchiffrer. Certains étaient des dossiers de l'administration des camps de réfugiés répertoriant nos déplacements d'un camp à l'autre, d'autres des dossiers médicaux et professionnels ou des informations sur les déplacements de mes parents pendant la guerre. Les documents mentionnaient non plus deux dates de naissance pour moi, mais trois. Même si ces fichiers ne m'ont pas appris grand-chose – cette troisième date de naissance ressemblait plus à une erreur qu'à une énième diversion –, les consulter fut un cadeau.

La vague suivante de connexions est directement née de nos devoirs de baby-sitters. Notre fils Jonathan et son épouse d'alors, Nicole, qui est aussi écrivaine à succès, étaient invités dans des festivals littéraires internationaux, et Bert et moi suivions le mouvement pour nous occuper de notre petit-fils Sacha.

Notre premier arrêt eut lieu au Brésil, où se déroule un festival annuel à Paraty – une belle petite ville de style colonial sur la côte sud-est, aux rues piétonnes bordées d'immeubles bien préservés. L'un des participants avait donné à Jonathan sa carte, sur laquelle était écrit : « Ma famille est originaire de Kolki. » Il s'appelait Marcos Chusyd et habitait São Paulo. Comme d'habitude, Jonathan m'a transmis la carte en question – il écrivait déjà son deuxième livre. J'ai pris contact et, après de nombreux échanges, nous en avons déduit que nous étions cousins au troisième degré, dans une branche de la famille du père de ma mère dont nous ignorions qu'elle comptait des survivants.

De Paraty, nous sommes tous partis pour Rio. Ma mère m'avait fourni les coordonnées de Natan Kimelblat, qui était de Trochenbrod et avait travaillé avec mon père à Lodz. « Si l'occasion se présente, tu devrais le rencontrer », m'avait-elle dit. Ses suggestions étaient généralement payantes, et Natan fut facile à trouver. Cet ancien habitant de Trochenbrod avait prospéré dans les affaires : une de ses bijouteries se trouvait dans le hall de notre hôtel, le Copacabana Palace, haut lieu emblématique de Rio.

Accompagnés de Sacha, âgé de six mois, Bert et moi sommes allés à la bijouterie, où j'ai dit aux membres du personnel que je voulais laisser un mot pour Natan. J'avais beau être toujours désireuse de nouer de nouveaux liens de famille, je ne voulais pas perdre le peu de temps précieux que nous devions passer à Rio ; je voulais avant tout apaiser ma mère en lui faisant comprendre que j'avais essayé. Mais la gérante a semblé deviner l'importance de notre démarche et nous a demandé d'attendre pendant qu'elle appelait le siège de la société. Et je me suis retrouvée au téléphone avec Natan. Il a immédiatement compris qui j'étais et nous a envoyé une voiture. Ce n'était pas prévu ; je lui ai donc dit que je devais vérifier l'emploi du temps des autres membres de la famille et trouver une solution pour Sacha. Finalement, j'ai rappelé pour accepter.

Plus tard cet après-midi-là, une voiture avec chauffeur s'est garée au Copacabana Palace. À bord se trouvait le frère de Natan, Itzhak. Il s'est mis à me parler en yiddish de mon père et de l'affaire qu'ils avaient à Lodz. Même si mon yiddish était rudimentaire, j'ai réussi à comprendre ce qu'il me disait.

Dès notre arrivée dans le bureau de Natan, il a regardé nos poignets et a dit d'un ton moqueur : « *Schmatas* ! » Nous portions des montres de voyage bon marché et nous nous sommes instantanément retrouvés avec au poignet des montres de première qualité fabriquées par Natan, sans doute plus appropriées au genre de révélations qui nous attendaient. Ces deux frères avaient habité Lozicht et connaissaient mon père et sa famille, y compris Choma, la demi-sœur de mon père, qui était allée à l'école avec eux et avait épousé un membre de la famille Kimelblat. Les deux frères avaient fait partie d'un groupe de partisans de Trochenbrod. Ils avaient échappé au massacre du village en se cachant et en rejoignant une unité russe en Biélorussie où ils accomplirent un certain nombre de missions héroïques, ce qui leur avait valu plusieurs blessures. Plus tard, ils furent érigés en héros de guerre.

Après la guerre, les deux frères allèrent à Lodz, où ils entrèrent en contact avec mon père et s'associèrent pendant six mois dans un prétendu *delicatessen* dont ils me confirmèrent qu'il n'était que la façade d'un bureau de change. Quand quelqu'un mit en doute le droit de mon père à gérer cette affaire, il envoya Itzhak, qui marchait avec une canne à cause de ses blessures de guerre et avait le buste bardé de médailles, pour rencontrer le général qui octroyait les permis de gestion, maintenant que la plupart des propriétaires d'origine étaient morts. Mon père s'imaginait que le fait d'envoyer un héros de guerre serait leur meilleure chance de garder leur établissement. Itzhak m'a raconté qu'il avait demandé à mon père ce qu'il devait dire et que mon père s'était contenté de répondre : « Tu es intelligent, tu trouveras bien. » Quoi qu'il ait dit, cela marcha ; ils gardèrent leur commerce et l'argent afflua.

Pendant la réunion, Natan convia ses deux filles, Jane Rose et Miriam, qui travaillaient avec lui dans la bijouterie, à nous rejoindre. J'ai tout de suite reconnu Jane Rose : elle était assise face à Bert et moi quelques jours plus tôt lors de l'intervention de Jonathan à Paraty et nous avions même engagé la conversation, sans faire le rapprochement.

Ce jour-là, dans le bureau de Natan, cela se transforma en réunion de famille et ce fut la première de nombreuses visites. Lors d'un voyage ultérieur, je suis allée voir Itzhak chez lui à Copacabana, loin de la plage. Frank aussi lui avait rendu visite de son côté, à deux reprises. Chaque nouvelle discussion avec les frères nous en apprit un peu plus. Ce fut une leçon importante. Il faut écouter, absorber, puis trouver un moyen d'y retourner pour poser d'autres questions.

Itzhak m'a aussi envoyé un exemplaire du livre que Natan et lui avaient écrit à propos de l'effort de guerre des partisans, qui leur a valu d'être célébrés et décorés par l'État brésilien. Il fut d'abord publié à compte d'auteur en portugais ; une traduction anglaise qu'il m'a envoyée par la suite comprend une photo de Bert, moi et nos enfants ; les Kimelblat nous décrivent comme leur « famille américaine ».

Lors de mon voyage suivant à Rio, Miriam Kimelblat m'a emmenée voir son père pour ce qui serait notre dernière rencontre. Le regard perdu sur l'océan – que l'on voyait du balcon de son luxueux appartement de front de mer rempli de photos de ses enfants et petits-enfants –, Natan m'a dit cette phrase émouvante : « Vous m'avez ramené à Trochenbrod. » Il est mort l'année suivante. Quelques années plus tard, son affaire, l'une des plus grandes chaînes de bijouterie du Brésil, a fait faillite.

De retour aux États-Unis, j'ai fini par prendre contact avec Avrom Bendavid-Val. Il ne plaisantait pas en suggérant, dans le message qu'il m'avait laissé des années auparavant, qu'il connaissait la véritable histoire de Trochenbrod. Avrom, descendant d'une famille de Trochenbrod, s'y était rendu pour la première fois en 1997 avant d'y retourner treize fois. Il voulait m'enrôler pour l'aider à organiser une réunion de descendants d'habitants du shtetl, qui aurait lieu en avril 2008 à Washington. Le choix du lieu fut aisé : ce serait forcément au siège de Sixth & I, la société que je dirigeais, qui avait tant de liens inattendus avec Trochenbrod.

Près de 150 personnes venues de tout le pays assistèrent à la réunion, y compris les membres du conseil d'administration de Sixth & I et des anciens de Trochenbrod comme Shelton Zuckerman et Bob Kogod, mes trois fils, ma mère, mon frère, mes neveux, Betty Gold, venue de Cleveland, et d'autres qui habitaient Seattle, Chicago, New York et plusieurs villes de tout le pays.

Avrom avait préparé une présentation de la ville disparue dont nous étions venus cultiver le souvenir. La dernière diapositive montrait une étendue vide, seulement marquée par un alignement parallèle d'arbres et la trace du passage d'un tracteur – tout ce qui restait après que les nazis eurent tué, à l'exception d'une poignée d'entre eux, les quelque cinq mille habitants juifs (en incluant ceux qui avaient fui vers l'Est pour échapper aux nazis) et que les Soviétiques eurent rasé la ville.

« La première fois, je dois l'admettre, je n'ai pas su quoi faire, a dit Avrom. Une fois là-bas, j'ai vu les traces de la Grand-Rue et cela m'a beaucoup ému car c'est de là que venait mon père... Il fallait que j'y retourne, et que j'en sache plus. »

À la fin de la réunion, après bien des larmes et des étreintes, avec aussi la participation de quelques survivants qui s'étaient connectés à la réunion par téléphone de leur maison de retraite, nous avons évoqué la possibilité d'un voyage de groupe à Trochenbrod. Ces survivants qui habitaient désormais les États-Unis et Israël feraient le voyage ensemble pour voir par eux-mêmes ce qu'il en restait et faire revivre le souvenir du shtetl.

Quelqu'un a filmé notre réunion américaine pour la partager avec d'autres anciens de Trochenbrod, en Israël, qui formaient depuis des années un groupe organisé. Ils avaient même leur propre immeuble, Bet TAL : *Bet* signifie « maison de » ; *TAL* est l'acronyme de « Trochenbrod et Lozicht. » Ils tenaient aussi un site Internet et se réunissaient régulièrement, ce qui était facile vu la taille relativement petite du pays. La Fondation pour Bet TAL avait été créée par les premiers sionistes de Trochenbrod – la ville était l'un des premiers foyers de sionistes, un lieu où les parents voulaient envoyer leurs enfants en Palestine – puis développée par un groupe de partisans qui avaient survécu à la guerre. La clé de la viabilité à long terme de cette communauté tenait au génie d'avoir acheté des parts d'une propriété à Givatayim, près de Tel-Aviv, et d'y avoir construit une petite synagogue qui leur servait de lieu de congrégation. Les revenus générés par la location de certains espaces au sein de l'immeuble permettent désormais de financer les réunions et ont même remboursé le coût du voyage à Trochenbrod.

Le hasard a voulu que je parte en Israël deux semaines après la réunion, et Avrom m'a demandé si je pouvais donner en personne la vidéo à un ancien habitant de Trochenbrod, aujourd'hui israélien. Le voyage consistait une fois de plus à faire du baby-sitting, cette fois au Festival international des écrivains de Jérusalem, à Mishkenot Sha'ananim, où nous logerions et où se déroulerait le festival, surplombant la Vieille Ville. Le lieu était magique ; avec mon petit-fils Sacha, qui avait deux ans, j'ai exploré les parcs de la ville, surtout les fontaines, dans lesquelles il pouvait courir tout nu.

Après notre installation, j'ai appelé mes contacts israéliens, Chaim et Mira Binenbaum, pour leur remettre la vidéo. Ils m'ont proposé de nous retrouver à l'endroit où nous étions logés. Ils m'ont dit qu'ils voulaient assister à l'intervention de Jonathan, mais qu'ils n'avaient pas réussi à trouver de billets. Je leur ai assuré que, s'ils venaient, je trouverais le moyen de les faire entrer. Ils sont arrivés en avance cet après-midi-là, pour que nous ayons le temps de discuter. C'est Chaim qui était originaire de Trochenbrod. Mira, son épouse, avait une passion pour l'histoire du shtetl et faisait du bénévolat au centre de recherche de Yad Vashem. Quand je leur ai parlé de mes recherches, ils ont proposé d'organiser des rencontres avec certains des plus vieux habitants de Trochenbrod encore vivants, parmi lesquels un ancien partisan de quatre-vingt-quinze ans qui habitait Haïfa. Jonathan m'a encouragée à y aller, disant qu'il n'y avait pas de raison d'attendre un prochain voyage pour aller interroger un homme de cet âge. Il me libéra pour la journée de mes obligations de baby-sitting.

Mira a arrangé la rencontre pour le lendemain, mon dernier jour complet en Israël. Elle et Chaim sont passés me prendre à Jérusalem, à environ trois quarts d'heure de chez eux dans les contreforts de Judée, puis m'ont conduite à Haïfa, qui est habituellement à deux heures de route par la voie rapide. Ce qu'aucun d'entre nous ne savait, c'est qu'il ne s'agissait pas d'une journée comme les autres. Nous étions le 15 mai, le président George W. Bush était en ville, et sa présence provoquait des embouteillages dont les effets se feraient sentir partout dans un si petit pays. Nous avons fini par arriver, grâce à la mère de tous les systèmes de navigation israéliens, Waze, en empruntant des routes secondaires. Il nous fallut néanmoins plusieurs heures pour rallier le domicile du fringant Chaim Voitchin à Haïfa. Il s'avéra que ce n'était pas n'importe quel ancien habitant de Trochenbrod, mais qu'il avait vécu à Lozicht, ce qui signifiait qu'il avait peut-être côtoyé ma famille.

Avant notre départ, ce matin-là, j'ai appelé mes cousins Sara et Rafi Bisker pour leur faire savoir que je me rendais dans leur ville. Sara et leur fille aînée, Gili, nous ont retrouvés chez Chaim, qui nous a accueillis tous les cinq très chaleureusement dans le lumineux appartement d'un immeuble sans ascenseur. Il s'est présenté comme un écrivain, et un comique à ses heures.

Je lui ai posé des questions sur mon père, Louis, ou Leibel, Safran. Je lui ai montré les cartes de Trochenbrod et de Lozicht en lui indiquant l'emplacement de notre maison de famille. Même si c'était proche de l'endroit où il avait vécu, cela ne le fit pas réagir. J'ai réessayé, lui montrant la carte, désignant le lieu où avait vécu ma grand-mère, à une maison de distance de chez sa belle-sœur, Sosel Bisker.

Il a observé la carte un instant, puis un déclic s'est produit. « Ah, a-t-il fini par dire, j'ai été marié à Raizel Bisker. » Puis, à voix basse : « Mais personne ne le sait. »

Nous avons tous gardé le silence, le temps d'absorber cette information saisissante. Comprenions-nous bien que cet homme de quatre-vingt-quinze ans nous révélait, l'air de rien, l'existence d'une épouse dont personne – du moins personne qui soit encore vivant – n'avait connaissance ? Ce ne serait pas la première ni la dernière fois que j'entendais parler de ces autres familles, ces familles secrètes d'avant-guerre, y compris la mienne, dont personne ne parlait jamais.

Mais ce n'était pas tout : je lui ai demandé s'il avait connu Choma, la demi-sœur de mon père. « Ah, *dus is a mynse* », a-t-il dit, que l'on pourrait traduire par : « En voilà, une histoire ! »

Choma et lui étaient apparemment des amis proches et des confidents et il savait qu'elle avait une liaison avec un homme déjà fiancé à une fille d'un autre shtetl. D'après Chaim, Choma était tombée enceinte et avait avorté. Ses parents avaient ensuite arrangé son mariage avec un *alter bokher* – un type plus vieux qu'elle. Chaim se souvenait de toute l'histoire. L'amoureux de Choma épousa l'autre femme et finit par s'installer aux États-Unis, où ils eurent des enfants.

C'était fascinant, mais cela n'avait aucun sens. Si Chaim avait connu Choma, comment pouvait-il ne pas connaître mon père ? Et, finalement, il eut un nouveau déclic. « Tu veux dire Leibel de Lychtche ! Il venait tout le temps voir ma mère. »

Je lui avais posé la mauvaise question – ou plutôt, je m'y étais mal prise pour la lui poser. À Trochenbrod, personne n'utilisait les noms de famille. Tout le monde avait un surnom. Mon père n'était pas connu sous le nom de « Louis Safran » ou « Leibel Safran ». On l'appelait « Leibel de Lychtche ». « Leibel » était son nom en yiddish, et Lychtche le village où il avait habité après Trochenbrod. J'avais oublié que la vie de famille pouvait aussi être un beau méli-mélo. Ma grand-mère, à cette époque-là, ne s'appelait plus « Brucha Safran » : elle s'était remariée et portait le nom de « Kuperschmit ». Cela signifiait que la demi-sœur de mon père s'appelait Choma Kuperschmit. Pas étonnant qu'il ait fallu du temps à Chaim pour comprendre de qui je parlais.

Ce fut une rencontre remarquable. Avant notre départ, Chaim nous a demandé, à ma jeune cousine Gili et moi, de lui donner un baiser. Nous l'avons chacune embrassé sur une joue en même temps.

Après cette rencontre, nous sommes allés dans l'appartement ultramoderne de mes cousins au sommet du mont Carmel, qui surplombe la baie de Haïfa. Mira, qui s'imprégnait de toutes ces nouvelles informations, appela d'autres anciens de Trochenbrod. Après un bref échange informel, elle leur demandait s'ils avaient connu mon père, Leibel de Lychtche. Les premiers appels furent infructueux. Finalement, un certain Nachman Roitenberg répondit à Mira : « Si je ne le connais pas, personne ne le connaît », sous-entendant qu'il connaissait tout le monde au shtetl – puis, après un silence, il a ajouté : « Tu sais, il se peut que Fanya Rosenblatt l'ait connu. » Nachman ne se souvenait peut-être pas de mon père, mais je me suis aperçu que, sur une photo de survivants de Trochenbrod qui date de 1947, il se tient debout à ses côtés.

Il était maintenant 8 h du soir. Nous rentrions à Jérusalem quand Mira m'a demandé si je voulais qu'elle appelle Fanya.

« Absolument », lui ai-je dit, malgré le fait qu'il se faisait tard et qu'il fallait que je sois à l'aéroport à 5 h du matin.

« Bien sûr ! » a dit Fanya quand Mira l'a jointe sur son téléphone mobile. « Bien sûr que j'ai connu Leibel de Lychtche ! »

Nous avons donc fait un détour, cette fois par Bnei Brak, foyer ultraorthodoxe de la plaine côtière méditerranéenne, au centre du pays, à l'est de Tel-Aviv. Bizarrement, j'avais entendu parler de ce lieu parce qu'il est mentionné dans l'Aggada, dans le *seder* de la Pâque. C'est là que le rabbin Eliezer, le rabbin Yehoshua, le rabbin Elazar ben Azariah, le rabbin Akiva et le rabbin Tarfon parlent de l'Exode toute la nuit jusqu'à ce que leurs disciples viennent les informer que le jour se lève et leur disent : « Rabbins, le moment de réciter le Shema du matin est arrivé. » Et voilà que j'allais à Bnei Brak pour déterrer un possible souvenir de l'exode de ma propre famille.

Chose incroyable, même des heures après la visite de Bush, la circulation restait un casse-tête. Une fois de plus, Chaim s'en est remis à Waze et nous avons zigzagué le long de routes secondaires. Il nous a fallu au moins encore une heure avant d'arriver chez Fanya, peu après 21 h.

Nous avions à peine passé la porte qu'elle me tirait de côté pour me poser la question : « Comment est arrivée cette tragédie ? » Elle parlait bien sûr de mon père. Comment avait-elle appris son suicide, je n'en suis pas sûre. Nous nous sommes étreintes dans son minuscule couloir et nous avons pleuré, hors de la vue de Mira et Chaim. Elle m'a demandé de revenir passer quelques jours chez elle. Comme j'aurais aimé. Lors de ma visite suivante, elle sombrait dans la maladie d'Alzheimer.

Je me souviens qu'elle m'a impressionnée ; mes notes la décrivent comme une « grande dame ». Elle avait un adorable jardin devant sa maison ; son intérieur était impeccable, et les murs du salon couverts de livres. Dans son impressionnante bibliothèque, il y avait un ouvrage écrit par son mari, Gad Rosenblatt, qui, aux côtés de notre nouvelle connaissance, Chaim Voitchin de Haïfa, avait été l'un des héros des partisans de Trochenbrod. Ils avaient servi dans la même unité qu'Itzhak et Natan Kimelblat et avaient tous survécu. Gad venait de mourir six mois plus tôt.

Fanya était la première personne que je rencontrais en dehors de mes cousins à avoir connu mon père avant-guerre. Comme lui, elle avait des proches à Trochenbrod mais elle avait vécu dans un petit village voisin, Tchetvertnia, qui était juste à côté de Lychtche, où habitaient mon père et sa famille. Contrairement à Trochenbrod dont la population était exclusivement juive, il n'y avait qu'une poignée de Juifs dans ce village.

J'ai bu chacune de ses paroles. Selon elle, mon père était un *chevra*, quelqu'un capable de devenir ami ou de faire des affaires avec n'importe qui. Elle m'a montré sa table basse et a dit : « Si Leibel était là, il pourrait même devenir l'ami de cette table. »

Cela collait tout à fait avec le père que j'avais connu – amical et charmant, malgré son côté ténébreux. Cela m'a fait extrêmement plaisir de l'entendre, mais cela m'a aussi fait languir. Je voulais en savoir plus. Je voulais faire remonter en elle tous les détails possibles.

« Pouvez-vous me dire autre chose à son sujet ? l'ai-je suppliée.

— Il savait tout faire de ses mains, » m'a-t-elle dit, ce qui ne m'a guère étonnée. Je m'en souvenais depuis mon enfance, et cela m'a aussi rappelé notre petit dernier, Josh, qui a hérité de cette qualité.

Non sans hésitation, j'ai fini par lui poser la question que je portais en moi depuis que j'avais passé la journée avec ma mère dans sa cuisine rose. Savait-elle quelque chose à propos de la première femme et de la fille de mon père ?

« Tzipora, m'a-t-elle dit. C'est comme ça que s'appelait sa femme. »

Savait-elle comment s'appelait la fille ? J'étais assise au bord de ma chaise, sur le point d'apprendre le prénom de ma sœur, enfin. Mais il n'en fut rien. Elle connaissait Leibel et Tzipora, mais n'avait aucun souvenir de leur enfant.

Les détails du meurtre de masse des Juifs de Tchetvertnia ont fait l'objet d'une riche documentation par Yahad-In Unum, une association fondée en 2004 et dirigée par le père Patrick Desbois, un prêtre catholique français qui a consacré sa vie à la chronique de ces massacres, rassemblant des preuves et des témoignages directs.

Yahad estime qu'entre 1,5 et 2 millions de Juifs furent assassinés par balles durant la Shoah. Personne ne connaît le nombre exact et nous ne le connaîtrons sans doute jamais, car il y eut peu de survivants. Ces chiffres s'appuient sur les interviews de témoins et le travail effectué par des équipes de police scientifique sur le site des charniers. Yahad-In Unum, qui signifie « ensemble » et « en un seul » en hébreu et latin, a pour vocation le repérage et l'analyse complète des charniers de victimes juives des unités de police militarisées – les *Einsatzgruppen* – dans les anciennes républiques soviétiques. Les travaux du père Dubois ont été approuvés par le pape, reconnus et encouragés par le président de la République française et soutenus par l'Europe et les États-Unis.

Des témoins ont déclaré à l'équipe de Yahad qu'il y avait environ 120 Juifs dans le ghetto de Tchetvertnia, parmi lesquels les habitants de Tchetvertnia, de Lychtche et d'autres villages. Les Allemands sont arrivés au village fin juin ou début juillet 1941 et ils ont forcé les Juifs à porter un insigne jaune, sans doute l'étoile de David. En décembre 1941, tous les Juifs de Tchetvertnia et des villages alentour furent confinés dans un ghetto fermé par des barbelés et ils durent effectuer d'éprouvants travaux forcés.

Le ghetto fut liquidé le 10 octobre 1942, deux mois après le meurtre des Juifs de Trochenbrod et de Kolki. Fanya m'a dit qu'ils étaient au courant de ce qui s'était passé à Trochenbrod, mais qu'ils croyaient, ou du moins espéraient, qu'ils seraient épargnés parce qu'on les avait mis aux travaux forcés, qui consistaient principalement en un travail agricole, et qu'ils étaient dans un ghetto rural isolé.

Comment mon père et Fanya ont-ils échappé à la mort ? lui ai-je demandé. Même si je connaissais la réponse, en tout cas une partie de la réponse, je savais que, en posant une même question à plusieurs personnes, je réussissais souvent à glaner de nouveaux détails.

Fanya m'a dit qu'il n'y avait que trois survivants du ghetto : mon père, Srulach Zilberfarb et elle. J'avais entendu des bribes d'histoire et je savais que mon père était accompagné d'une autre personne mais, à l'époque, je n'avais encore jamais entendu le nom de Srulach Zilberfarb. Je savais que mon père et Srulach avaient été envoyés en mission par les nazis quand on avait emmené les Juifs au bord d'une fosse pour les abattre. Fanya me raconta que, le matin du meurtre de masse, sa mère avait vu des soldats prendre position dans la rue et qu'elle avait senti qu'il se préparait quelque chose de terrible. Elle avait convaincu Fanya de se cacher dans le canapé, ce qui voulait sans doute dire sous les coussins. Elle avait survécu ; le reste de sa famille, ses parents, ses frères et ses sœurs, furent assassinés, comme la femme et l'enfant de mon père ainsi que la famille de Srulach Zilberfarb.

Un témoin des meurtres a raconté à l'équipe de Yahad qu'il était tout près, avec ses vaches qui paissaient, quand les Juifs sont apparus en colonne, les mains liées par une corde. Un Allemand les a fait avancer au bord de la fosse, puis leur a ordonné de se déshabiller et de descendre dans la tombe à ciel ouvert, où un autre Allemand les a abattus.

À quelques mètres de là, il y avait un endroit avec une table et des chaises où les Allemands faisaient une pause, reprenant des forces en mangeant et en buvant de l'alcool pour se préparer à la série d'exécutions suivante. La police locale, elle aussi, a participé. Un autre témoin avait raconté qu'après l'exécution, la tombe bougea pendant plusieurs jours. Certains survécurent, un temps, sous la terre.

Fanya, Leibel et Srulach se sont retrouvés quelques jours plus tard, de nuit, sur un pont de Tchetvertnia. Leibel a raconté à Fanya que Srulach et lui avaient brièvement été cachés par une famille que Fanya m'a décrite comme « non typiquement ukrainienne ». Elle ignore ce qui est arrivé à mon père et Srulach après ça. Elle s'est cachée dans la forêt jusqu'à ce qu'un Ukrainien qu'elle connaissait lui trouve un poste de domestique. Elle a pris une fausse identité et a travaillé pour un Allemand qui ignorait qu'elle était juive.

C'était la première fois que je rencontrais quelqu'un qui avait croisé mon père pendant la guerre. J'étais bouleversée et épuisée, et il me fallut du temps pour mesurer la portée de ce qu'elle m'avait dit. Franchement, encore aujourd'hui, des années plus tard, j'ai du mal à me rendre compte.

Tandis que nous étions assis dans son salon, Fanya a tenté de trouver les coordonnées de la famille de Srulach Zilberfarb, dont elle était très proche. Son fils et sa belle-fille habitaient en Israël, m'a-t-elle dit, avec leurs fils. J'ai fait leur connaissance lors de mon séjour suivant.

Forte de toutes ces révélations essentielles, j'ai su que je devais aller en Ukraine.

Mais, d'abord, il fallait que je creuse encore un peu.

8

Plus de soixante-dix ans après la destruction de Trochenbrod, on racontait encore son histoire. De nouvelles bribes d'informations continuaient d'émerger. La version romancée du shtetl fut portée à l'écran en 2005 dans un film tiré du roman de Jonathan. Trois ans plus tard, mon ami Avrom, avec le réalisateur Jeremy Goldscheider – autre descendant d'une famille de Trochenbrod – a décidé de raconter la véritable histoire du shtetl dans un documentaire.

Avrom et Jeremy cherchaient des soutiens pour participer au financement du film. J'ai apporté ma contribution et je leur ai soumis une requête. Je leur ai envoyé une copie de la photo de la famille dont je pensais qu'elle avait caché mon père et je leur ai donné le nom du village, Lychtche, que je tenais de Chaim et Fanya depuis mon récent voyage en Israël. Lychtche était près de Trochenbrod – ou ce qui, jadis, fut Trochenbrod –, où le tournage aurait lieu. Je leur ai demandé de bien vouloir montrer la photo à des habitants pour savoir si quelqu'un pouvait éclaircir le mystère.

Avrom, accompagné de ses jeunes traducteurs, Anna Kournyeva et Sergueï Omeltchouk, mais aussi de Jeremy et son équipe, sont allés à Lychtche, qui s'appelle désormais Krynytchne. Dès leur arrivée au village, ils ont montré la photo à des petits groupes d'habitants qui s'étaient formés pour savoir ce qui se passait ; une équipe de tournage qui débarquait dans ce village isolé, c'était inhabituel, et cela a beaucoup attiré l'attention.

Il n'a pas fallu longtemps pour que quelqu'un se souvienne d'eux : une vieille femme dont la tête était recouverte d'un foulard a jeté un œil à la photo et a immédiatement reconnu mon père, déclarant aux personnes présentes : « C'est Davyd et Leibel. » Elle savait comment s'appelait mon père, l'autre homme et la fille de ce dernier, Katarina. La deuxième femme ne lui disait rien, mais elle n'avait pas le moindre doute à propos des autres. Puis elle a dit aux Américains et à leurs traducteurs que le petit-fils de Davyd, qui s'appelait Mycola, habitait toujours la maison de famille, au bout de la rue.

Avrom, Jeremy et leur groupe y sont tout de suite allés. Mycola, dont le nom de famille était Lichcouk et dont le grand-père s'appelait Davyd Jouvnirouck, vivait seul. Bien que la conversation avec Mycola ne leur ait pas appris grand-chose, ils ont pu faire le tour de la maison et se concentrer sur les nombreuses photos affichées dans la pièce à vivre. Ils ont comparé ma photo à celles qui étaient accrochées au mur et ont pris des photos de la mienne à côté des autres. Ils furent convaincus d'être au bon endroit, et qu'il s'agissait bien des mêmes personnes.

J'ai entamé une correspondance avec Anna, la traductrice d'Avrom, et lui ai demandé d'entrer en contact avec la sœur de Mycola, Nadiya, qui était désormais le chef de famille, et son frère Victor, professeur de physique. J'avais tant de questions à leur poser que je ne savais par où commencer. Y avait-il d'autres photos ? Avaient-ils la même que celle qui était en ma possession ? Qui habitait la maison pendant la guerre ? Que savaient-ils de mon père et de sa famille ? Y avait-il encore des survivants parmi les personnes qui avaient habité la maison pendant la guerre et qui savaient ce qui s'était passé ?

J'appris que la mère de Nadiya, Katarina, qui était sur la photo, était morte. Nadiya a accepté de chercher d'autres clichés de la même période, sans trop y croire ; malheureusement, elle avait gardé le souvenir précis de sa mère fourrant un paquet de vieilles photos dans le tiroir d'une table à laquelle elle avait mis le feu. C'était étonnant : les photos étaient un luxe, à l'époque, et il y en avait très peu. Pourquoi les avait-elle détruites ? J'avais une théorie. Je me suis souvenue d'un détail de l'histoire que ma mère m'avait racontée à propos de l'homme qui avait aidé mon père à se cacher : il lui avait proposé, après la guerre, de retourner au village pour épouser sa fille. Brûler ces photos, si cette histoire était vraie, avait peut-être été la conséquence du refus de mon père.

Peu après son retour, Avrom est venu chez moi discuter du voyage. Anna et lui étaient persuadés d'avoir identifié les descendants que je recherchais et il tenait à me présenter ses conclusions en personne. Nous avons regardé les photos sur le grand écran d'une télévision. La ressemblance était assurément impressionnante, mais je restais sceptique. Comme l'a dit Anna, ils étaient sûrs d'eux à 90 %, et me laissaient les 10 % restants.

À ce moment-là, j'entendis parler du voyage de Bet TAL en Ukraine. Je sus alors qu'il me faudrait prendre cet avion pour vérifier par moi-même les 10 % restants.

Une fois ma décision prise, Bert et moi avons commencé à étudier les questions d'ordre logistique. Il a compris, peut-être mieux que moi, que j'aurais besoin d'un soutien moral. Il proposa de m'accompagner, mais il avait l'impression que le voyage serait davantage chargé de sens si je le faisais avec un de nos fils – c'était aussi leur histoire, évidemment.

J'ai appris des années plus tard que mes trois garçons se faisaient du souci pour moi, inquiets de me voir submergée par une sorte de tsunami émotionnel. Frank s'est tout de suite porté volontaire, et il fut le parfait compagnon. En tant que journaliste, il savait que le voyage serait intéressant mais, au niveau personnel, même s'il n'en était pas forcément conscient sur le moment, lui aussi était en quête de quelque chose – de l'histoire de sa famille et du grand-père qu'il n'avait jamais connu.

À l'époque, Frank était rédacteur en chef du *New Republic* et il venait d'écrire le livre *How Soccer Explains the World*. Naturellement, il comptait mener ses propres recherches avant de partir. Il commença par contacter des spécialistes du musée du mémorial américain de l'Holocauste. Il appela aussi Timothy Snyder, éminent historien de Yale, pour en savoir plus sur les villages méconnus de Lychtche, où mon père et sa famille vécurent, et de Tchetvertnia, le ghetto où fut assassinée ma demi-sœur.

J'ai moi aussi mené mon enquête, à la fois préparée et improvisée – comme cela a été le cas quand nos amis Jonathan Cuneo et sa femme, Mara Liasson, journaliste politique à la National Public Radio, nous ont rendu visite. Nous avons discuté pendant que leur fils jouait par terre, piochant dans notre réserve de jouets. Jon était un collègue de Bert spécialisé dans la lutte antitrust et il s'était récemment occupé d'une affaire concernant ce qu'on appelait « le train d'or hongrois ». Il s'agissait d'un train arrêté par les Américains en 1945. Il était en route pour Berlin et contenait des biens juifs spoliés, tableaux et bijoux, tapis et divers objets personnels de valeur – dont pratiquement aucun ne fut rendu aux familles de leurs propriétaires. Jon avait obtenu leur restitution à des survivants de la Shoah au nom de l'État américain. En raison de son implication récente sur ce sujet, il fut intrigué par mon histoire familiale et il me raconta l'histoire de ses propres parents, qui avaient tous deux travaillé dans le renseignement pendant la Seconde Guerre mondiale – sa mère côté britannique et son père côté américain.

J'ai montré à Jon les photos que j'avais reçues d'Anna en Ukraine pour savoir s'il voyait une ressemblance. Il m'a suggéré d'engager un enquêteur professionnel pour les examiner et m'a conseillé de contacter l'Academy Group, une société d'anciens agents du FBI avec lesquels il avait déjà travaillé. Quelle bonne idée, me suis-je dit. Pourquoi tâtonner avec mes pratiques d'amateur au lieu de m'en remettre au FBI ?

Je les ai appelés le lendemain matin. On m'a passé Peter Smerick, qui avait été pendant plus de vingt-cinq ans l'un des quatre experts en photographie judiciaire et en profilage du FBI. Quand je lui ai expliqué mon histoire, l'ancien agent Smerick m'a dit que ses émoluments étaient de 250 dollars de l'heure et que ce serait du gaspillage, parce qu'il était peu probable qu'il acquière la moindre certitude vu le peu d'éléments dont je disposais. Cela ne m'a pas découragée. Si je m'apprêtais à partir pour l'Ukraine, je pouvais bien tenter ma chance à Manassas, en Virginie, pour voir ce que je pouvais apprendre d'un ancien expert du FBI en photographie judiciaire. Ce ne serait sans doute pas une dépense inutile.

Le vendredi 26 juin, environ six semaines avant mon voyage, j'ai posé ma journée pour aller à l'Academy Group, à une heure de voiture. Peter m'a fait visiter son bureau, décoré de récompenses encadrées et d'articles de journaux sur les grandes enquêtes qu'il avait menées. Il avait fait le profil de David Koresh, le gourou des davidiens à Waco, une affaire qui l'avait amené à témoigner devant le Congrès. Il avait aussi travaillé sur l'affaire qui avait inspiré *Le Silence des agneaux*. Il semblait particulièrement fier de « l'affaire des taches de rousseur », au cours de laquelle il avait identifié un meurtrier en cavale depuis dix-huit ans en cartographiant les grains de beauté et les taches de rousseur de ses mains. Smerick m'apprit qu'il était d'origine ukrainienne et qu'il éprouvait beaucoup de sympathie pour la mission qui consistait à retrouver le héros ukrainien qui avait sauvé un Juif pendant la guerre. Nous avons passé une heure ensemble à comparer les photos prises par Anna dans la maison de Krynytchne avec celle que ma mère m'avait donnée.

Nous avons utilisé une loupe réticulée et un mètre pliant pour comparer les distances entre les traits des visages. Nous avons mesuré l'écart entre les yeux, les oreilles, les lèvres, le nez, les lobes, dont Smerick disait qu'ils pouvaient permettre une identification certaine. Après un examen approfondi, il a reconnu des traits spécifiques chez le sauveur de la photo : il avait des sourcils courts, de longues oreilles et un globe oculaire caractéristique.

Alors, qu'avions-nous trouvé ? Il m'a dit en toute franchise qu'il ne pouvait pas conclure avec certitude qu'il s'agissait bien du même homme sur les deux photos. Je fus déçue, car j'avais espéré une confirmation qui m'aurait permis de résoudre le mystère. Il y eut un silence pesant, puis l'ancien agent du FBI ajouta qu'il lui était aussi impossible d'affirmer qu'il ne s'agissait pas de la même personne.

Sachant que je partais bientôt en Ukraine, il m'a donné des conseils sur ce que je devais chercher une fois sur place. Il fallait que je trouve les originaux des photos pour les comparer avec les autres clichés que possédait cette famille. Il m'a encouragée à procéder aux mêmes exercices de mesure que nous avions faits dans son bureau, mais sur les photos originales, et m'a montré comment procéder sans matériel. Il fallait déterminer l'angle de prise de vue de la photo par exemple, car cela modifie les traits du visage. Je devais me demander où et pourquoi certaines photos avaient été prises. Et surtout, si je n'arrivais pas à identifier les visages avec certitude, je devais bien regarder les vêtements que portaient les personnes sur les photos. La mienne avait été prise en Ukraine, a priori au début des années quarante, à une période et en un endroit où les gens n'avaient pas une garde-robe foisonnante. Les gens possédaient le plus souvent une seule tenue pour les grandes occasions, y compris pour les photos de famille, m'a-t-il dit, il faudrait donc les comparer.

Frank a demandé à son collègue Leon Wieseltier, rédacteur des pages « Littérature » du *New Republic*, de nous rencontrer avant notre départ en voyage. Leon, qui était aussi le fils de survivants de la Shoah, était lui-même parti récemment en Ukraine. Il tâcha de canaliser nos attentes, nous racontant les espoirs qu'il avait placés dans ce voyage et ce qu'il en avait retiré. Cela avait surtout été l'occasion de marcher sur les mêmes routes et de respirer le même air que ses ancêtres du shtetl. Au bout du compte, m'a-t-il dit, ça lui avait suffi. Mais il a évoqué un détail qui m'a marquée : il avait emporté un exemplaire de son livre *Kaddish*[3] et l'avait laissé sur place, expliquant à son guide, étonné, qu'il voulait laisser une trace de lui dans ce lieu d'où venait sa famille.

Au cours d'un dîner, vers la même période, j'ai engagé la conversation avec un vieil ami, Sandy Berger, ancien conseiller de Bill Clinton à la sécurité nationale. Quand je lui ai dit que j'allais en Ukraine, sa réponse m'a fait tressaillir : « Non, ce n'est plus là que tu vas. »

Il m'a expliqué le sens du mot « Ukraine ». Le pays s'appelait autrefois « République socialiste soviétique d'Ukraine », le mot « Ukraine » étant dérivé, d'après certains, du slave *kraj*, qui signifie bord, frontière. Or, le pays ne voulait plus être considéré comme la périphérie d'un autre. Ce fut un conseil utile. On peut dire que mon voyage aura impliqué un conseiller à la sécurité nationale, en plus du FBI.

J'avais rassemblé une grande quantité d'informations historiques, et de nombreuses recommandations, mais je n'étais pas encore tout à fait prête. En plus des photos,

3. Paris, Calmann-Lévy, 2000.

j'avais besoin de bonnes cartes. Je me suis souvenue que, lors de notre visite dans les appartements de l'ambassadeur Phil Kaiser en 2005, j'avais repéré une vieille carte encadrée de Kolki dans le couloir. Elle était si détaillée que l'on voyait littéralement chaque maison, la rivière et les quelques rues, ce qui donnait vie, sous mes yeux, au village. Phil m'a dit que sa belle-sœur avait dupliqué la carte à la Bibliothèque du Congrès. J'ai donc demandé à pouvoir l'emprunter pour faire ma propre copie.

Quand Jonathan était parti en Ukraine en 1998, j'étais allée dans un magasin de cartes, un établissement qui a depuis mis la clé sous la porte à cause de l'essor d'Internet et des systèmes de navigation GPS. J'y avais acheté quelques cartes sur lesquelles j'avais entouré au stylo les deux shtetls qu'il allait visiter, Kolki et Trochenbrod.

Près de dix ans plus tard, le magasin de cartes ayant fermé, je me suis rabattue sur la salle des cartes de la Bibliothèque du Congrès dans Madison Building, armée non seulement des noms de shtetls que je connaissais en 1998 mais aussi de nouvelles informations primordiales sur les autres shtetls que j'avais identifiés au cours de mes recherches.

Comme pour tout ce qui touche à ce sujet, plus j'en apprenais, plus l'histoire se compliquait. Quand Jonathan avait entrepris son voyage, nous avions tous été surpris qu'il parte en Ukraine plutôt qu'en Pologne, qui était, selon les déclarations de ma mère, le pays où avait habité sa famille. Cependant, elle ne s'est jamais considérée comme polonaise. Cela nous avait déroutés, sur le moment, mais je comprenais enfin pourquoi. C'est une région du monde qui a changé de main huit fois entre 1914 et 1945 : elle a fait partie de l'Empire austro-hongrois, de la Russie, de l'Autriche, de l'Ukraine occidentale, de la Pologne, de l'Union soviétique, de l'Allemagne, à nouveau de l'Union soviétique – et, désormais, de l'Ukraine. Les voisins de mes parents avaient été ukrainiens, polonais, et juifs, mêlés aux divers occupants, y compris russes et allemands. Le nom des shtetls aussi avait changé, en fonction de l'occupant. J'avais besoin de toutes ces informations pour ma recherche de cartes. Mon père avait grandi à Trochenbrod, mais le shtetl avait aussi porté le nom de « Zofjówka » en polonais, « Sofiyevka » en russe, et « Trokhymbrid » en ukrainien. En ce qui concernait la ville de ma mère, le nom n'avait que peu changé au gré des occupants et des résidents. Sa ville s'appelait « Kolki » en russe et en polonais et « Kolk » en yiddish et en allemand.

Même sans ces obstacles, on peut passer sa vie à fouiller dans le département « Géographie et cartes » de la Bibliothèque du Congrès ; il contient plus de cinq millions de cartes, quatre-vingt mille atlas et des milliers d'autres objets, dont des globes et des reliefs en plastique. J'ai passé des heures à y faire des recherches sur ordinateur et à passer en revue les vieux catalogues de fiches cartonnées ; je suis arrivée à trouver et à imprimer des dizaines de cartes de la région sous ses divers occupants, y compris la Pologne, l'Autriche-Hongrie et même l'Allemagne, toutes écrites dans leur langue respective.

Pour m'assurer que j'avais trouvé les bons endroits, j'ai entré dans ma recherche leurs coordonnées longitudinales et latitudinales. Ce fut fascinant de retracer l'expansion des shtetls au fil des ans et de voir les changements apportés par leurs divers occupants alors que la géographie restait globalement la même. J'ai adoré étudier ces cartes et j'en ai dupliqué le plus grand nombre possible au cours des heures que j'ai passées là-bas.

Les deux cartes les plus importantes que j'ai trouvées ne venaient pas de la Bibliothèque du Congrès ni d'Internet, mais elles avaient été faites par des habitants de ces shtetls. L'une avait été créée par des survivants de Trochenbrod. Peu après leur arrivée en Israël et avant que leur mémoire ne commence à décliner, les survivants de Trochenbrod s'étaient réunis dans une salle de leur Bet TAL bien aimé, à

Givatayim, la banlieue de Tel-Aviv. Ils s'étaient demandé qui habitait le long de la ligne droite qui traversait Trochenbrod et bifurquait vers Lozicht. Après une journée de discussions acharnées, ils s'étaient finalement accordés sur une carte qui indiquait l'endroit où chacun d'entre eux et leurs voisins avaient habité, puis ils y avaient inscrit le nom de chaque habitant en hébreu et en anglais.

La deuxième carte est celle que j'ai dessinée avec ma mère pour tenter de comprendre où avait habité notre famille, marquer le nom des voisins, l'emplacement de la rivière et du marché et réussir à m'orienter dans Kolki lors de mon arrivée. Ma mère n'avait jamais appris à conduire et n'avait pas un très bon sens de l'orientation, j'ignorais donc dans quelle mesure notre carte faite à la main me serait utile, mais elle n'en contenait pas moins des détails que personne d'autre ne pouvait fournir.

Un mois avant le départ pour l'Ukraine, Bert et moi sommes allés à Paris où j'ai pris rendez-vous avec le père Patrick Desbois, fondateur et directeur de Yahad-In Unum.

Yahad-In Unum occupait des bureaux dans un immeuble d'une grande avenue de Paris sur la façade duquel ne figurait aucune plaque. Ils ont depuis déménagé en banlieue pour des raisons de sécurité.

Bert et moi avons discuté avec le père Desbois pendant environ une heure, avant tout de la préparation de mon voyage en Ukraine. Ses conseils furent très précieux : il me dit d'être détendue et de poser des questions simples, de demander aux gens de parler de la vie au village et de leur famille. Sans quoi, m'avertit-il, ils seraient sur leurs gardes, craignant que je leur cache quelque chose, que je finisse par leur réclamer une maison de famille perdue pendant la guerre. Il me suggéra aussi de retourner les interroger une seconde fois car, d'après son expérience, un détail leur revenait souvent en tête le lendemain. Et il me prévint, l'air sombre, que Loutsk, la ville où mes parents avaient fait connaissance et où se trouvait mon hôtel, était l'un des endroits les plus antisémites du pays – « à 200 % antisémite », comme il me le précisa dans son langage imagé. Il me proposa de me mettre en contact avec son traducteur et son garde du corps, mais je compris que ses contacts parlaient mieux français qu'anglais. D'ailleurs, j'avais déjà prévu de faire appel à Anna Kournyeva, qui s'intéressait à mon histoire et avait même enrôlé son père pour nous servir de chauffeur. Finalement, je décidais de ne pas engager de garde du corps. Le père Desbois était connu pour son travail et restait une personnalité controversée en Ukraine. Je me suis dit que personne ne saurait ni ne se demanderait qui j'étais.

Il y avait encore un important détail à régler avant d'acheter les billets d'avion et d'embarquer pour ce voyage : il fallait que je trouve un moyen de l'annoncer à ma mère. L'Ukraine était le pays où la totalité de sa famille avait été assassinée par les nazis, sous le regard des voisins, et parfois même avec leur complicité. Elle n'avait aucune envie d'y retourner et ne comprendrait pas pourquoi quelqu'un d'autre qu'elle voudrait y aller. Mais, si nous ne lui avions pas parlé du voyage de Jonathan avant qu'il soit bien rentré, il m'était plus difficile de disparaître pendant dix jours. Et puis je ne voulais pas lui mentir.

Mon inquiétude à propos de sa réaction n'était pas exagérée. « Comment peux-tu me faire ça ? » a-t-elle crié.

J'ai tenté de la rassurer en lui expliquant que je ne partais pas seule, que Frank m'accompagnait, mais cela ne fit qu'accentuer son sentiment d'horreur. « Tu emmènes ton fils ! Il a des enfants ! »

Une fois qu'elle eut compris que je ne changerais pas d'avis, elle a tenté une autre approche. Elle m'a encouragée à prendre un bon livre et à rester dans ma chambre d'hôtel.

« Il n'y a rien à voir, là-bas », disait-elle.

Je croyais que ce serait son dernier mot à ce sujet, mais elle n'en avait pas tout à fait fini. Après avoir accepté l'idée que j'allais partir, elle m'a conseillé de rester en groupe. « Ne fais rien d'inconsidéré », m'a-t-elle dit.

9

Frank et moi avons fait le nécessaire pour caler les dates du voyage, assurer le groupe Bet TAL de notre participation et faire nos devoirs. Mais je continuais à repousser l'échéance ; je n'arrivais pas à acheter les billets, même si je savais que plus j'attendais, plus ils me coûteraient cher.

Même après avoir annoncé à ma mère que je partais, ce voyage m'angoissait. Dans mon univers de secrets et de non-dits, j'étais peut-être aussi inquiète à l'idée de ce que j'allais découvrir.

En plus de tout cela, j'ai peur de l'avion. Le choix des compagnies aériennes qui allaient à Lviv était limité ; je n'avais jamais entendu parler de la plupart d'entre elles et j'étais bien décidée à ne pas prendre Aeroflot, avec qui j'avais quitté Leningrad/Saint-Pétersbourg à la fin des années quatre-vingts. Même si, de toute évidence, j'ai survécu, puisque je vous raconte cette histoire, les boulons qui fixaient mon siège au sol s'étaient dévissés et j'avais été secouée pendant tout le vol.

Après avoir pesé les différentes possibilités, le meilleur choix m'a semblé être un vol de la Lufthansa le 12 août au départ de Washington, avec une escale à Munich le lendemain. Maintenant que nous avions un itinéraire pour notre voyage et que nous avions appris tout ce qu'il était possible de savoir sur l'histoire et la géographie de ces shtetls ukrainiens, il était temps de revenir aux fondamentaux : quelles affaires emporter. J'ai fait en sorte de voyager léger, même si on m'avait conseillé de prendre des produits annexes comme du papier toilette, du savon et des tongs pour la douche, tout cela se révélant finalement inutile. Mon seul luxe – en dehors d'un tas de barres de céréales que j'ai fourrées dans mon sac – fut d'emporter mon oreiller. Quoi qu'il arrive, je voulais pouvoir dormir confortablement.

Et puis il y avait la question des cadeaux. Je voulais apporter quelque chose à la famille que nous allions rencontrer, celle de la photo. Certains m'ont simplement dit de prendre de l'argent liquide, ce que je fis, mais cela ne me semblait pas être l'idéal. Je voulais leur offrir quelque chose de tangible – mais quoi ? Un ami m'a suggéré des ustensiles de service, beaux et utiles, qui leur serviraient à chaque repas et leur rappelleraient notre rencontre. Cela me parut une bonne idée ; j'ai commencé à chercher dans des grands magasins et sur Internet et j'ai fini par trouver des cuillères Ralph Lauren qui m'ont plu. La symbolique était séduisante : Ralph Lauren est le fils d'immigrés juifs ashkénazes, sans parler de sa success-story américaine, un homme qui avait même conçu la tenue officielle de l'équipe américaine aux Jeux olympiques.

Les cuillères me tenaient à cœur pour une autre raison, plus personnelle.

Quand Sadie, ma première petite-fille et la première arrière-petite-fille de ma mère, est née, nous nous étions demandé ce que ma mère pourrait lui offrir. Cette femme qui avait emporté une paire de ciseaux et un manteau en plein été lors de sa fuite du shtetl est une grande pragmatique. Sa première pensée fut de donner de l'argent pour assurer dès à présent l'avenir de l'enfant. Je lui ai dit qu'elle aurait plus d'une fois l'occasion de la soutenir financièrement et qu'elle ferait mieux de trouver un cadeau plus chargé de sens. Ensemble, nous avons décidé de lui offrir l'une des cuillères d'argent que mes parents avaient rapportées d'Allemagne, cadeau d'une grande valeur personnelle et historique.

Nous avons mis l'une des cuillères dans une boîte-vitrine avec une photo de mes parents et moi et un mot manuscrit de ma mère : « J'ai rapporté d'Europe cette cuillère d'argent, et je te l'offre, Sadie, dans l'espoir que tu aies toujours une cuillère d'argent dans la bouche. »

Elle a fait le même cadeau à son premier petit-fils, Sacha. Bien que les cuillères Ralph Lauren n'aient pas la même portée historique, elles n'en étaient pas moins pour moi un cadeau chargé de sens.

Je me souvenais aussi de ce que nous avait dit Leon Wieseltier, qui avait laissé une partie de lui au shtetl sous la forme de son livre, *Kaddish*. J'y ai repensé et j'ai décidé de prendre un lot de nos cartes de Rosh Hashana (le Nouvel An juif). J'envoyais ces cartes depuis 1990, inspirée par un inconnu qui avait proposé de nous prendre tous les cinq en photo tandis que nous étions sur notre trente-et-un, en route pour un mariage à l'hôtel Mayflower. J'avais transformé cette photo en carte de Rosh Hashana et lancé une tradition qui durait depuis trente ans et associait désormais épouses et petits-enfants, avec une retouche occasionnelle sur Photoshop pour effacer un intrus de la photo. J'adore regarder ces cartes car on y voit la famille s'agrandir au fil des ans.

J'ai été prise d'une terrible angoisse pendant le vol. Mais comme c'était un vol de nuit pour Munich, j'ai surtout dormi. Le reste du temps, je l'ai passé à discuter avec Frank de ce que nous espérions découvrir. J'avais une liste des lieux que nous avions évoqués ensemble qui établissait les différents noms des shtetls et ce que nous savions de leur importance pour l'histoire de la famille. Nous devions retrouver les membres de Bet TAL quelques jours après, mais nous avions aussi notre propre programme, qui comprenait la visite du shtetl de ma grand-mère, à Kolki, et le rendez-vous avec la famille qui avait sauvé mon père. Du moins espérions-nous qu'il s'agissait bien de cette famille-là.

Nous avons également discuté d'un document qui détaillait les modalités de l'attribution officielle du statut de « Juste », distinction décernée aux non-Juifs qui ont risqué leur vie pour sauver des Juifs pendant la Shoah. Ces noms sont entrés dans une base de données à Yad Vashem, où des arbres sont plantés en leur honneur. S'il s'agissait bien de cette famille, je voulais m'assurer qu'elle reçoive cette distinction.

Je n'ai pas pu m'empêcher de remarquer que nous revenions sur la terre de nos ancêtres à bord d'un avion allemand – et que j'avais même choisi cette compagnie aérienne pour des questions de sécurité –, alors que c'étaient les Allemands qui avaient tué la quasi-totalité de ma famille. J'ai aussi trouvé symbolique le fait que notre premier arrêt soit à Munich, même si c'était une simple escale : parmi les photos que j'avais emportées figurait un cliché de retrouvailles de survivants de Trochenbrod prise en 1947, au sud-ouest de cette ville, dans le camp de réfugiés de Föhrenwald. Mon père est debout au centre de la photo,

en costume-cravate. Il est entre Nachman Roitenberg, que j'ai rencontré en Israël, et le cousin de mon père, Itzhak Gornstein, qui a par la suite déménagé en Californie où il a pris le nom d'« Izzy Horn ».

Nous avons atterri à l'heure prévue à Munich après un vol sans encombres, mais déjà survint un problème potentiel. Notre correspondance pour Lviv ne figurait pas sur le tableau des départs et, quand nous avons interrogé la préposée au comptoir de la Lufthansa, elle n'a pas semblé comprendre.

« Vous voulez dire Tel-Aviv ?

— Non, Lviv », a expliqué Frank.

Quand nous lui avons montré l'itinéraire, elle a eu l'air perplexe et a dit qu'elle ne savait même pas que la Lufthansa desservait cette ville. Après quelques hésitations, nous avons tous compris que la ville était indiquée sur le tableau des départs sous le nom de « Lemberg ».

Malgré la somme de recherches que j'avais menées, j'avais momentanément oublié les divers noms des villes selon la période de l'histoire et je ne m'attendais pas à ce changement-là. Lviv avait connu plusieurs noms au siècle dernier et, à l'aéroport de Munich, en 2009, c'est celui de « Lemberg » qui était utilisé, autrement dit le nom qu'elle portait sous l'occupation allemande pendant la Seconde Guerre mondiale et la majeure partie du XIXe siècle, quand elle se trouvait aux confins orientaux de l'Empire austro-hongrois.

De ma fenêtre, tandis que nous survolions Lviv, j'ai pris en photo des champs d'une verdure luxuriante et sereine. Il était facile de comprendre pourquoi l'Ukraine était souvent surnommée « le grenier à blé de l'Europe » et d'oublier qu'on l'avait aussi surnommée la « terre de sang ».

Au moment d'atterrir à Lviv, après un bref vol d'une heure et demie, il fut clair que nous étions loin de chez nous. Contrairement à l'aéroport moderne et fourmillant d'où nous étions partis à Washington, ce terminal, avec ses tourelles et ses lambris, semblait d'un autre âge. Notre avion était le seul présent sur la piste et des soldats attendaient notre arrivée en rang serré sur le tarmac. C'était manifestement le signe qu'un voyage en Ukraine occidentale, même dans l'une de ses plus grandes villes, impliquait un retour au XIXe siècle.

On nous interrogea individuellement sur le contenu de nos bagages. Le fonctionnaire qui s'occupait de moi me demanda quelle somme j'avais sur moi en liquide. Je répondis « deux cents dollars », ce qui n'était absolument pas vrai, mais j'avais lu que c'était la limite autorisée. « Seulement deux cents dollars ? » me demanda-t-il. Nerveusement, je lui demandai : « Il faut plus que ça ? »

Quoi qu'il en soit, et à notre grand soulagement, nous avons passé la douane et avons trouvé notre traductrice, Anna, et son père, Ivan, qui nous attendaient. Ils avaient fait deux heures et demie de route pour venir nous chercher, et allaient nous ramener à Loutsk, qui serait notre Q.G.

L'autoroute de Lviv était presque entièrement dépourvue de panneaux signalétiques et semée de nids-de-poule. Les voitures roulaient lentement, en partie parce qu'elles dataient de l'époque soviétique, mais aussi parce que la police rôdait partout et rackettait toute personne qui excédait d'un km/h la vitesse autorisée – ce dont nous avons été directement témoins quand Ivan se fit arrêter à mi-chemin et fut contraint de payer. À vrai dire, j'étais contente de rouler lentement. Cela nous donnait tout le temps de profiter du paysage parfaitement préservé – chevaux attelés à des charrettes, marchandes de pommes au bord des routes, vaches qui flânaient à proximité des arrêts de bus. Pas le moindre signe de mondialisation, même si, les jours suivants, je constaterais de quelle façon subtile le monde moderne empiétait sur le pays.

On ne s'était encore jamais rencontrées, mais Anna et moi avions correspondu pendant une année entière pour préparer ce voyage. Elle avait passé deux étés dans une école près de Panama City, en Floride, et maîtrisait bien l'anglais, même si elle parlait parfois trop vite pour que je la comprenne. Elle me fit l'impression d'une personne très professionnelle et fiable, peu encline au sentimentalisme. Lors du trajet, Frank, en bon historien et journaliste, se mit à lui poser des questions élémentaires sur l'histoire de la région, mais elle déclara ne rien savoir du passé, en particulier du passé de la région où avait vécu notre famille.

Que cela soit vrai ou qu'elle ait simplement cherché à éviter d'aborder un sujet potentiellement explosif, elle était bien préparée. Elle avait passé un an à travailler sur ce qu'elle appelait « l'affaire » et avait arrangé un rendez-vous avec la famille dans son village d'origine. Le clan tout entier avait prévu de venir, y compris Mycola – qui habitait là-bas –, Nadiya, la fille aînée, qui s'était révélée la plus utile du groupe, et Victor, l'autre frère. Anna avait appelé Nadiya une semaine plus tôt pour régler les derniers détails de la rencontre.

D'après Anna, la famille était « un peu gênée » par l'intérêt que nous lui portions et inquiète à l'idée de ne pas savoir quoi dire. Nadiya lui avait fait remarquer : « Ce n'est pas moi qui ai sauvé leur père. Pourquoi veulent-ils me voir ? » Anna les avait décrits comme des gens « simples » qui n'étaient « pas du tout gâtés ».

Elle nous a rappelé qu'elle était « sûre à 90 % qu'il s'agissait de la bonne famille ». « Quand vous entrerez dans cette maison et que vous verrez les photos, vous n'aurez plus le moindre doute. » Comme depuis le début, je ne demandais qu'à la croire, mais j'étais bien décidée à m'accrocher à mon scepticisme tant que je n'en aurais pas jugé de mes propres yeux.

« Pourquoi seulement 90 % ? lui a demandé Frank.

— Parce que c'est à vous de le voir de vos propres yeux et de vous faire une opinion. Les 10 % qui restent dépendent de vous. »

Ivan, homme maigre d'une cinquantaine d'années, travaillait comme ingénieur dans une compagnie de gaz locale et ne parlait pas anglais. Il semblait aussi obsédé que sa fille par notre voyage et lui demandait constamment de traduire. D'après Anna, il avait un exemplaire du roman de Jonathan ; un cadeau de son meilleur ami, qui était tombé sur les deux derniers exemplaires disponibles dans une librairie de Loutsk et les avait achetés. Ils venaient aussi de télécharger le film – le premier signe de postmodernité que nous verrions au cours du voyage, qui offrait un contraste saisissant avec l'immuabilité du paysage.

Frank a demandé à Anna de me dire ce qu'elle pensait vraiment du livre. « C'est intéressant », dit-elle pour toute réponse. C'est une réaction que j'ai souvent constatée, même aux États-Unis et en Israël.

« Vous pouvez parler franchement, lui dit Frank. On ne sera pas vexés. » Elle hésita un moment puis répondit que le livre, et sa façon de mélanger de vrais noms de personnes et de lieux avec des noms imaginaires, semait la confusion dans l'esprit du lecteur. Mais elle était quand même contente qu'il ait attiré l'attention sur ce qu'elle appelait « le Problème ». C'est l'expression qu'elle utilisa plusieurs fois pour évoquer la Shoah. Apparemment, peu d'habitants de ces régions étaient conscients de la magnitude de ce qui était arrivé aux Juifs d'Ukraine occidentale pendant la guerre. Ce n'était pas enseigné à l'école et personne n'en parlait.

Notre premier arrêt fut Loutsk, ville relativement grande d'environ 200 000 habitants, où nous logerions à l'hôtel Ukraine. Il était bien situé, tout près du centre-ville, une sorte de bâtiment des années cinquante aux tons avocat et or mais dont les chambres étaient spacieuses et propres, ce qui fut un soulagement. Les derniers jours avaient été longs, entre l'angoisse qui avait précédé le départ et la longueur du voyage ; j'ai sorti mon oreiller dans l'espoir de me reposer jusqu'à l'heure du dîner. Mais à peine m'étais-je allongée que l'on frappa de grands coups à ma porte.

Apparemment, il y avait une erreur, on m'avait installée dans la mauvaise chambre ; celle-là était plus chère que celle que j'avais réservée et payée d'avance. J'étais trop épuisée pour refaire mes valises et changer de chambre et je leur ai donc dit que j'allais rester là et que je paierais la différence. Plus facile à dire qu'à faire, malheureusement. Il fallait que je règle tout de suite. Je suis descendue à la réception, carte bleue à la main.

Le dîner non plus ne fut pas simple. Ni Frank ni moi ne mangions strictement casher, mais nous évitions le porc et les crustacés. Je dois mon aversion pour le porc à ma mère. Ce n'était pas la viande elle-même qui la préoccupait – mais tout ici était cuit dans du lard. L'un des avertissements qu'elle m'avait le plus souvent répétés, en dehors du fait que je devais rester dans ma chambre d'hôtel avec un livre, avait été : « Ne mange rien de ce qu'on te donne. Prépare tes propres repas. »

Pour notre premier dîner à Loutsk, nous allâmes dans un restaurant de cuisine ukrainienne traditionnelle avec Anna, Ivan, Avrom Bendavid-Val et sa femme, Leah, qui étaient arrivés en avance afin de finaliser les préparatifs de l'excursion du groupe à Trochenbrod.

Frank et moi avons parcouru le menu et fini par faire ce qui nous semblait le choix le plus sûr, une soupe baptisée « Harmonie de légumes ». Après l'avoir goûtée, nous avons échangé un regard méfiant. Il y avait bien quelques légumes, mais leur façon de flotter dans ce qui était sans doute du bouillon de porc était loin d'être harmonieuse. Nous avons tâché de ne pas y accorder trop d'importance, avons mangé quelques cuillerées par politesse puis déclaré ne pas avoir faim, sans réussir pour autant à éviter de contrarier nos hôtes.

Pendant que le reste du groupe mangeait, trois musiciens en costumes brodés nous ont régalés de chansons traditionnelles nostalgiques sur les merveilles de cette partie du pays.

Je me suis risquée à soulever un sujet qui, même en tant que bonne connaisseuse de l'histoire, m'inquiétait. Je pensais aussi au père Desbois, qui m'avait averti que dans cette région de l'Ukraine, on était « antisémite à 200 % ». Étions-nous vraiment en sécurité en tant que Juifs ? J'ai expliqué que certains Juifs américains avaient peur des Ukrainiens, qu'ils pensaient que ces derniers avaient participé au meurtre de leur famille, qu'on m'avait prévenue que cette région était l'une des plus antisémites du pays. Frank m'a regardée, visiblement inquiet, et m'a dit après coup que j'aurais aussi bien pu lancer une grenade dégoupillée sur la table. Heureusement, les Ukrainiens furent très intéressés par cette interprétation et moins contrariés que je ne l'aurais cru. Ils nous assurèrent que nous étions en sécurité à Loutsk.

Nous nous sommes couchés le ventre vide, ce soir-là ; nos quelques cuillerées de soupe furent complétées par des barres de céréales. Heureusement, il n'y aurait plus de soupe « Harmonie de légumes » pour nous : Frank et moi avons trouvé une bonne petite pizzeria au centre de Loutsk, sur la place du Marché, où nous avons mangé tous les deux seuls pratiquement chaque soir. On s'est dit qu'il n'y avait pas de lard dans les pizzas et nous avons choisi de ne pas vérifier cette théorie de trop près.

Une fois que les anciens de Trochenbrod sont arrivés, nous sommes devenus moins inquiets pour nos habitudes alimentaires ; plusieurs d'entre eux partageaient nos goûts et l'hôtel s'y adapta. Dans la partie du voyage où nous sommes restés seuls, sans les anciens de Trochenbrod, c'est Anna qui s'occupa le plus souvent des repas, continuant de nous émerveiller. Elle comprit vite les restrictions de notre régime alimentaire et prépara des pique-niques d'œufs durs et de légumes frais, ce dont nous lui avons su gré.

Notre séjour en Ukraine se déroula en quatre temps. Frank et moi avions choisi notre date d'arrivée pour qu'elle coïncide avec celle des anciens de Trochenbrod, qu'ils soient israéliens ou américains, pour visiter ensemble le shtetl, ou plutôt ce qu'il en restait. Nous avions ensuite prévu d'aller découvrir seuls Kolki et Lychtche et de rencontrer la famille qui avait, nous l'espérions, caché mon père pendant la guerre. Pour finir, nous passerions quelques jours à Lviv, où nous profiterions du confort d'un bon hôtel et où nous pourrions décompresser avant le voyage retour.

Si Frank et moi avions atterri à Lviv, la plupart des autres, aussi bien Américains qu'Israéliens, étaient passés par Kiev et nous ont retrouvés à Loutsk. Un soir que Frank et moi revenions de notre repas en tête-à-tête à la pizzeria, que nous considérions désormais comme notre Q.G., la réceptionniste nous informa qu'un bus d'Israéliens, accompagnés de quelques Américains, venait d'arriver de Kiev. Elle n'avait pas vraiment besoin de nous le dire : c'était difficile de ne pas les remarquer. Ils étaient assis dans la salle à manger du salon de l'hôtel et le niveau sonore de leur conversation atteignait des décibels dignes d'une rue de Tel-Aviv. On avait l'impression que l'armée israélienne venait de faire un raid pour nous protéger. Même s'ils étaient très bruyants, c'était réconfortant d'être entouré d'anciens du shtetl. D'ailleurs, j'avais hâte de retrouver Mira et Chaim Binenbaum, dont j'avais fait la connaissance en août 2008 quand je leur avais apporté le matériau glané lors de la réunion américaine des anciens de Trochenbrod et qu'ils m'avaient conduite d'un survivant à l'autre pour glaner des informations sur mon père. Tout au long de mon séjour là-bas, ils avaient été mes référents privilégiés auprès des Israéliens de Trochenbrod. Mira et moi, nous nous sommes immédiatement assises sur le canapé situé devant la grande baie vitrée du hall de l'hôtel pour nous donner des nouvelles. Je lui ai raconté tout ce que j'avais appris, et qui était en grande partie le résultat des indices que nous avions glanés quand Chaim et elle m'avaient fait faire le tour d'Israël, l'année précédente. Après avoir découvert que mon père avait habité à Lychtche, j'avais pu demander à Anna et Sergueï d'aller au village, où ils étaient tombés sur quelqu'un qui avait identifié mon père et deux autres personnes présentes sur ma vieille photo. Je lui ai raconté que j'avais continué à chercher dans la base de données des survivants de la Shoah, sans succès, même avec le nom du village et celui de l'épouse de mon père, Tzipora.

Mira, qui était experte pour tout ce qui touchait aux bases de données, a sorti son ordinateur et a tenté une nouvelle approche. Jusqu'alors, j'avais parcouru les listes de Trochenbrod, Lychtche et Tchetvertnia. J'avais tapé les noms « Tzipora », « Cipora » ou « Zipora », et « Safran ». Je cherchais surtout un bébé Safran.

Frank rejoignit Mira sur le canapé, tandis que cette dernière tapait différents mots-clés, jusqu'à ce qu'elle trouve quelque chose. Ils m'appelèrent, tout excités. Elle n'avait pas trouvé de Tzipora mais une « Tzipa Kuperschmit » tuée en 1942 à Zofjówka. Nous avons compris que c'était sans doute elle : les survivants appellent le shtetl « Trochenbrod », mais il est aussi connu sous les noms de « Zofjówka », « Sofiova », « Trochimbrod » et plusieurs autres variantes, selon que vous étiez juif, polonais ou ukrainien. « Tzipa », bien sûr, est le diminutif de Tzipora. Mais surtout, « Kuperschmit » était le nom de ma grand-mère paternelle, Brucha, après son remariage avec Baruch Kuperschmit.

Encore plus étonnant, Mira s'est aperçu qu'en tapant le nom de « Tzipa », celui de son mari apparaissait dans la liste : « Leibel ». Leibel *Kuperschmit.* D'après les données de la liste, lui aussi avait été assassiné en 1942. Il s'agissait apparemment de mon père et de sa femme, sauf que mon père n'avait pas été tué en 1942, à la différence de Tzipa et leur fille. Il n'y avait pas d'information sur leur fille. Et, d'après ce que nous savions désormais, elles n'avaient pas été tuées à Trochenbrod ou à Zofjówka. En creusant un peu plus, nous avons découvert que le témoignage sur lequel les données s'appuyaient avait été déposé en 1999 par Noam Rosenblatt, fils de Gad et Fanya Rosenblatt, quarante-cinq ans après le suicide de mon père à Washington.

C'était absurde. J'en ai déduit qu'il s'agissait d'une tentative de regroupement – même si Leibel et Tzipa habitaient dans un autre village, ils étaient considérés comme résidents de Trochenbrod. Mais pourquoi le nom de mon père figurait-il sur la liste – d'autant que, en 1947, on le voyait sur la photo des survivants de Trochenbrod lors de leurs retrouvailles dans le camp de réfugiés de Föhrenwald ? Il était clairement toujours en vie. Quand j'avais rendu visite à Fanya Rosenblatt, la femme de Gad et la mère de Noam, en 2008, elle savait que mon père s'était suicidé aux États-Unis. Peut-être Gad, mort six mois plus tôt, n'était-il pas au courant ?

Frank en tira une déduction plus poignante : « Peut-être, à cause de la nature de sa mort, le considéraient-ils tout de même comme un martyr de la Shoah. »

Ces sombres pensées furent rapidement remisées quand le responsable du groupe de Bet TAL, Moti Litvak, se jeta sur Frank et lui demanda, tout excité : « Alors c'est vous, le héros de Trochenbrod ? » Il croyait sans doute avoir affaire à Jonathan et voulait parler de *Tout est illuminé*, qui était en grande part responsable de notre présence ici. Frank lui expliqua qu'il était le frère de Jonathan, mais qu'il était lui-même écrivain. Moti n'a pas eu l'air impressionné.

« Je vois, a-t-il dit, donc vous êtes le frère du héros de Trochenbrod ! »

Ce fut le début d'inlassables commentaires et questions sur le livre et le film. On ne cessait de nous demander : « Pourquoi Jonathan n'est-il pas venu ? »

Tout le monde avait son mot à dire à propos du livre. Un de nos guides ukrainiens m'a demandé de dire à Jonathan que, la prochaine fois, il devrait raconter la véritable histoire de Trochenbrod. Un Sud-Américain qui faisait partie de l'expédition s'est plaint du fait que, le jour où il était allé dans une librairie pour acheter un guide de voyage parlant de Trochenbrod, on lui avait répondu que c'était un lieu imaginaire créé par un romancier américain.

La confluence de trois cultures – israélienne, américaine et ukrainienne, avec quelques Sud-Américains dans le lot – produisit son lot de cocasserie et de tension au cours des trois jours suivants. Nos cousins de Trochenbrod étaient chaleureux et divertissants. Le shtetl devait regorger de petits farceurs. Certains d'entre eux étaient désopilants ; la plupart des autres croyaient l'être.

Le premier jour, avant le départ pour Trochenbrod, nous avons fait une brève visite passablement improvisée de Loutsk en car et nous nous sommes arrêtés aux archives régionales de Volhynie, où l'on nous permit de chercher des documents familiaux : interdiction de parler et de prendre des photos. Nous devions garder le silence ou nous courions le risque de nous faire expulser. Cet arrêté d'inspiration soviétique ne tenait pas compte de l'impossibilité d'imposer le silence à un groupe composé aux deux-tiers d'Israéliens. Ils étaient bruyants et demandaient, pas toujours poliment, qu'on leur rende des comptes quand les documents ne leur étaient pas promptement présentés. À un moment donné, l'un des bureaucrates ukrainiens en a eu assez et s'est mis à taper du poing sur la table. Finalement, nous n'avons pas trouvé grand-chose et la plupart des anciens de Trochenbrod sont repartis déçus. Ça ne commençait pas très bien.

Frank et moi avons décidé qu'il s'agissait du bon moment pour nous éclipser et faire un tour de la vieille ville seuls. La modernité, sous forme de bureaux et d'immeubles d'inspiration stalinienne, y côtoie l'histoire d'une ville ancienne et de sa forteresse. C'est à Loutsk que mon père et ma mère se sont connus, et je ne cessais de regarder autour de moi, d'imaginer mes parents marcher dans ces rues, me demandant lequel de ces immeubles ils avaient habité en 1944. Nous avons réussi à trouver la synagogue chorale, petite construction aux faux airs de fortification, qui est aujourd'hui une salle de gym, figurez-vous.

Après notre promenade, nous sommes rentrés dîner avec nos camarades. Sur le chemin de la salle de restaurant, Betty Gold de Cleveland – la survivante qui avait écrit ses mémoires et que j'avais rencontrée un an avant à la réunion d'anciens de Trochenbrod à Washington – m'a présentée à la famille Tchaïtchik, ses cousins qui habitaient Loutsk. C'était providentiel : ma mère m'avait justement demandé de les retrouver, car c'étaient des parents par alliance. Cet homme ne ressemblait pourtant pas à nos cousins. Il avait l'air ukrainien avec sa coupe mulet, sa peau profondément rougie par les coups de soleil et sa chemise ouverte sous laquelle pendait une chaîne. Nous avons discuté quelques minutes, avec Betty comme traductrice, mais nous n'avons jamais su s'il s'agissait du Tchaïtchick que ma mère m'avait demandé de retrouver. Au moins pourrais-je confirmer l'avoir vu, à mon retour, et barrer son nom de ma liste des tâches à accomplir.

Le but officiel de ce voyage commença ce soir-là. Comme nous venions de quatre continents différents, peu d'entre nous se connaissaient déjà. Nous fîmes donc les présentations. Après quoi Moti Litvak, assisté d'Avrom, annonça le programme. Nous prendrions le car jusqu'à Domachiv, un village à proximité de Trochenbrod. De là, nous irions en charrette sur le site de la ville par une route abandonnée. Une fois à Trochenbrod, Shmuel Potach – survivant de quatre-vingt-dix ans à la mémoire quasi photographique, toujours très en forme – dirait à chacun de nous où se trouvait autrefois sa maison familiale. Son père s'occupait de la laiterie et, quand il était petit, Shmuel livrait du lait chaque matin, autrement dit il se souvenait bien du plan. Nous nous recueillerions aussi devant tous les monuments commémoratifs. Une stèle métallique ayant récemment été volée par des gens du coin et revendue à la ferraille, les Israéliens avaient apporté de grandes dalles de marbre gravées qui étaient, en principe, trop lourdes pour être déplacées. Je me suis demandé combien cela leur avait coûté de les transporter sur El Al de Tel-Aviv.

Notre expédition ressemblait sans doute à une espèce de cirque. Le lendemain matin, nous avons quitté l'hôtel tôt et nous nous sommes entassés dans deux grands cars tout confort. Le premier transportait les Israéliens, le second le reste d'entre nous, y compris Evguenia Potach, survivante de quatre-vingt-huit ans qui habite encore Loutsk et qui avait sans doute un lien de parenté avec Shmuel, même si je n'ai jamais vraiment compris lequel précisément. Evguenia nous a régalés d'histoires sur le trajet. Elle avait survécu en se cachant dans les bois puis avait épousé un partisan, un chrétien. Elle mentionna au passage être en possession d'un exemplaire de la traduction ukrainienne de *Tout est illuminé* dans son studio.

Après un long trajet en car, nous avons vu des gens rassemblés au bord de la route à Domachiv. On aurait dit que le village entier était venu nous accueillir. C'était une vision digne d'un film, pleine de babouchkas coiffées d'un foulard bien serré et d'hommes entre deux âges portant casquette et adossés contre les grillages, pendant que des enfants surexcités couraient partout.

« Anna la Traductrice » s'empara du micro du car pour nous raconter l'histoire du village. Sa grand-mère était originaire de Domachiv, nous dit-elle, et quand Anna était petite, elle jouait à Trochenbrod, qui n'était déjà plus un shtetl mais une plaine où l'on récoltait du fourrage pour l'hiver. On l'appelait « les champs de Sofiyevka ». « Sofiyevka » était le nom russe du shtetl. Comme Lviv, il avait autant de noms que la région avait eu d'occupants.

Pendant des années, les gens de Domachiv ne parlèrent pas du village voisin peuplé de Juifs, hormis, d'après Anna, lors de quelques conversations ponctuées de sanglots. La grand-mère d'Anna était petite, à l'époque. Le jour de la tuerie, elle jouait dans les champs et avait entendu une clameur inhabituelle. Attirée par le bruit, elle avait assisté malgré elle au massacre des habitants de Trochenbrod.

Nous savions que nous ne pourrions pas nous rendre en car sur les lieux mêmes où était jadis construit Trochenbrod – il n'y avait pas de route. Mais les charrettes pleines de fourrage étaient quand même un mode de transport d'une étrange cocasserie pour une visite si solennelle. Nous étions malgré tout conscients de leur aspect pratique.

Après quelques minutes d'hésitation, nous nous sommes éloignés des cars pour rejoindre les charrettes conduites par des habitants de Domachiv, dont beaucoup étaient accompagnés de leurs jeunes enfants. Anna – qui gardait l'œil sur Frank et moi, étant donné que nous l'avions engagée pour les autres excursions privées de notre voyage – nous a choisi une charrette confortable, matelassée d'un lit de foin. Nous y avons grimpé comme des gamins et nous avons pris place à côté de certains de nos compagnons d'expédition. Le reste de notre groupe voyageait à l'arrière avec des anciens de Trochenbrod qui avaient sagement choisi des jeeps plutôt que des charrettes.

Deux chevaux tiraient la nôtre à l'écart de la route principale, sur un chemin à travers champs. En arrière-plan, on voyait le flash des appareils de nos camarades qui prenaient des instantanés. Comme si le spectacle que nous offrions ne suffisait pas, nous étions suivis par une équipe de tournage et il y avait une perche dans la charrette d'à côté. Notre ami Jeremy Goldscheider, lui-même ancien de Trochenbrod, était venu tourner le documentaire qu'il produisait sur le shtetl, ce lieu disparu de longue date mais sur lequel nous apprenions toujours plus de choses.

Les Israéliens avaient apporté un grand drapeau de leur pays, qu'ils déployèrent au-dessus de l'une des charrettes de queue. C'était une sacrée vision, une demi-douzaine de charrettes, une équipe de tournage et des jeeps qui traversaient les bois d'Ukraine occidentale à la recherche d'un shtetl qui n'existait plus. L'une des filles du coin qui avait pris place sur la banquette de notre charrette, probablement la fille de notre cocher, leur emboîta le pas, déployant le drapeau ukrainien, qui flottait désormais au-dessus de nous. Frank et moi avons trouvé cela plus que déconcertant : j'imaginais la réaction de ma mère si elle voyait ça, et elle le verrait sans doute, vu le nombre de photos prises et la présence de l'équipe de tournage. Il y avait les anciens de Trochenbrod en plein retour triomphal, agitant le drapeau israélien. Et il y avait la famille de ma mère, sous le drapeau ukrainien. Je me suis dit qu'elle ne serait guère sensible à la cocasserie de la situation.

Soudain, le ciel a viré au gris et notre promenade en charrette s'est brusquement arrêtée quand une violente averse s'est mise à tomber. Nous avons tâché de donner à la pluie une portée symbolique – on nous informerait bientôt qu'il avait plu le lendemain du massacre des Juifs, cette diversion atmosphérique ayant permis à quelques survivants de s'enfuir dans la forêt. Il était quand même difficile de voir dans ce déluge un heureux signe du destin tant nous ruisselions, malgré les ponchos et les parapluies qu'Anna avait eu la prévenance de prendre.

Après un tournant, nous avons émergé dans une clairière et avons aperçu le premier des quatre monuments aux Juifs assassinés de Trochenbrod – et, au grand soulagement de tous, les membres du premier groupe avaient planté de grandes tentes du surplus de l'armée. Les charrettes se sont arrêtées le plus près possible des tentes et nous avons tous couru à l'intérieur.

Nos guides firent de leur mieux, mais le groupe n'était pas commode, reprochant à tous les accompagnants de ne pas les avoir avertis du risque d'averse. Une fois leur mauvaise humeur retombée, quelqu'un a eu l'idée de donner le micro portatif à Betty Gold, la survivante de soixante-dix-neuf ans. Betty était ce qu'on appelait parfois une « survivante professionnelle ». En plus des mémoires qu'elle avait écrits, elle participait régulièrement au circuit des commémorations de la Shoah, intervenant devant les membres de la communauté et dans les écoles. Mais, cette fois, elle était vraiment là, à l'endroit même où c'était arrivé. Un peu plus tard, elle se rendrait pour la dernière fois sur le site de la maison de son enfance – elle est morte cinq ans plus tard. Même si j'avais lu son livre et que je connaissais son histoire, l'entendre dans cet environnement magnifia le miracle de sa survie.

Elle avait douze ans en 1942 quand les nazis frappèrent aux portes, ordonnant aux villageois, parmi lesquels Betty et sa grand-mère, de quitter leurs maisons et d'aller à pied au centre du village, à trois kilomètres de là. Betty ne voyait ni sa mère ni son père. Terrifiée, elle laissa sa grand-mère et réussit, étonnamment, à rentrer chez elle sans se faire repérer. Mais, une fois là-bas, elle s'aperçut que la maison était vide. Elle se souvint alors que son père avait construit une cachette derrière la maison. Elle se mit à taper au mur, suppliant qu'on la fasse entrer, en vain. Elle pleura et réclama. Finalement, le mur s'entrouvrit et une main la tira à l'intérieur. Ses parents avaient d'abord hésité, croyant que c'étaient les nazis qui frappaient. Betty passa la nuit debout avec quinze autres personnes derrière ce mur, qui faisait à peu près un mètre de large. Parmi ceux qui se cachaient, une femme et son enfant d'un an et demi, qui se mit à pleurer. Terrifiée qu'on les découvre, la femme prit l'atroce décision d'étouffer l'enfant. Quand la pluie se mit à tomber, le lendemain, sa famille s'enfuit dans un bunker que son père avait préparé dans la forêt. Betty passa le reste de la guerre affamée, à chercher de la nourriture, convaincue de l'inévitabilité de la mort. Mais sa famille et elle survécurent, non sans avoir plusieurs fois frôlé la mort. Finalement, elles rallièrent les rangs des partisans russes et se retrouvèrent plus tard dans un camp de réfugiés.

Nous avons écouté Betty dans le bruit assourdissant de la pluie qui tambourinait sur les tentes. Quand la pluie a cessé, nous sommes tous remontés dans les charrettes et nous avons pris la direction de la seule rue de Trochenbrod, qui ressemblait plutôt à un chemin de terre. À notre arrivée, non seulement le soleil était réapparu, mais il faisait un temps magnifique.

Shmuel Potach s'est emparé d'un porte-voix et, tel un GPS humain, s'est mis à montrer à quel endroit habitaient les familles du village. Non seulement il connaissait tous leurs noms, mais aussi des faits intéressants et des anecdotes sur presque tous les habitants, faisant revivre le shtetl comme par magie. Par ailleurs, les Israéliens avaient fabriqué une magnifique carte qui indiquait l'emplacement de chaque maison ; ils en distribuèrent une reproduction à toutes les familles présentes. J'avais un plan du shtetl dans la tête, mais je pus enfin voir où avait vécu ma grand-mère Brucha, à une maison de distance de sa belle-sœur Sosel Bisker, juste en face de leurs cousins, les Gornstein. Cinq maisons plus haut, du même côté de la rue que la maison de ma grand-mère, habitaient nos autres cousins Bisker. Et, encore un peu plus haut, les Kimelblat. Bien sûr, la demi-sœur de mon père, Choma, était mariée à Shai Kimelblat, et j'avais appris que les cousins de Shai, Natan et Itzhak, étaient les associés de mon père à Lodz après la guerre.

Shmuel prit la tête du groupe, micro en main, se lançant dans un monologue pittoresque et souvent comiquement décousu. Il était accompagné par douze membres de sa famille, dont ses enfants et petits-enfants. Il tenait à leur montrer d'où il venait – en détail. Il avait une anecdote à raconter sur chaque maison. Ce type-là, on l'appelait « Moïse le Gros » ; celui-là, Ellie, avait une bosse sur la tête ; ce gars-là était amoureux de la fille la plus moche du village. Il nous faisait revivre cette histoire pittoresque comme s'il était toujours le même petit livreur de lait.

Ses souvenirs étaient d'autant plus incroyables qu'il restait très peu de repères visuels. Il ne restait qu'un seul arbre du temps où Trochenbrod était encore une ville. Après que les Allemands eurent tout brûlé, les Soviétiques plantèrent de nouveaux arbres et creusèrent des canaux. Le sentier sur lequel nous marchions était apparemment beaucoup plus étroit que l'ancienne route. La forêt demeurait le seul horizon visible et elle donnait l'illusion d'être là depuis des dizaines d'années, alors qu'elle était récente.

Pendant que Shmuel parlait, Betty Gold ne cessait de se demander à haute voix où pouvait bien se trouver la maison de ses parents. Même si c'était la troisième fois qu'elle revenait à Trochenbrod depuis la guerre, elle était naturellement déboussolée par la refonte du paysage. Quand nous avons atteint le milieu de la rue, Shmuel l'a appelée à la tête du groupe et lui a dit avoir trouvé l'endroit. Betty a traversé les broussailles ; elle s'est arrêtée dans l'herbe et les fleurs des champs qui lui arrivaient à la taille. « Je n'aurais jamais cru retrouver l'emplacement, a-t-elle dit, les larmes aux yeux. Je n'aurais jamais cru revenir ici. » Elle a cueilli un bouquet de fleurs sauvages pour le rapporter chez elle, à Cleveland.

Malgré la sombre raison de notre visite, la plupart de nos compagnons de voyage étaient de bonne humeur, galvanisés à l'idée de jouer les archéologues du shtetl et de chercher des vestiges. Nous avions même des outils de fortune, et nous avons trouvé quelques reliques. L'une des Brésiliennes avait « emprunté » des fourchettes à l'hôtel, qu'elle distribua aux autres pour qu'ils creusent. Et, bien sûr, j'avais apporté une réserve de sacs Ziploc – assez pour tout le monde.

L'une des Américaines, Ethel Kessler, a déterré avec moi des morceaux d'assiette. Certains jeunes Israéliens ont trouvé des éclats de briques de l'ancienne usine. Le second mari de ma grand-mère Brucha, Baruch Kuperschmit, avait produit des briques, et je me suis demandé s'il avait participé à la fabrication de celles-là. En creusant, l'un des Ukrainiens qui nous accompagnaient a trouvé un jeton de la poste qui se trouvait, d'après Shmuel, à l'emplacement exact du bureau. Il semblait *bashert* – prédestiné – qu'Ethel Kessler, directrice artistique des services postaux américains, soit avec nous. L'homme de Domachiv a tendu le jeton à Avrom, qu'il connaissait depuis sa visite précédente de Trochenbrod et Domachiv. Je me suis dit que le jeton serait parfait dans ma collection de souvenirs en bocaux. Avrom et moi nous le sommes passé et repassé, comme des enfants qui se disputent un jouet, jusqu'à ce que la femme d'Avrom prenne mon parti. Le jeton est désormais en ma possession – il n'y a pas de quoi en être fière, mais il fait partie de ma collection, et je le chéris.

Shmuel continuait de parler malgré les plaintes de certains Israéliens du groupe qui commençaient à se lasser de sa façon de monopoliser le micro. Finalement, au bout d'une heure, environ, il était si épuisé qu'il grimpa dans une jeep pour récupérer.

Sans Shmuel à la tête du groupe, nous avons pu accélérer le pas et nous avons rejoint les tentes, où nous avons déjeuné. J'ai constaté, sans surprise, que Frank et moi n'étions pas les seuls à être rebutés par le régime ukrainien à base de porc. Les trois quarts du groupe se déclarèrent végétariens pour éviter de manger la viande incriminée sans que nos hôtes se sentent insultés. Betty Gold a dit pour plaisanter qu'elle pouvait survivre en ne mangeant que du pain, ce qu'elle avait plus ou moins fait durant l'année qu'elle a passée à se cacher dans la forêt. Dans ses mémoires, elle raconte s'être introduite dans des maisons et avoir volé du pain, que sa famille et ceux avec qui ils se cachaient rationnaient. Parfois, elle avait si faim qu'elle ne pouvait s'empêcher d'en chaparder pendant la nuit et de mettre ça sur le dos des souris. Tout le monde a suivi son exemple et s'est précipité sur les panières à pain.

Assis sur des bancs à de longues tables de pique-nique sous la tente, tout dépenaillés à cause de la pluie, nous devions ressembler à un groupe de réfugiés. Les Israéliens se sont mis à chanter des chansons traditionnelles en hébreu. Tout le monde fut ému et nos yeux se mouillèrent, ni pour la première ni pour la dernière fois de la journée.

Après le déjeuner, nous nous rendîmes au premier des monuments aux morts, qui consistait en une simple plaque installée par les Soviétiques tout au bout de ce qui avait été le village.

Puis nous allâmes une trentaine de mètres plus loin, sur le site du deuxième monument érigé par les survivants de Trochenbrod – celui que les Israéliens prévoyaient de restaurer avec le marbre qu'ils avaient apporté de Tel-Aviv. Les petits-enfants de Shmuel Potach, coiffés de kippas blanches, collèrent soigneusement la nouvelle plaque pendant que leur grand-père, régénéré après avoir pris un repos bien mérité, leur donnait ses instructions.

Le groupe regardait, prenait des photos et filmait. C'est pour cela que nous étions là, après tout – pour entretenir ces souvenirs, nous assurer que le village n'était pas oublié, empêcher qu'il disparaisse dans le paysage ukrainien de cette nouvelle forêt.

Evguenia, la vieille survivante de Loutsk, rapprocha sa frêle silhouette de l'avant du groupe. « Ma mère et mon père sont morts ici. Je veux réciter le kaddish », a-t-elle dit.

Shmuel n'était pas d'accord, insistant sur le fait que les parents d'Evguenia étaient morts ailleurs, mais le groupe lui a intimé de se taire.

Un rabbin hassidique est soudain apparu. Vêtu d'un long manteau noir, il avait surgi de la forêt à la lisière de laquelle se trouvait le monument. Personne ne savait exactement ce qu'il faisait là, mais quelqu'un avait dû le prévenir de notre présence. Il expliqua qu'il arrivait de Lviv et qu'il vouait sa vie à l'identification des charniers. Nous apprîmes plus tard que sa méthode d'expertise consistait à tenir deux bâtons au-dessus du sol. S'ils bougeaient, cela signifiait que des Juifs étaient enterrés là. Ce n'était peut-être pas une approche très scientifique, mais nous fûmes néanmoins soulagés de l'entendre nous dire que nous étions au bon endroit. Nous avons ensuite fait des lectures en anglais et en hébreu à propos de Trochenbrod et de la Shoah. Shmuel a récité le kaddish pour la famille d'Evguenia et pour sa propre famille, ainsi que pour tous ceux qui avaient été assassinés à Trochenbrod.

Betty Gold s'est assise au pied du monument, secouée de sanglots. Nous avons tous regardé le drapeau apporté par les Israéliens et avons entonné l'hymne israélien, *Hatikvah*.

Quand le groupe a repris sa marche, Frank et moi nous sommes attardés. Nous voulions laisser la carte de notre Rosh Hashana familial. Comme nous ne savions pas quel monument marquait l'endroit où nos ancêtres étaient enterrés, nous avons décidé de laisser notre message sur tous les charniers. Nous avons creusé la terre, déposé notre photo de famille, et l'avons recouverte.

Puis nous sommes remontés sur notre charrette. Cette fois, Avrom a fait la route avec nous. Quand nous avons traversé la forêt de Yaromel, il nous a appris que nous suivions le même chemin que les Juifs de Trochenbrod à bord des camions où les Allemands les avaient fait monter. Il le savait pour en avoir parlé avec des chrétiens du village.

Les Juifs arrivèrent sur le site et virent une grande fosse dans le sol, nous raconta Avrom. Nous connaissions déjà cette histoire, bien sûr, et pourtant, à chaque nouveau récit, l'histoire se transformait en souvenir, et le souvenir en histoire.

On leur ordonna de se déshabiller et de retirer leurs bijoux. Le rabbin de Trochenbrod dit à ses fidèles qu'ils pouvaient obéir et se déshabilla lui-même. Il fut abattu avant d'avoir fini. Les nazis ordonnèrent aux Juifs de se mettre en rang par sept, de se retourner face à la fosse, où ils furent abattus dans le dos. Alors que la même scène se répétait, beaucoup s'enfuirent vers la forêt ; d'autres furent pris de panique. Qu'ils soient partis en courant ou restés figés en poussant des hurlements, ils furent tous abattus. Une fois la fosse pleine, les nazis emmenèrent les Juifs qui restaient sur le second site. C'est à l'emplacement de ces deux fosses que furent érigés les deux autres monuments. Frank et moi avons enterré la carte de notre famille sur chaque site. Nous voulions que nos ancêtres sachent que nous étions toujours là.

Il restait encore une nouvelle plaque à poser, à la troisième étape de notre itinéraire.

Là, les petites-filles de Shmuel Potach déposèrent des bougies de façon à former une étoile de David. Un chantre de Washington avait apporté sa guitare et il entonna un chant qu'il avait composé en hommage à Trochenbrod. À la fin, même les Israéliens, qui semblaient pourtant avoir la peau dure, sanglotaient. Je fus moi aussi très émue, pensai à ma grand-mère Brucha et à ma tante Choma, qui avaient peut-être été abattues ici-même. Un frère et une sœur argentins, qui avaient fait leur alya en Israël, chantèrent une magnifique chanson écrite par une poétesse israélienne née en Ukraine, qui dit que « chacun a un nom », tandis que le vent soufflait dans les arbres et que le soleil déclinait.

Nous chantâmes une nouvelle fois *Hatikvah*, puis *Am Yisrael Chai*, que l'on peut traduire par « *Le peuple d'Israël est vivant.* » En ce jour et en ce lieu, ces chants semblaient particulièrement appropriés. Malgré ce qui s'était passé ici, nous étions des Juifs de Trochenbrod, et nous étions vivants.

Régénérés par ces chants, nous avons fait cent cinquante mètres de plus dans la forêt, sommes passés devant le groupe de plus en plus important d'Ukrainiens qui nous avaient suivis toute la journée avec curiosité. Le monument suivant était aussi en mauvais état, mais nous n'avions pas de quoi le réparer. Shmuel Potach s'avança et demanda à ses petits-enfants de former un cercle autour de lui. Sa sœur, qui avait survécu au massacre, lui apprit plus tard que c'était à cet endroit précis que sa famille avait été assassinée. Il sanglota quand un de ses compatriotes israéliens récita le kaddish. Le reste d'entre nous attendit, sans savoir quoi dire. Le soleil commençait à se coucher et les charrettes n'étaient pas équipées de phares. Finalement, les organisateurs insistèrent pour que nous reprenions la marche.

Après avoir quitté le monument, alors que nous étions encore dans les champs arides de Trochenbrod, nous fûmes étonnés de voir qu'un ami d'Ivan nous attendait pour nous saluer. C'était un grand homme mince ; il avait à la main la traduction russe de *Tout est illuminé*, l'un des deux exemplaires qu'il avait trouvés dans une librairie de Loutsk. Il nous attendait pour que Frank et moi lui fassions une dédicace. C'était étrange, mais logique en même temps. Nous avons marché avec lui un moment, et parlé du livre.

Alors que nous étions prêts à partir, je me suis rappelé que nous avions oublié d'enterrer notre carte du Nouvel An sur le site du dernier charnier. Frank et moi avons rebroussé chemin, seuls. Nous étions au milieu de la forêt, où il faisait frais et où le silence régnait. Ayant remarqué une fissure au pied du monument, nous avons décidé de glisser dans la pierre la preuve sur papier glacé de la persistance de notre famille.

Le lendemain matin, le groupe s'est rassemblé devant l'hôtel Ukraine pour une photo souvenir – notre version de celle des survivants de Trochenbrod, prise en 1947. Nous nous sommes tous pris dans les bras, avons échangé nos coordonnées, puis les cars sont partis.

10

Frank et moi étions désormais seuls, prêts à nous lancer dans la seconde moitié de notre voyage, à Kolki et Lychtche.

Frank a proposé que chaque matin, avant de partir, nous nous retrouvions dans sa chambre et qu'il m'interviewe avec le nouveau caméscope Flip Video que j'avais acheté pour le voyage. Nous n'avions pas de plan particulier pour ces entretiens ; cela nous semblait simplement un bon moyen de faire un compte rendu brut de notre expérience et de capturer les petits détails, comme quand j'ai dit face caméra que je voulais me changer avant de partir pour Kolki – le shtetl de ma mère. Je suis loin d'être une fashionista et je n'avais emporté que deux jeans et quelques chemisiers, mais je ne me sentais pas assez bien habillée pour une occasion aussi importante. J'allais rejoindre ma grand-mère Esther en un lieu dont j'avais entendu parler toute ma vie. Je ne crois pas avoir le pouvoir de communier avec les morts – ni eux de voir ce que je porte – mais j'avais tellement entendu parler d'Esther par ma mère et les sœurs de ma grand-mère, Chia et Jean, que je me sentais profondément liée à elle. Ma grand-mère tenait ses petits-enfants dans ses bras quand on l'avait tuée. Elle est morte en ignorant que l'une de ses filles, ma mère, avait survécu et qu'elle aurait des descendants sur plusieurs générations. J'avais souvent souhaité pouvoir lui dire ce que la vie nous avait réservé, et j'en avais aujourd'hui l'occasion. Cela méritait bien un plus beau chemisier.

Kolki est à une cinquantaine de kilomètres au nord-est de Loutsk, au bout d'une route criblée de nids-de-poule. Il n'y a presque pas de voitures, là-bas, seuls quelques camionnettes, cars, vieilles bicyclettes, et charrettes. C'est une plaine verdoyante où les animaux de la ferme vaquent librement. Si on plisse les yeux et si on ne fait pas attention à l'état des routes, on se croirait presque sur une route du Midwest américain.

Frank et moi tâchions simplement de nous imprégner du paysage, sans trop savoir ce que nous cherchions. J'avais pris la carte que ma mère m'avait aidé à recréer, sur laquelle elle avait coché les rues où elle et sa famille avaient habité et où elle avait noté les noms et les maisons des autres familles. Par chance, Anna avait également des cousins là-bas, qui avaient accepté de nous servir d'émissaires.

Nous avions aussi le nom de la famille de chrétiens qui avait offert le gîte et le couvert à ma mère lorsqu'elle était revenue après la guerre et qu'elle avait appris le massacre de sa famille. La famille qui lui avait donné de la nourriture qu'elle avait refusée malgré la faim : *Quand plus rien n'a d'importance, alors il n'y a plus rien à sauver.* Ce simple acte de foi qui faisait désormais partie de notre légende familiale.

Nous cherchions aussi les ruines de la petite fabrique d'huile végétale au bord de la rivière, dans le jardin de la maison où elle avait habité avec sa mère et sa sœur, Pesha. Nous savions que la maison elle-même avait disparu – ma mère l'avait constaté à son retour en 1944, quand elle avait reconnu les fondations métalliques de la fabrique, le même jour où une femme avait traversé la rue vêtue de la robe de sa demi-sœur, Lifsha.

Par rapport à ce que nous en savions, Kolki nous apparut remarquablement inchangée. Il n'y avait toujours pas d'eau courante dans les maisons, qui ressemblaient en tout point à ce qu'elles étaient du temps de ma mère, si l'on se fiait aux descriptions qu'elle avait données dans les entretiens enregistrés. Le même bétail vivait à proximité des maisons, répandant la même odeur de fumier. Tout était tel que ma mère l'avait décrit : les mêmes chemins boueux, les mêmes charrues. C'était une illusion, bien sûr. Ce n'était pas comme si personne n'avait touché à ce lieu. Pendant la guerre, tout le village avait été incendié, d'abord la partie juive, puis le reste. La seule maison qui était restée debout était la propriété d'une famille allemande. Après quoi on avait reconstruit le village à l'identique.

Frank m'a dit qu'on avait l'impression que l'Ukraine s'était figée dans le temps, que ce qui s'était passé il y a soixante-dix ans aurait pu arriver hier, ou aujourd'hui.

Le jeune cousin d'Anna décida qu'il valait mieux commencer notre enquête en allant voir sa professeure de lycée, Anna Gaponjouck. Comme il voulait nous la présenter lui-même avant d'aller travailler, la première chose que nous avons faite – après nous être arrêtés devant l'écriteau de la ville pour le photographier – fut de passer le prendre et d'aller chez sa professeure.

C'est une femme d'environ soixante-dix ans qui nous ouvrit la porte. J'ignore ce à quoi je m'attendais, mais certainement pas à ce qu'Anna soit cette charmante pile électrique en robe léopard, les cheveux tirés en un impeccable chignon. Elle nous accueillit chaleureusement, nous bombardant de confiseries qu'un ami lui avait récemment apportées de Saint-Pétersbourg. La pièce était un peu en désordre, pleine de paperasse et de boîtes, de petits plaids et de napperons faits main.

Elle savait ce que nous cherchions et alla droit au but :

« Je me souviens qu'il y avait du sang par terre », nous dit-elle. Elle avait à peine cinq ans lors du massacre et son récit fut une longue litanie d'images obsédantes. Elle se souvenait que son père avait reçu l'ordre de rapporter les vêtements empilés au bord des fosses fraîchement rebouchées. Après l'avoir fait une fois, il refusa d'y retourner. « Ma mère est allée voir le policier ukrainien pour le supplier : "Je suis enceinte et sur le point d'accoucher. Ne le renvoyez pas là-bas." »

Elle se souvenait aussi d'avoir vu un homme s'enfuir du site et se cacher dans les fourrés de leur jardin. « Comme il y avait huit enfants dans la famille et que nous avions peur qu'ils nous tuent, on ne lui a pas permis de rester très longtemps », expliqua-t-elle.

Pendant l'entretien, son mari, qui était maigre comme un clou, entra dans la pièce et, accroupi contre le mur, nous raconta ses propres souvenirs. « J'ai vu un Juif jeter du sel dans les yeux de soldats et tenter de leur échapper. Cela n'a pas marché. » Ma mère m'avait déjà raconté cette histoire des années auparavant.

Le débit d'« Anna la Prof » était si rapide que même Anna la Traductrice, qui parlait pourtant très vite, ne comprenait pas tout ce qu'elle disait. Mais nous avons compris l'essentiel.

Quand les Allemands brûlèrent la maison, ils s'enfuirent tous dans la forêt et vécurent dans un bunker pendant six mois, juste à côté du charnier.

Après avoir discuté et nous être imprégnés de ces histoires, je leur ai montré certaines photos que j'avais apportées. Il y en avait de ma mère, de ses parents et de ses grands-parents, dont j'espérais que quelqu'un les reconnaisse. Anna n'a reconnu personne, mais elle m'a suggéré de les montrer aux voisins d'en face, qui étaient plus vieux qu'elle.

Nous fûmes d'accord ; nous avons traversé ensemble la route et frappé à leur porte. Un couple nous a ouvert. Il manquait quelques doigts à l'une des mains de l'homme. Il n'était pas rasé et n'avait plus la maîtrise de sa langue, qui pendait hors de sa bouche. Sa femme était aveugle et portait sur la tête un fichu très serré. La maison était un capharnaüm : le salon était rempli de chaises qui semblaient tout droit sorties d'un auditorium.

La situation était horriblement déprimante et gênante, mais nous étions là, et ils pouvaient peut-être nous renseigner. J'ai récité certains des noms que j'avais entendu ma mère prononcer, ainsi que ceux qui apparaissaient sur notre carte. Ils restèrent de marbre jusqu'à ce que je prononce le nom « Averbuch », qui, d'après ma mère, était le photographe de la ville. Cela leur rappela quelque chose et l'homme alla chercher un album photo, qu'il se mit à feuilleter. Il ne trouva pas Averbuch, mais ces vieux clichés lui rappelèrent d'autres souvenirs – rien d'utile pour nous, cependant. Il avait vingt ans en 1941 et affirmait avoir été absent le jour du massacre. Il avait à peu près le même âge que ma mère, était peut-être même allé à l'école avec elle. À chacune de nos questions, il insistait sur le fait qu'il ne se souvenait de rien et qu'il n'était même pas à Kolki au moment des faits.

Anna la Prof sentit que l'entretien ne se passait pas forcément très bien et elle annonça avec diplomatie qu'il était temps de partir. « Allons sur le site du charnier », dit-elle, comme si elle venait de consulter l'itinéraire et que nous avions pris du retard sur le programme. Nous fûmes contents qu'elle se propose de nous servir de guide, même si ce n'était pas prévu. Elle semblait sincèrement intéressée par notre quête et disposée à nous aider à trouver ce que nous cherchions.

Nous sommes retournés chez elle, où elle nous a demandé de patienter le temps qu'elle échange sa robe léopard pour une tenue plus sombre, qu'elle agrémenta d'un grand chapeau de paille. Cette excursion sur le site du charnier était visiblement, pour elle comme pour nous, une affaire aussi grave qu'importante. Je l'ai vue, du coin de l'œil, se mettre du rouge à lèvres. Elle est ensuite allée dans son jardin couper des fleurs qu'elle a enveloppées dans une feuille de cellophane et attachées avec un ruban.

Nous avons tous grimpé dans le combi d'Ivan et nous sommes partis. Où exactement, nous l'ignorions, mais, bizarrement, loin dans la forêt – cette même forêt que ma mère et Sura avaient eu peur de traverser pour réciter le kaddish. Nous étions pour ainsi dire dans le même bateau que Jonathan onze ans auparavant ; il nous avait dit que personne à Kolki ne savait où se trouvait le charnier, jusqu'à ce que quelqu'un se souvienne du groupe de gens venus récupérer des dents en or – détail déjà assez perturbant en soi, sans compter le fait que, une fois dans la forêt, il avait eu peur qu'ils ne retrouvent jamais leur chemin.

Anna la Prof ne savait pas par où passer, elle non plus. Anna la Traductrice y était allée une seule fois, pendant la préparation de notre séjour ; elle avait trouvé le charnier et m'avait envoyé une photo, mais elle ne se souvenait plus de l'itinéraire. Nous sommes tombés sur un villageois et lui avons demandé notre chemin. Comme presque tous ceux que nous avions croisés, il était curieux de savoir ce que deux Américains faisaient à Kolki et voulut faire partie de l'aventure. Il était déterminé à nous montrer le chemin et, au lieu de nous l'expliquer, grimpa dans le combi. Notre groupe en pleine expansion comptait désormais ce villageois serviable, Anna la Prof, Anna la Traductrice, Ivan le Chauffeur, Frank et moi. Le villageois, qui semblait vraiment connaître le chemin, nous fit passer devant un troupeau de vaches, entrer dans la forêt et nous engager sur un sentier, jusqu'au site.

Le monument érigé par des survivants de Kolki était une dalle de pierre noire posée sur un tumulus couvert de mousse et d'herbe, sous lequel reposaient des milliers de dépouilles. Le sol était couvert de terre glaise, pour éviter, d'après les villageois, la propagation d'une infection. Au pied de la stèle, quelqu'un avait déposé des fleurs artificielles, désormais couvertes de toiles d'araignée.

Anna la Prof fut la première à s'approcher. Elle déposa son bouquet et arracha quelques mauvaises herbes. Elle était visiblement gênée par le manque d'entretien. « J'appellerai la mairie », annonça-t-elle. « L'état de ce site est un scandale. »

Puis elle fut rejointe par le reste du groupe, et quelqu'un traduisit l'inscription, qui s'avéra relativement terne. Elle expliquait simplement que, à cet endroit, « quatre mille courageux Juifs soviétiques » avaient été assassinés.

J'y étais enfin, sur la tombe de ma grand-mère, de mon arrière-grand-mère, de mes tantes et cousins, et des innombrables membres assassinés de ma famille. Les Ukrainiens reculèrent poliment, nous laissant un peu d'espace, mais ce que nous voulions à cet instant, c'était une véritable intimité. Frank et moi avons fait le tour du monument ; la stèle nous dissimulait partiellement aux regards. J'ai sorti une kippa pour Frank, un exemplaire du kaddish, la prière des endeuillés, et une de nos cartes de Rosh Hashana. J'ai tendu la carte à Frank, qui a essayé de trouver une fissure dans la stèle pour y glisser la photo, comme nous l'avions fait devant les monuments de Trochenbrod. Comme c'était impossible, nous l'avons enfouie dans la terre. J'ai ensuite posé un gros caillou devant la tombe, comme le veut une ancienne tradition juive : les fleurs fanent, alors que la pierre représente la permanence du souvenir. Nous avons récité le kaddish dans ce lieu sacré et nous avons pleuré.

Ce fut un moment irréel. C'était l'endroit que je voyais chaque fois que je me réveillais en sursaut, imaginant ma grand-mère et mon arrière-grand-mère avec mes cousins dans leurs bras, debout au bord de la fosse, dans l'imminence de la mort. Tandis que mes pieds s'enfonçaient dans la terre glaise, j'imaginais que je me rapprochais de leurs cadavres. J'ai tâché de ne pas penser au fait que nous étions si loin dans la forêt, ni aux profanateurs dont Jonathan m'avait parlé, ni à l'histoire qu'Anna venait de nous raconter à propos des tireurs allemands embusqués dans les arbres pour empêcher toute tentative de fuite. Ni au récit du père Desbois, qui affirmait que la terre avait remué pendant plusieurs jours après les exécutions.

Frank me dirait par la suite qu'il n'oublierait jamais cette forêt sombre et paisible où il avait senti la présence de fantômes cachés derrière les arbres.

Ce lieu qui fut le théâtre d'une horreur inimaginable était désormais étrangement paisible. Des arbres avaient poussé sur la tombe et, loin du tumulte de la ville, du bruit des voitures et des aboiements des chiens, il y régnait un profond silence.

J'ai imaginé ma famille – non seulement sa mort, mais aussi la vie qu'elle avait menée dans cette même ville :

Pour le Shabbat, il y avait du poulet, du bœuf parfois, de la dinde peut-être deux fois par an pour les grands jours de fête... Le schmaltz *était important... on suppliait le boucher pour qu'il nous donne un peu de gras...*

Tout était tellement plus réel, vu d'ici. Comme j'aurais voulu qu'ils voient toutes les belles choses qui s'étaient produites depuis : les naissances, les bar-mitsva, les cérémonies de remise des diplômes et les mariages, les arrière et les arrière-arrière-petits-enfants.

J'ai fourré de la terre et des pommes de pin dans mon sac Ziploc ; je l'ai rempli à ras bord. Puis nous avons séché nos larmes et rejoint le combi.

« Ça doit être dur. Je regrette », a dit Anna la Traductrice. « Ce qui est arrivé à votre peuple est horrible. » Le trajet de retour fut empreint d'un silence respectueux, ce dont nous fûmes reconnaissants.

Après avoir déposé le villageois, Anna la Prof a repris son rôle de guide. Elle semblait déterminée à nous aider à trouver quelque chose.

Elle nous a montré certaines des plus vieilles maisons de la ville. Ces dernières n'avaient pas appartenu à des Juifs et, bien qu'elles vaillent le coup d'œil, nous n'étions pas spécialement intéressés par les vieilles bâtisses de la ville. Mais, comme j'étais en train de l'apprendre, on ignore souvent ce qu'on cherche jusqu'à ce qu'on le trouve.

Une fois de plus, un homme sortit de sa petite maison de bois, curieux de savoir qui nous étions. Nous lui avons montré les photos de ma mère, de mes grands-parents, de mes tantes et de mes cousins, sans résultat. Nous commencions à peine à nous éloigner quand nous l'avons entendu dire « Spitz » en indiquant la maison au coin de la rue. « Spitz » était un nom que ma mère avait mentionné comme étant celui de l'un des voisins de ses grands-parents, et c'était l'un de ceux que ma mère et moi avions écrit sur la carte. Nous lui avons demandé si le nom « Bronstein » lui disait quelque chose, car c'était le nom de famille des grands-parents de ma mère, qui habitaient à côté de chez Spitz. Ils avaient une espèce de moulin dans leur jardin, ai-je ajouté. Même si le nom ne lui disait rien, il se souvenait qu'il y avait eu un moulin en face de chez Spitz.

Il nous fit traverser un jardin, passer par-dessus une clôture, puis par un autre jardin, un champ cultivé, des tas de fumier. Un autre couple de villageois apparut et nous tendit gentiment des poires qu'ils venaient de cueillir. Notre groupe continuait de s'agrandir, tout le monde débattant pour savoir quelle maison avait été habitée par tel ou tel Juif. Ils n'étaient que des enfants pendant la guerre ; autrement dit, leurs souvenirs étaient imprécis. Malgré leur bonne volonté, nous commencions à tourner en rond. Et pourtant, les souvenirs affluaient ; et soudain, quelqu'un a dit : « Il y avait un moulin à farine, là... C'est là qu'habitaient les Roisman. »

On avait trouvé le bon filon. « Roisman » était le nom d'épouse de la tante de ma mère, dont le nom de jeune fille était « Bronstein ». C'était la sœur de mon grand-père ; elle avait habité dans la même maison que les grands-parents de ma mère – autrement dit, c'était la maison de mes grands-parents. Ces villageois ne se rappelaient pas la génération d'anciens qui avait vécu là ; ils se souvenaient de la génération suivante : Sosel, la tante de ma mère, son mari, Shlomo, et leurs quatre enfants, Shmuel, Maya, Moshe et Chia. Je possédais une photo de ma grand-tante Sosel et de sa famille, mais je n'avais pas pensé à la prendre. C'était visiblement de cette maison que ma mère parlait tout le temps. C'était l'une des plus grandes de Kolki – la première à avoir l'électricité, et même un piano. C'était la maison où courait ma tante Pesha tous les vendredis après-midi pour apporter la *challah* que ma grand-mère Esther avait préparée pour Lifsha et sa famille, qui habitaient là, eux aussi. J'étais à l'endroit précis où mes arrière-grands-parents avaient vécu avec leur famille élargie.

« Le vieux n'a pas voulu partir de chez lui à l'arrivée des Allemands », a dit quelqu'un en montrant la maison. Il faisait bien sûr référence à mon arrière-grand-père Nissan. « Il leur a dit : "Je ne viens pas", alors ils l'ont abattu sur place. » Nous savions maintenant pourquoi le grand-père de ma mère n'était jamais allé au ghetto.

Cette découverte nous a donné un regain d'énergie. Quelqu'un a suggéré que nous allions dans une autre rue, où avaient habité d'autres Juifs. Une chose menant à une autre, le nom de « Tchaïtchik » fut prononcé et nous avons fini rue Tchaïtchik, un autre nom qui figurait sur la carte de ma mère – elle avait habité en face de chez eux. Sa tante Ethel avait épousé un Tchaïtchik. Cela signifiait que la maison de ma mère – ou, du moins, le site où elle était autrefois – devait s'y trouver.

Nous avons ensuite appris l'existence d'un petit problème grâce à l'un de nos guides de fortune : lors de la reconstruction de Kolki après la guerre, tout fut apparemment chamboulé, réédifié selon un plan légèrement différent. Même le cours du Styr, jadis point de repère intemporel, avait été modifié en raison de la construction d'un barrage par les Soviétiques. Plus personne n'arrivait à se repérer.

C'est alors qu'un autre vieil homme fit son apparition. Il s'appelait Ivan – nous avions désormais deux Ivan et deux Anna dans le groupe. Le hasard voulut que cet Ivan-là nous eût déjà été recommandé par le cousin d'Anna la Traductrice. Il nous avait prévenus qu'il était dur d'oreille et que nous serions obligés de crier. Il était venu voir les raisons d'une telle agitation et nous remit sur la voie.

« Vous mélangez tout, expliqua-t-il. La maison des Tchaïtchik était à un autre coin de la rue. Par là-bas. »

Il en était certain, nous dit-il. La maison de l'autre côté de la rue avait appartenu à une femme qui vivait avec ses deux filles. L'une d'elles avait mystérieusement disparu juste avant l'entrée des Allemands. Cette même fille était revenue après la guerre, pour une nuit, avant de repartir. Il avait entendu parler de cette histoire quand il était petit. Sans le savoir, il décrivait ma mère, ma grand-mère et ma tante Pesha.

J'avais du mal à respirer, les yeux rivés sur l'endroit même où ma mère avait grandi.

Nous l'avons suivi jusqu'à la maison des Tchaïtchik située à un autre coin de la rue. Nous l'avons traversée, avant de franchir un portail et d'entrer dans ce qui devait être l'ancien jardin de ma mère. Il a frappé à la porte de la nouvelle maison. Comme personne n'ouvrait, nous avons fait le tour en direction de l'arrière-cour. Nous observions attentivement tout, y compris la parabole sur le toit. Soudain, un jeune homme a surgi, l'air méfiant ; quelques instants plus tard, sa femme et un bébé sont apparus à ses côtés. Il était visiblement contrarié de voir des inconnus dans son jardin et j'ai eu l'impression, comme on nous en avait avertis, qu'il se méfiait de nous, croyant peut-être que nous étions venus lui réclamer notre terrain. Pour désamorcer la situation, j'ai commencé à jouer avec l'adorable enfant potelée, et je leur ai demandé si je pouvais la prendre en photo. Au bout d'un moment, il a vu que nous venions en paix et il s'est radouci.

Ma mère m'avait toujours dit que sa maison était au bord du Styr. Nous sommes donc tous allés sur la berge pour le voir de nos propres yeux. J'ai repensé à l'homme dans sa barque, ce dentiste qui lui avait rendu visite quelquefois – le personnage qui apparaissait dans ses récits peut-être plus souvent qu'elle ne le pensait. La rivière était aussi l'endroit où les Juifs allaient faire la vaisselle avant la Pâque pour préparer le *seder*. L'endroit où, lors du Shabbat, les familles se promenaient sur les berges.

Les Soviétiques avaient peut-être modifié son cours, mais la sérénité qui s'en dégageait restait la même. Les canards nageaient en formation ; un jeune garçon pêchait à la ligne ; il y avait toujours des barques le long des berges.

Frank m'a dit que c'est là, pour la première fois, qu'il a pu imaginer sa grand-mère menant une vie heureuse, une « vie normale ». C'était paisible, étrangement beau, et on imaginait aisément ma mère ici, une adolescente comme les autres, courtisée par ses amoureux.

J'aurais voulu m'attarder, mais nous attirions les regards et Frank et moi avons décidé qu'il valait mieux revenir un autre jour, quand nous pourrions arpenter seuls les rues de Kolki. Nous avions besoin de temps pour nous imprégner de ce lieu, respirer, laisser libre cours à notre imagination.

Ce soir-là, nous sommes allés à l'office du Shabbat à Loutsk. Le hasard voulut que l'homme qui dirigeait la *shul* soit le petit-fils de la survivante de Trochenbrod Evguenia Potach, qui nous avait accompagnés lors de la visite de Trochenbrod. Evguenia avait épousé un partisan ukrainien, un chrétien, et elle était restée à Loutsk. Désormais, non seulement son petit-fils dirigeait la petite communauté de Juifs, mais il s'apprêtait à partir étudier un an en Israël. Aucun de ceux qui étaient présents à l'office ne parlait yiddish ni anglais. Ils voulaient sans doute nous accueillir chaleureusement, mais j'ai eu l'impression que les Juifs ukrainiens, des émigrés russes pour la plupart, étaient naturellement méfiants à l'égard des gens de l'extérieur, qu'ils soupçonnaient d'empiéter sur leurs observances des lois religieuses. Peut-être parce que la plupart des fidèles étaient des femmes, et qu'elles étaient déjà adultes à la chute de l'Union soviétique, à une époque où ce genre d'office était encore interdit.

Ils chantaient avec passion sur un enregistrement des mélodies du Shabbat. Le fait qu'ils soient probablement tous devenus pratiquants tard dans leur vie rendait la cérémonie d'autant plus émouvante. Nous avons tâché de nous faire discrets, assis tout au fond, à l'écart, et nous sommes partis en silence à la fin de l'office. Même si nous n'avions échangé avec personne, nous fûmes heureux d'avoir célébré le Shabbat à Loutsk, où mes parents s'étaient connus après la guerre.

Le lendemain, nous avons voulu retourner à Kolki sans le groupe. Nous avons demandé à Anna et Ivan de nous déposer dans l'ancienne rue juive, immortalisée sur une photo de 1937 où figuraient ma grand-mère, ma tante Lifsha, ma grand-tante Sosel et ma grand-tante Necha, qui avait fait le voyage de Saint-Louis. Elles étaient bras dessus bras dessous, riant gaiement, très élégantes, chaussées de talons hauts et en robe de fête pour le Shabbat. On avait du mal à les imaginer si élégamment vêtues dans cette rue, vu l'atmosphère de désolation qui y régnait de nos jours.

Je me suis demandé ce qui se serait passé si les Juifs étaient toujours là. Comment la ville aurait-elle changé ? Se serait-elle développée différemment ? Plus rapidement ? Ou serait-elle restée la même ? Que devient une communauté quand elle perd tout un groupe qui faisait autrefois partie intégrante de sa population ? Ou, comme dans toutes les campagnes de tous les pays, les plus ambitieux seraient-ils partis pour la ville, voire pour l'étranger, aux États-Unis ou au Brésil, tels certains membres de ma famille au début du siècle ?

Nous sommes retournés sur le terrain en jachère où se trouvait autrefois la maison de mes arrière-grands-parents et qui était aujourd'hui couvert de fumier noir fertile. Même si toutes les maisons alentour avaient été reconstruites, leur terrain était vide. J'ai arpenté le champ d'un bout à l'autre, tâchant d'imaginer leur maison et la vie qu'ils menaient. J'avais toujours eu leur histoire en tête, mais c'était la première fois que le cadre s'offrait à mon regard ; je voyais désormais la rue que ma tante Pesha traversait adolescente quand elle rendait visite à Lifsha et sa famille, quand elle leur portait une *challah* tout juste sortie du four. J'entendais presque le piano, je sentais presque l'odeur de la *challah*.

Image moins heureuse, je voyais à présent Pesha courir dans cette même rue et donner à ma mère sa paire de chaussures.

Frank et moi avons marché un moment, traversé le pont qui franchissait un marécage et rejoint l'endroit où se trouvait jadis la maison de ma mère. J'ai pris des dizaines de photos, même si je trouvais bizarre de fétichiser un bâtiment qu'elle n'avait jamais habité et qui appartenait désormais à quelqu'un d'autre, sans aucun lien avec notre histoire. Il n'empêche, c'est là qu'elle avait grandi.

Pendant quelques minutes, Frank et moi avons gardé le silence. Il n'y avait pas grand-chose à dire : ce voyage prenait un tour quasi spirituel, où la réalité était en suspens. Par moments, nous étions gênés de ne pas nous sentir plus mal. Il y avait beaucoup d'informations à absorber et nous avions besoin de temps pour les digérer.

Puis nous avons de nouveau longé la rivière, pour en profiter une dernière fois. J'ai ramassé un peu de sable et quelques petits coquillages sur la berge et je les mis dans mon sac Ziploc.

Le lendemain matin, nous sommes retournés voir Anna la Prof. Elle avait insisté pour que nous lui rendions visite. Cette perspective avait visiblement provoqué un regain d'activité. Elle avait déplacé son canapé et suspendu des tapisseries. Elle venait de traire sa vache. Elle voulut nous servir du lait frais, chaud et non pasteurisé de Kolki qu'elle avait apporté dans un pot, mimant le geste de la traite. En plus du lait, elle apporta un bol de fromage en grains, du sucre et deux pots de crème aigre pour nous montrer comment préparer du fromage blanc. Puis elle apporta encore un autre bol contenant cette fois des dizaines de petites galettes de pomme de terre qu'elle badigeonna de crème aigre fraîche.

Ne mange rien de ce qu'on te donne.

Il n'y avait vraiment aucune façon polie d'échapper à la situation. Anna la Prof s'était visiblement donné du mal pour préparer ce festin, et Anna la Traductrice nous a dit ce que nous savions déjà : que nous allions décevoir notre hôtesse si nous ne mangions pas – même si nous n'avons pu nous empêcher de constater que ni Anna ni son père n'ont participé.

Nous avons tout mangé. Ivan l'a filmé, pour le meilleur et pour le pire. Après ce généreux étalage de nourriture, Anna la Prof a commencé à nous couvrir de cadeaux. D'abord, un napperon coloré fait au crochet. Je lui ai dit que je le trouvais magnifique – ce qui était vrai – et je me suis émerveillée de la qualité de son ouvrage. Puis elle m'a tendu un sac de sa confection et a insisté pour que je le garde. J'ai tenté de la complimenter tout en l'incitant à s'arrêter là, en vain. Elle a pris son tablier à fronces fait main et l'a fourré dans le sac. Après quoi elle est allée au jardin chercher des tomates et des poivrons, qu'elle a ajoutés au butin.

Notre arrêt suivant fut le village reculé de Kolikovitch, où étaient nés ma grand-mère Esther, ma grand-tante Jean, mon grand-oncle Jose, et leurs enfants. Kolikovitch était réellement un *dorf*. Il se trouvait, littéralement, au bout du chemin – et un chemin de terre bosselé, avec ça. Au-delà du village, rien d'autre que la forêt. Ma mère nous avait prévenus de ne pas perdre notre temps là-bas : « C'est un trou perdu », avait-elle dit. Et elle avait raison. Ce trou perdu n'était même pas signalé par un panneau. Mais ce n'était pas la question. Ce site était le théâtre d'autres histoires, très marquantes pour moi.

Il y avait celle d'Oncle Jose – ou « Itzhak le Va-nu-pieds », comme on le surnommait apparemment au village –, parti au Brésil à l'adolescence retrouver son grand frère Solomon. Venir de ce « trou perdu » n'avait pas empêché Jose, comme on l'appelait au Brésil, de devenir un grand producteur de café et de se retrouver au conseil d'administration de la plus grande banque sud-américaine. Il avait été le quatrième des enfants de mon arrière-grand-mère à partir. Elle avait été si malheureuse le jour du départ qu'elle avait couru derrière la charrette qui l'emmenait. On a du mal à imaginer une personnalité de l'envergure de Tante Jean ou d'Itzhak/Jose dans un trou pareil. Frank et moi avons médité sur le fait de quitter un tel endroit, au bout du chemin, au bout du monde. Comment imaginer ce que devait être la vie ailleurs, à Loutsk, São Paulo ou Washington ?

À la sortie du village, Ivan a arrêté la voiture et en est sorti d'un bond. Nous l'avons observé un instant avec incrédulité ramasser une pierre pour écrire « Kolikovitch » dans la terre. Il faisait un panneau devant lequel prendre la pose et nous prit en photo pour immortaliser ce moment.

À proximité de Kolki, Ivan a fait un détour auquel nous ne nous attendions pas et qui nous a valu une frayeur : nous retournions dans la forêt, non loin du charnier. Il s'avéra qu'Ivan pratiquait la cueillette et qu'il voulait nous montrer l'impressionnante variété de baies sauvages et de champignons que l'on trouvait dans la région. L'exportation des champignons séchés avait aussi été l'une des activités de mon grand-père. C'était l'affaire qui lui avait permis de posséder la grande maison de Kolki, avec le piano et l'électricité, et qui lui avait valu de faire de nombreux allers-retours aux États-Unis.

Beaucoup de choses avaient changé à Kolki. Il n'y avait plus de Juifs. Le cours de la rivière avait été modifié. Les toits étaient ornés de paraboles. Et pourtant, ce lieu était, à bien des égards, largement intact. La persistance des champignons, en tout cas, me fut d'un étrange réconfort.

11

Nous arrivions au moment le plus attendu de notre voyage, à Lychtche, ou « Krynytchne », comme on l'appelle désormais : la rencontre avec les petits-enfants de Davyd Jouvnirouck, l'homme qui avait peut-être caché mon père pendant la guerre.

Anna nous fit une brève présentation de la famille. Nous savions déjà un certain nombre de choses : leur maison de Lychtche, également connue sous le nom de « Lyszceze », appartenait au cadet des petits-enfants, Mycola. Nadiya, l'infirmière, était l'aînée. C'est elle qui avait organisé le déroulement de la journée. L'un de ses enfants était programmeur informatique à Loutsk. Le benjamin, Victor, était professeur de physique et avait dû partir travailler ce jour-là. Il avait donc dépêché sa femme et leurs deux filles.

On aurait facilement pu mettre cette information au programme : aujourd'hui, nous nous lèverions, prendrions le petit-déjeuner, nous mettrions en route et rencontrerions la famille. Mais, en prenant le temps d'y réfléchir, j'ai mesuré combien ce qui nous attendait était surréaliste. En supposant que les 10 % restants se vérifient, et qu'il s'agissait vraiment de la famille qui avait caché mon père, je m'apprêtais à vivre une journée dont j'avais rêvé toute ma vie d'adulte.

Après une heure de trajet, Anna a appelé Nadiya pour lui dire que nous approchions. Toute la famille était sortie de la maison pour nous accueillir sur la route. Quand nous avons pris Nadiya et Mycola dans nos bras, ils ont fait durer l'étreinte plus que de coutume, du moins c'est ce qu'il m'a semblé. On s'attendait tellement à ce que le moindre geste et le moindre mot aient une signification profonde que nous avions sans doute besoin de nous calmer et de respirer un bon coup.

Nadiya avait soixante ans ; c'était une femme mince et élégante vêtue d'un pantalon gris et d'un pull gris à col roulé, ses cheveux soigneusement relevés en chignon. Je ne m'attendais pas vraiment à cela dans un village aussi désolé. La première chose qu'elle fit fut de nous emmener dans le champ derrière la maison, ordonnant à un chien de se taire, dispersant la volaille et enjambant des monticules herbeux où avaient jadis poussé des pommes de terre. Elle avait grandi ici, à l'endroit où Mycola continuait d'habiter. Elle voulait nous montrer où se trouvait la maison de famille pendant la guerre, à une trentaine de mètres de la maison actuelle, en retrait du chemin de terre, où il était plus facile de cacher quelqu'un.

Il n'y avait plus rien, désormais. D'après Nadiya, le poirier du jardin était la seule chose qui restait de la période d'avant-guerre. Les Juifs avaient tous disparu – qu'on les ait assassinés ou, plus rarement, qu'ils se soient enfuis – et leurs maisons avaient été détruites. Quelques dizaines de bâtisses bordaient le chemin et, derrière elles, des champs s'étendaient jusqu'à la lisière de la forêt. Mais c'était à peu près tout. Ce poirier dans le jardin était le seul survivant, et il continuait, comme un parfait symbole, à porter des fruits.

Je force peut-être un peu le trait sur la métaphore, mais pour moi, ce poirier symbolisait la vie, et encore la vie. Les arbres se régénèrent. Ils sont parfois capables de repousser après avoir été décimés. Tout avait brûlé autour de lui, mais il était toujours là : ses racines, son tronc, ses feuilles, ses fruits, et même son ombre.

J'ai imaginé mon père et sa famille manger les poires de cet arbre, ce qui m'a naturellement poussée à sortir un Ziploc pour le remplir de feuilles. J'ai aussi pris un nombre excessif de photos, y compris de nous avec nos hôtes ukrainiens devant l'arbre. Ils me regardaient, souriant poliment, se demandant sûrement pourquoi cette folle d'Américaine était si obsédée par un arbre.

Après la séance photos, nous sommes entrés dans la maison par la porte de derrière. J'ai eu l'impression de tomber dans une faille spatio-temporelle. La première chose que j'ai vue fut un poêle à bois à l'ancienne. Il était identique à celui qui se trouvait chez ma mère et qu'elle m'avait décrit. Celui-ci était plus petit et encore plus archaïque que dans sa description, et un four était construit dans le mur juste au-dessus.

Les murs du salon étaient couverts de photos sépia et noir et blanc, dont beaucoup étaient bizarrement accrochées près du plafond. Nadiya dut monter sur une chaise pour en prendre une de Davyd et de sa femme, Yaryna, et nous nous sommes tous rapprochés pour la regarder de plus près. J'ai vu qu'il portait une cravate, et je me suis souvenue que l'agent du FBI m'avait dit d'être attentive aux possibles similitudes vestimentaires. J'ai interrogé Nadiya au sujet de la cravate, et elle m'a dit qu'il s'agissait d'un « copier-coller » (l'ancêtre de Photoshop) qui avait consisté à mettre la tête de son grand-père sur un corps tiré d'une autre photo. « Il n'a jamais porté de cravate », a-t-elle expliqué. Puis elle a mentionné qu'il aimait porter des chemises avec un col à deux boutons. « Ma grand-mère et ma mère les fabriquaient pour lui », ajouta-t-elle.

Nadiya a pris la photo de mon père et Davyd que j'avais apportée, l'a examinée un moment, puis a dit : « C'est le genre de chemise dont je me souviens bien. Le genre qu'il aimait bien porter et que ma mère lui fabriquait. » Puis Nadiya a sorti une autre photo de son grand-père, avec elle et un de ses frères : Davyd portait une chemise à col haut de type officier. C'était exactement ce dont m'avait parlé l'agent du FBI : ces gens-là n'avaient pas une garde-robe très fournie et portaient souvent les mêmes vêtements sur les photos.

Se pouvait-il que ce soit lui ? Se pouvait-il vraiment que ce soit la famille que nous cherchions ? Je suis restée figée, retenant ma respiration, ne sachant que dire, désireuse d'être convaincue mais ne m'autorisant toujours pas à être sûre à 100 %.

Après avoir regardé les photos, Nadiya a insisté pour que nous nous asseyions tous, même si Mycola était impatient d'aller voir une vieille dame qui habitait dans la rue ; elle avait connu son grand-père et il pensait qu'elle pourrait nous aider à reconstituer les faits. Mais c'était visiblement Nadiya qui décidait, et elle lui coupa la parole. Énergique et directe, d'une voix forte et rocailleuse, elle nous a régalés de bribes de souvenirs de son enfance. J'étais si avide d'entendre tout cela que je me suis vue fourrer tout ce qu'elle disait dans un Ziploc et aligner ses mots sur le manteau de ma cheminée.

J'ai demandé à Nadiya de nous parler de son grand-père Davyd. Elle a répondu qu'il n'était pas très loquace et qu'il leur avait très peu parlé de cette période de sa vie, mais elle nous a tout de même donné quelques informations élémentaires. Il était né en 1900 et mort en 1978. C'était un homme croyant, membre de l'Église orthodoxe ukrainienne. Les rares fois où le pope ne pouvait venir au village, c'est lui qui le remplaçait. Il s'exprimait bien et, contrairement à beaucoup d'autres, il savait lire et écrire. Il possédait des vaches et des chevaux, ainsi que des champs de l'autre côté de la rue. Il n'avait jamais bu ni fumé et ne se disputait jamais avec personne. Quand il faisait quelque chose, il insistait pour que ce soit bien fait.

Il avait eu quatre enfants, dont deux étaient encore vivants mais n'habitaient plus la région. L'une de ses filles était devenue juge d'instruction. Il était enterré tout près, et je regrette de ne pas être allée sur sa tombe.

Nadiya nous raconta plusieurs anecdotes de son enfance. Un jour, nous expliqua-t-elle, son oncle Feder rendit visite à sa famille. Elle avait une dizaine d'années et avait écouté leur conversation en cachette. Elle avait entendu Feder dire qu'ils avaient eu de la chance le jour où l'envahisseur allemand avait fait irruption dans la maison sans remarquer l'homme qui se cachait derrière la porte. Elle se souvenait d'avoir entendu son oncle leur dire : « Ils auraient pu tuer toute la famille. » D'après ma mère, qui devait le tenir de mon père, les enfants allaient jouer à tour de rôle devant la maison pour alerter la famille quand des Allemands approchaient.

Nadiya raconta aussi avoir entendu un commentaire énigmatique sur le fait que sa mère aurait dû épouser Leibel. Quand elle était en cinquième, sa famille commença la construction d'une nouvelle maison. Ils ne roulaient pas sur l'or. Un jour que les enfants voulaient des bonbons, leur mère insista auprès de leur père pour qu'il leur donne de l'argent de poche. Il était ivre et se renfrogna. « Tu aurais dû épouser Leibel si tu voulais être riche », lui dit-elle. Nadiya n'avait pas compris ce qu'il voulait dire, mais elle en avait déduit que Leibel était l'ancien prétendant de sa mère.

Ça collait tout à fait : j'avais déjà entendu ma mère dire que, après la guerre, Davyd était allé à Loutsk pour convaincre Leibel de revenir au village épouser sa fille Katarina.

J'aurais pu en rester là et tirer mes propres conclusions, mais je suis allée un peu plus loin. Nous aurions la preuve définitive que c'était la bonne famille s'ils trouvaient une copie de la photo que j'avais apportée sur laquelle figurent mon père, Davyd et Katarina. Ils en avaient forcément une copie, eux aussi. C'est à ce moment qu'elle me raconta que sa mère avait rangé un tas de photos dans le tiroir d'une vieille table en bois et qu'elle y avait mis le feu, ce qu'Anna nous avait déjà dit. Apparemment, mes dix derniers pourcents de preuves étaient partis en fumée depuis des années.

Nous avons posé d'autres questions, encourageant Nadiya à décrire la disposition des pièces de la maison d'origine. Elle nous expliqua qu'il avait été facile pour Leibel de se faufiler par la porte de derrière pour aller se cacher dans le foin de la grange. Je lui ai demandé de dessiner un plan dans mon carnet de notes, ce qu'elle a fait. Il faut admettre que c'était la cachette idéale.

Mycola insista pour la vieille dame, sous-entendant qu'elle serait peut-être capable d'apporter son propre éclairage. Comme sa sœur ne disait rien, il décida d'aller la chercher tout seul.

Entre-temps, Nadiya nous posa une question simple et directe : « Pourquoi êtes-vous venus ? »

Pourquoi ? Bien sûr, nous connaissions la réponse – nous voulions voir d'où venait notre famille et rencontrer celle qui avait sauvé mon père –, mais à quoi nous attendions-nous ?

Nous avons répondu que nous savions peu de choses de Leibel et que nous espérions combler cette lacune de notre histoire familiale. J'ai dit que l'histoire était une question à moitié de chance, et à moitié de circonstances, que nous avions eu la chance que Leibel s'adresse à eux pour obtenir de l'aide, et que c'était une circonstance sans laquelle nous n'aurions jamais existé. Nadiya a compris.

Leur compréhension a néanmoins atteint ses limites quand, dans mon enthousiasme, je leur ai parlé du livre de Jonathan, remontant au tout début de son projet de thèse à Princeton. Ils sont restés de marbre quand j'ai dit qu'une version de leur vie avait fait l'objet d'une adaptation au cinéma. Ils n'ont même pas bronché quand je leur ai appris que le premier rôle était tenu par un acteur du *Seigneur des anneaux*.

Cette connexion hollywoodienne ne les a guère impressionnés, mais ils ont été intrigués par la carte de vœux familiale du Nouvel An que je leur ai montrée, la même que nous avions enfouie sur le site des charniers. Nadiya m'a demandé de la lui décrire en détail – elle voulait savoir comment s'appelaient tous ceux qui figuraient sur la photo et connaître leur lien de parenté avec le reste de la famille. J'ai eu l'impression qu'ils garderaient cette carte pour le reste de leur vie, qu'ils ne la rangeraient pas dans un tiroir de bureau et ne la brûleraient pas.

Comme je ressentais la force de notre lien, j'ai abordé, peut-être un peu trop vite, la possibilité de faire attribuer à leur grand-père le statut de Juste à Yad Vashem. Non sans excitation, je leur ai expliqué qu'ils seraient peut-être invités tous frais payés à Jérusalem pour assister à la cérémonie. J'ai précisé qu'il ne s'agissait pas d'une cérémonie religieuse –, mais uniquement de préserver et d'honorer l'histoire. Nadiya n'a pas semblé le moins du monde intéressée. « Nous sommes des gens simples, m'a-t-elle dit. Nous ne sommes jamais allés à l'étranger. Ce serait trop pour nous. Mais si vous voulez organiser quelque chose, faites-le. À vous de voir. »

J'ai compris que, dans mon enthousiasme, j'avais parlé trop vite ; c'était un peu excessif pour une première visite.

Peu après que Nadiya eut quitté la pièce pour aller préparer le déjeuner, Mycola est revenu avec la vieille dame, qui s'appelait Anna Gorynovitch. Cette nouvelle Anna – la troisième – était étonnamment large ; elle avait de grosses mains et les doigts déformés par l'âge, l'arthrite, ou les années de dur labeur. Elle portait un foulard sur la tête et n'avait plus de dents. Chaque fois qu'elle disait quelque chose, elle semblait repousser les limites de ses capacités pulmonaires.

« Anna la Doyenne », comme nous l'appelions dans notre lexique rempli d'Anna, a regardé la photo et a instantanément identifié Davyd et Leibel. Elle nous a regardés avec perplexité, jusqu'à ce que Mycola lui explique qui nous étions. Sa réaction fut immédiate. Elle est allée droit sur Frank, lui a posé la main sur le front et a dit qu'il ressemblait beaucoup à son grand-père. Ce n'était pas la première fois qu'on le lui disait – la même chose était arrivée au Brésil quand Itzhak avait touché les sourcils de Frank et avait dit qu'ils lui rappelaient ceux de Leibel. Anna a pris la photo que j'avais apportée et a affirmé que la femme au premier rang était bien Katarina, la mère de Nadiya et Mycola. Elle ne savait plus trop qui était l'autre femme.

Je me suis penchée vers Frank et je lui ai demandé s'il était convaincu que nous avions trouvé « la bonne famille ».

« À 110 % », a-t-il murmuré.

Anna s'est mise à raconter une partie de l'histoire, que j'ai notée dans mon carnet. Elle nous a dit que Leibel était le voisin de Davyd. En fait, nous étions assis à l'emplacement même de la maison de Leibel. Son salon était là, à cet endroit précis. Puis elle a décrit les détails de la maison : elle était en bois blanc, avec des murs d'argile. Le toit n'était pas de chaume, comme la plupart des autres, mais en métal. Ses fenêtres n'étaient pas carrées, mais oblongues. Je trouvais extraordinaire qu'elle se souvienne de détails si précis. J'étais là, à l'endroit même où mon père et sa famille avaient vécu, et je le voyais dans ma tête.

Elle ajouta que les Juifs et les chrétiens s'entendaient très bien dans cette petite ville. Son propre père, dit-elle, parlait même un peu yiddish. Sans que nous abordions le sujet, elle se mit à nous parler de la vie religieuse au sein du village. Il y avait une maison où priaient les Juifs tous les samedis pour le Shabbat. Quand le rabbin venait au village, il arrivait sur un beau cheval. En semaine, les hommes s'entouraient les bras de bandelettes de cuir, sans doute des tefillin (ou phylactères).

Elle nous donna aussi des détails personnels. La femme de mon père s'appelait Tzipa, ou Tzipora ; c'était une excellente couturière. Exactement ce que Fanya Rosenblatt, qui habitait tout près, m'avait dit l'année précédente en Israël. Tzipora était connue pour la sophistication de ses broderies. Leibel, dit-elle, tenait une boutique et voyageait dans la région, vendant et achetant de la marchandise.

Puis elle nous donna des informations qui ne collaient pas avec l'histoire que je croyais connaître. Elle nous dit que le père de Leibel s'appelait Yosso Voskoboï. Le prénom semblait être le bon – nous savions qu'il s'appelait Yosef. Nous fûmes surpris par « Voskoboï », mais c'était apparemment un sobriquet à l'origine obscure : quand un enfant n'arrivait pas à résoudre un problème à l'école, Yosso Voskoboï venait lui donner un coup de main, ce qui signifiait qu'il avait de la jugeote. Évidemment, nous aurions été ravis de confirmer ce dernier point, mais quelque chose n'allait pas.

J'avais toujours cru que la mère de mon père, Brucha, était veuve à Trochenbrod, puis qu'elle s'était remariée et qu'elle avait eu un autre enfant, Choma – la demi-sœur de mon père. Mais j'étais si grisée par tant de révélations que j'ai décidé de passer sur cette anomalie, mon grand-père encore en vie à l'époque. Quand j'y réfléchissais, une seule réponse me semblait logique.

Des années plus tard, quand Frank est allé à Rio, je lui ai demandé de retourner voir Itzhak Kimelblat. Je voulais savoir s'il était possible que mes grands-parents aient divorcé, ce qui était la seule explication logique. Itzhak répondit à Frank que j'avais vu juste. Ma grand-mère Brucha avait divorcé de Yosef et s'était remariée avec Baruch Kuperschmit, le sourd qui possédait l'usine de briques et venait d'une famille nombreuse de Trochenbrod. J'imagine qu'il ne faut pas s'étonner que la vie soit compliquée, même à cette époque.

Anna nous raconta ensuite pourquoi les Allemands avaient gardé les Juifs dans le ghetto de Tchvetvertnia longtemps après avoir tué presque tous les Juifs de Kolki et Trochenbrod. Cette ville éloignée de la route principale était si petite qu'ils auraient facilement pu la manquer, mais nous savons, bien sûr, qu'il n'en fut rien. Au début, nous raconta-t-elle, les Allemands rassemblèrent les Juifs et les envoyèrent en camions à Tchetvertnia. D'après Anna, on leur ordonna de porter des cercles jaunes dans le dos, sans doute avec l'étoile de David, comme ce fut le cas dans d'autres ghettos. Apparemment, dans celui-là, les parents avaient le droit de laisser leurs enfants pendant qu'ils allaient chercher de quoi manger.

Le ghetto était si isolé et si petit que, lorsque je suis allée à la bibliothèque du musée de l'Holocauste pour chercher des informations sur Tchetvertnia, on m'a répondu qu'il n'y avait pas eu de ghetto là-bas. Or, je savais qu'il y en avait eu un ; Fanya Rosenblatt m'en avait parlé. Par ailleurs, avant notre voyage, Frank avait appelé Timothy Snyder, l'historien de Yale, qui était un expert de l'Ukraine. Il lui avait dit que le ghetto et le massacre de Tchetvertnia étaient si méconnus qu'une seule personne avait mentionné leur existence – Fanya. Il orienta Frank vers le témoignage de cette dernière, dont j'avais non seulement lu mais entendu les détails plus d'une fois, puisqu'elle m'en avait parlé directement.

Anna savait même comment mon père avait échappé à la liquidation du ghetto, contrairement au reste de sa famille. Cela aussi collait avec ce que m'avait dit Fanya : que Leibel et son ami, Srulach Zilberfarb, avaient été envoyés par les nazis remplacer les vitres de la gare d'une ville voisine. Elle m'avait dit que mon père était très habile et qu'il savait tout faire de ses mains. Je connaissais déjà l'autre moitié de l'histoire : Srulach et lui étaient revenus et ils avaient appris que tout le monde était mort. Il avait pensé se rendre, préférant mourir que vivre sans sa femme et son enfant, mais avait décidé, finalement, de se cacher un jour ou deux. Le reste, bien sûr, nous l'ignorons – et il n'y a plus personne pour nous l'apprendre.

Anna nous a appris que Davyd avait gardé le silence et qu'il ne s'était pas affolé à l'arrivée des Allemands. Et que quelqu'un avait aperçu Leibel dans la maison, mais qu'il n'avait été dénoncé par personne.

Anna nous a également dit qu'elle avait vu Leibel dehors, un jour après la guerre, quand il était sorti de sa cachette. Elle l'avait vu déterrer une machine à coudre puis rentrer chez lui pour récupérer une corbeille d'or sous une latte du plancher, sous la table de la cuisine. Je me suis demandé à quoi elle faisait référence, exactement, avec cette corbeille d'or. Était-ce un stéréotype sur les Juifs, une façon de sous-entendre que, même dans un petit village d'Ukraine, les Juifs cachaient des corbeilles d'or ? Ou voulait-elle seulement dire qu'il avait enterré de l'argent ? Peut-être même dans une corbeille. Je n'ai pas voulu en savoir plus. Il y avait des choses plus importantes que nous voulions apprendre de la bouche d'Anna.

Frank lui a finalement posé la grande question : « Nous avons entendu dire que Leibel et Tzipora avaient un bébé », a-t-il dit. Anna la Doyenne a répondu sans hésitation : « Ce n'était pas un bébé, c'était une petite fille, qui devait avoir cinq ou six ans. Elle avait de longs cheveux noirs et aimait jouer à la balle dans le champ. »

C'était stupéfiant. Frank lui a alors posé la question à laquelle je pensais ne jamais avoir de réponse. Il lui a demandé si elle savait comment s'appelait la fille de Leibel. « Bien sûr, a-t-elle répondu en me regardant droit dans les yeux. Ta sœur s'appelait Asya. »

Le silence s'est abattu sur la pièce. Je n'arrivais pas à reprendre mon souffle. Je savais désormais comment s'appelait ma sœur, j'avais la preuve de sa courte vie. Une personne du nom d'« Asya Safran » avait autrefois existé. Je l'imaginais dans ces champs, ses longs cheveux noirs balayant l'air tandis qu'elle courait derrière sa balle.

Quand je rentrerais, je pourrais entrer son nom dans la base de données de Yad Vashem, avec ceux de Tzipa et Leibel Kuperschmit. J'ajouterais Asya Safran et sa mère, Tzipora Safran.

Je pouvais aussi désormais l'ajouter à notre arbre généalogique.

Après cette révélation, nous n'avons plus rien dit pendant un long moment. Nadiya nous avait préparé un déjeuner végétarien, un véritable festin, et de délicieuses ravioles au fromage qu'elle avait apportées avec elle lors du long trajet en car jusqu'au village. Apparemment, elle avait passé toute la journée précédente, avec sa belle-sœur et ses nièces, à cuisiner et à faire le ménage en prévision de notre venue.

Anna la Doyenne, ainsi qu'Anna la Traductrice et Ivan le Chauffeur, se joignirent à nous à table. Une bouteille de vodka apparut. La tradition ukrainienne veut que l'on remplisse son verre trois fois pour porter trois toasts. Je ne bois pratiquement pas, mais je me sentais d'humeur à célébrer et je leur étais reconnaissante : j'ai porté les trois toasts. Ce fut un vrai régal ; l'une des nièces de Nadiya avait préparé un gâteau à quatre couches qui débordait de cerises et de fruits confits et, à la fin du repas, j'étais non seulement rassasiée, mais un peu pompette.

Après le déjeuner, ce fut le moment des cadeaux. Mycola donna à Frank une bouteille de sa vodka faite maison et Nadiya et sa belle-sœur, Svetlana, nous offrirent des napperons brodés à la main. Je me suis sentie plus qu'un peu ridicule en leur tendant les cuillères Ralph Lauren que j'avais achetées, et il m'a semblé que le moment était mal choisi pour expliquer la raison de ce cadeau, qui me paraissait soudain passablement dérisoire. J'étais contente d'avoir au moins acheté un bijou à Nadiya. J'ai pensé leur offrir une somme d'argent liquide, mais c'eût été maladroit et insensible de monétiser cette relation.

Après l'échange de cadeaux, nous sommes allés nous promener dans la rue principale de Krynytchne. J'ai essayé de m'imaginer en train de m'y promener avec mon père, juste après le repas du Shabbat. J'avais le ventre plein et la tête qui tournait un peu à cause de la vodka, et nulle part ailleurs où aller. Hélas, il n'y avait vraiment nulle part où aller – la promenade fut brève, parce que la ville était petite. Quand nous avons atteint la dernière maison, nous avons fait demi-tour et nous sommes rentrés. Et puis nous nous sommes dit adieu.

Je me suis mise à pleurer, bientôt suivie par Frank. Puis Nadiya a pleuré – du moins, c'est l'impression que j'ai eue. Frank et Mycola se sont serrés fort dans les bras.

« Si votre famille a besoin de quoi que ce soit, dites-le nous. Nous vous sommes redevables à jamais », a dit Frank avant que nous partions.

Notre arrêt suivant fut Tchetvertnia, sur le site du charnier et du monument. Maintenant que je connaissais le nom de ma sœur, je voulais dire le kaddish pour elle et sa mère.

Ce n'était qu'à un peu moins de cinq kilomètres, mais la route était particulièrement mauvaise, et Ivan dut faire un effort de concentration au volant. Le village ressemblait à tous ceux que nous avions déjà vus, mais quand nous avons traversé un pont, j'ai compris qu'il s'agissait du lieu dont m'avait parlé Fanya – c'est là que mon père était sans doute venu retrouver les deux autres survivants du ghetto tard le soir pour s'organiser, décider d'une stratégie et se soutenir après avoir appris que tout le monde avait été assassiné.

Nous sommes arrivés au bord d'un étang couvert de roseaux et d'un champ, puis nous avons aperçu les marches qui menaient au monument. Ivan a pris les devants pour nettoyer le site, mais il n'y avait pas grand-chose à faire – l'endroit était vraiment en piteux état, bien plus que les autres monuments. Anna et lui avaient visiblement honte de ce manque d'entretien. La dalle était corrodée, il y avait une bouteille de vodka brisée sur la première marche et une bougie de Yahrzeit écrasée sur la troisième. On pouvait aisément imaginer que le monument disparaîtrait un jour, englouti sous les déchets, étouffé par les mauvaises herbes.

Nous avons sorti une carte du Nouvel An et l'avons glissée dans une brèche entre les briques. Nous étions submergés d'émotions contradictoires. Ce site était sacré, profondément émouvant, et aussi complètement déprimant.

Tchetvertnia avait été liquidé le 10 octobre 1942, ai-je appris par la suite grâce au père Desbois, qui s'était rendu au village en mai 2012 avec son équipe de Yahad-In Unum pour mener l'enquête et photographier le charnier. Entre 100 et 120 Juifs y avaient été assassinés, non seulement de Tchetvertnia, mais aussi des villages alentour, Susk, Lukow, Hodomicze, Slawatycze, et Lychtche – dont ma sœur, Asya, et sa mère Tzipora. Les Allemands avaient rassemblé les Juifs de ces villages en 1941. Au début, ils avaient été autorisés à vivre chez eux ; puis ils furent envoyés dans un ghetto – un immeuble de Tchetvertnia plein à craquer, équipé d'un seul lieu d'aisances à l'extérieur. On leur fit porter une étoile jaune sur la poitrine et dans le dos et on les mit aux travaux forcés, le plus souvent à des tâches agricoles.

L'équipe de Yahad, qui avait interviewé un témoin des meurtres, raconte que les Juifs furent attachés les uns aux autres par la main puis conduits en colonne au bord d'une fosse. Elle était carrée et se situait près d'un lac. Les Juifs durent se déshabiller, descendre dans la fosse et s'allonger face contre terre. Je le savais déjà, bien sûr, mais désormais j'associais des noms à cette horreur : j'imaginais ma sœur, Asya, avec ses longs cheveux noirs, tenant la main de sa mère.

Les Allemands sont descendus dans la fosse et ont abattu tous les Juifs une rangée après l'autre, puis ils sont repartis chercher le groupe suivant. Le témoin raconte qu'un Juif tenta de s'échapper et qu'il fut abattu ; un policier traîna son cadavre et le jeta dans la fosse. Un autre Juif qui était parti en courant fut tué sur place et enterré au bord de la rivière. Leurs vêtements furent donnés aux villageois et tout ce qui ne fut pas récupéré fut enterré.

Le rapport de Yahad affirme aussi que, vingt ans après les tueries, les restes des Juifs furent déterrés et leurs ossements déposés dans des cercueils. Il fallut deux jours pour les enterrer. Leur nouvelle sépulture se trouve apparemment à l'endroit où fut construit le monument. On y lit : « AUX JUIFS TUÉS LE 10 OCTOBRE 1942 PAR LES

FASCISTES ALLEMANDS DE TCHETVERTNIA ET DES VILLAGES ALENTOUR ».

Nous sommes repassés par Krynytchne dans un silence écrasant. Là, nous avons aperçu un groupe de femmes qui marchait et nous avons reconnu Nadiya, sa belle-sœur et ses nièces. Elles venaient d'entamer les six kilomètres de marche en direction de l'arrêt de car – qui seraient suivis par deux heures de route. Nous leur avons dit de monter dans le combi.

12

Frank et moi avions élaboré notre programme pour les jours suivants. Nous sommes passés par Lviv, où nous avons flâné, visité les sites historiques, observé, sur le seuil des maisons, les petites cavités où se trouvaient jadis les mezouzas. Nous avons décompressé et digéré tout ce que nous avions vu et entendu. Pendant le dîner et devant un café, nous avons parlé de ce que nous avions vécu ensemble et l'avons analysé. Nous venions de partager une expérience incroyable. Pour Frank, ce n'était pas seulement la quête de l'histoire de son grand-père : il m'a dit pendant le dîner à Lviv que le plus important pour lui, dans ce voyage, avait été de se rapprocher de moi, de mieux me comprendre, et que le voyage lui avait permis de combler le vide émotionnel qu'il avait en lui sans le savoir.

Il y eut aussi des moments de légèreté, un peu de shopping, par exemple. Sur un marché découvert, je suis tombée sur des matriochkas troublantes. Elles ne ressemblaient pas aux poupées typiques, où une femme se loge dans une autre, mais plutôt à des caricatures de Juifs. Un petit Juif à l'intérieur d'un autre. Apparemment, on était censé les poser à l'entrée d'une maison pour s'attirer la fortune. Il n'y avait pas plus antisémite, mais il m'en fallait absolument une.

Bert est venu nous chercher à l'aéroport, à notre retour, avec la femme de Frank, Abby, et leurs deux filles, Sadie et Theo. Ma mère aussi était là, et elle était rayonnante ; je revois encore l'expression de son visage. Tout le monde était soulagé que nous soyons rentrés, et ça faisait du bien d'être de retour. J'étais bouleversée, épuisée, émotionnellement vidée. Une part de moi était encore en Ukraine, à quelque huit mille kilomètres de là, dans ces villages disparus, mais si présents sur la toile de fond de ma vie, dévorants par moments.

C'était là-bas que l'histoire de mes parents avait commencé, et j'étais impatiente de raconter notre voyage et de montrer les photos à ma mère ; mais, comme si souvent dans nos conversations à propos du passé, son intérêt fut ambigu. Elle était curieuse, mais elle voulait aussi oublier. Elle regarda les photos quelques instants puis les repoussa. Cette scène se reproduisit encore et encore.

Je ne voulais pas non plus l'abreuver de détails sur la première famille de mon père. C'était cette histoire-là qui avait toujours porté une part de mystère. Lors de ce voyage, j'avais enfin réussi à lever le voile.

J'avoue que je n'avais pas été sur la tombe de mon père depuis des années, mais, après ce voyage, je me suis rendue au cimetière Beth Shalom à Capitol Heights, où un arrangement hétéroclite de pierres tombales recouvre des pelouses vallonnées, donnant à cet endroit une beauté singulière, plus évocatrice de la vieille Europe que d'une banlieue du Maryland. La tombe de mon père est à l'écart, au dernier rang, dans une zone réservée aux personnes dont la mort est contraire aux valeurs de cette communauté juive orthodoxe. Cela rend sa tombe plus facile à trouver quand on longe la clôture du fond.

Je voulais parler du voyage à mon père, lui dire que j'avais marché dans ses pas sur la route boueuse qui traverse Trochenbrod et Lychtche, que j'avais vu le poirier de son jardin. Je voulais lui dire que j'étais entrée dans une maison qui se trouvait au même emplacement que la sienne, celle qu'il avait habitée avec sa famille, et que j'avais enfin compris, du moins un peu, pourquoi la vie lui avait été si pénible. Que j'avais récité le kaddish pour la vie et les êtres qu'il avait perdus. Que j'avais fait le deuil de ce dont il ne m'avait jamais rien dit.

Je voulais aussi lui parler de ses cinq magnifiques petits-enfants et de ses arrière-petits-enfants. Je voulais qu'il sache que les choses avaient bien tourné, malgré tout ce qui s'était passé.

J'avais apporté des cailloux ramassés à Lychtche, le village où il avait habité avant la guerre, et de la terre des charniers de Tchetvertnia et Trochenbrod, où j'avais enfin découvert son secret – mais c'était peut-être moins un secret qu'une part de sa vie impossible à partager.

À mon grand étonnement, il y avait déjà deux gros cailloux posés sur sa pierre tombale. J'ai regardé les tombes autour de la sienne, parcouru les rangées pour voir s'il y avait d'autres cailloux du souvenir. Il n'y en avait sur aucune autre. Je suis allée sur la tombe d'autres parents enterrés dans ce cimetière, mais rien là non plus. Perplexe, j'ai pris la tombe en photo avec mon téléphone et j'ai déposé les restes de mon récent voyage à côté des gros cailloux qui s'y trouvaient déjà.

J'ai appelé mon frère, puis ma mère, et mes fils, pour savoir s'ils étaient allés au cimetière. Aucun d'eux n'était allé se recueillir sur sa tombe depuis des années. Ma mère ignorait qui avait bien pu déposer ces cailloux. C'était cinquante-cinq ans après sa mort. Il restait très peu de gens encore en vie qui avaient connu mon père.

Jonathan a fait deux propositions : installer une caméra pour voir qui seraient les prochaines personnes à se recueillir sur la tombe, ou vivre avec ce mystère. J'ai choisi le mystère.

Même si j'ai passé ma vie à rassembler les souvenirs de l'histoire chaotique de ma famille, j'ai aussi compris que toutes les histoires n'ont pas forcément de mot de la fin, et qu'il vaut parfois mieux laisser l'imagination remplir les vides.

En octobre 2011, deux ans et deux mois après notre voyage, j'ai reçu un e-mail de Sergueï, l'ami d'Avrom et l'un de nos guides à Trochenbrod. Il était impatient de m'apprendre que, lors d'une visite guidée à Trochenbrod, il avait trouvé la photo de famille que Frank et moi avions enfouie sur le site de l'un des monuments. Celui ou celle qui l'avait trouvée l'avait posée sur la stèle et calée avec deux cailloux. Deux mois après son e-mail, nous avons eu des nouvelles d'Anna la Traductrice, qui affirmait elle aussi avoir vu l'une de nos photos sortir de terre. Cette fois, on l'avait mise dans un sac plastique protecteur – un Ziploc, sans aucun doute. Nos photos avaient survécu à deux rudes hivers ukrainiens et elles étaient restées presque intactes. C'était à la fois remarquable et banal – la métaphore de la régénération était trop flagrante pour être soulignée.

Plus surprenante, peut-être, était la façon dont les liens que nous avons tissés lors de ce voyage ont perduré dans nos vies. Je me demande souvent ce que mon père penserait de Lesia Lichcouk, l'arrière-petite-fille de son sauveur, Davyd, s'il la voyait dormir dans notre chambre d'amis. Étudiante à l'université de Kiev, elle a gardé contact et, quelques années après notre première rencontre chez son oncle Mycola en Ukraine, elle est venue travailler une partie de l'été dans le Wisconsin, après quoi elle a passé une semaine chez nous.

Elle termine encore certains de ses e-mails par « Votre famille ukrainienne », et je lui réponds de la même façon, concluant les miens par « Votre famille américaine ». Elle me donne des nouvelles de la famille, des naissances et, malheureusement, m'a aussi annoncé la mort de son oncle Mycola.

Soixante-dix ans après que l'arrière-grand-père de Lesia eut caché mon père, je lui ai présenté ma mère, qui a fini par admettre qu'« il y avait des gens bien en Ukraine ».

Nous avons dîné avec Frank, sa femme, Abby, et leurs filles. Pour sa dernière soirée à Washington, Lesia a voulu nous préparer un repas ukrainien. Je lui ai rappelé qu'il fallait que ce soit un repas végétarien, ce qui ne lui posa aucun problème – elle a fait du bortsch et des *latkes*, même si elle leur donnait un nom différent. C'était incroyable d'imaginer que nos familles avaient peut-être mangé toutes les deux ces mêmes plats autour d'une table à Lychtche.

En mai 2014, après le soulèvement en Ukraine et la prise du pouvoir sur la place de l'Indépendance à Kiev, Frank a fait partie d'un groupe qui a organisé une conférence intitulée « Ukraine : penser ensemble » ; parmi les membres il y avait Timothy Snyder de Yale, Bernard-Henri Lévy et le Polonais Adam Michnik. J'ai écrit à Lesia, qui s'est inscrite avec enthousiasme pour assister à la conférence et a passé du temps avec Frank, y compris lors de sa visite à Babi Yar, où elle n'était jamais allée. Frank a participé à une table ronde intitulée « La mémoire peut-elle nous sauver de l'histoire ? L'histoire peut-elle nous sauver de la mémoire ? » Il m'a dit qu'en regardant le public et en apercevant Lesia, il avait éprouvé le besoin de parler des liens qui unissaient sa famille et la nôtre, et du fait qu'au cours des périodes les plus sombres de l'histoire, il y a toujours des actes de bravoure extraordinaires. Quand Tim Snyder, qui animait la table ronde, a appris que Lesia était là, il lui a demandé de monter sur scène, sous un tonnerre d'applaudissements.

Lesia m'a ensuite écrit pour me dire tout ce que cela avait signifié pour elle d'assister à cette conférence et à quel point notre reconnaissance l'avait émue, mais elle a ajouté, « Ce n'est pas moi que les gens ont applaudi ; c'est Davyd, mon arrière-grand-père. »

13

« Nous rendons le judaïsme tangible » est le slogan de MI POLIN, entreprise juive polonaise fondée en 2014 par Helena Czernek, jeune styliste, et Aleksander Prugar, photojournaliste. L'un de leurs projets consiste à sillonner la Pologne, où vivaient plus de trois millions et demi de Juifs avant la guerre, pour trouver, sur les montants des portes des maisons autrefois habitées par des Juifs, des traces des mezouzas comme celles que Frank et moi avions vues à Lviv. Une mezouza est une boîte ornée qui contient un morceau de parchemin sur lequel sont inscrits des versets de la Torah. Mais chaque mezouza contient plus qu'un simple fragment des Écritures – elle représente l'histoire d'une maison donnée et de la famille qui l'habite.

La toucher, dit-on, active le lien entre le passé et le présent. Et Czernek et Prugar font plus que simplement canaliser ces souvenirs : ils partent d'une absence pour créer une nouvelle présence, grâce au moulage en bronze d'une mezouza à partir du vide qu'elle a laissé dans le montant de la porte.

À Trochenbrod, il n'y a plus aucune maison, et plus de cavité dans les montants pour en faire des moulages. À la place, les artistes ont trouvé le plus vieil arbre, dont l'intérieur est brûlé, mais qui vit encore.

J'ai trouvé cela fascinant. Pendant la majeure partie de ma vie d'adulte, j'ai été hantée par la présence de l'absence.

J'ai offert un moulage de cet arbre à chacun de mes enfants, et il y en a un accroché au montant de ma porte.

Il existe un célèbre poème de la regrettée poétesse israélienne Zelda Schneurson Mishkovsky : « Chacun a un nom. » Nous l'avons lu devant les charniers de Trochenbrod.

Ce poème est devenu un chant, puis une cérémonie. Depuis près de trente ans, lors de la Journée internationale du souvenir des victimes de la déportation, le nom des victimes de la Shoah est lu à haute voix pour perpétuer le souvenir de plus de six millions de Juifs assassinés. Leur rendre identité et dignité. « Chacun a un nom », ainsi commence le poème. « Que lui a donné Dieu et que lui ont donné son père et sa mère. »

Réciter tous ces noms est une tâche impossible, parce que, pour beaucoup de ceux qui furent tués, il n'y a plus de survivants capables de se souvenir d'eux.

Pendant des années, avant notre voyage en Ukraine, je m'étais demandé de façon obsessionnelle comment me souvenir de ma sœur. Après avoir appris son existence, il m'était impossible de l'oublier, mais sans un nom, un âge ou une description physique, j'ignorais de quoi j'étais censée me souvenir. Je ne pouvais ni donner à mes enfants son prénom pour lui rendre hommage, ni déclarer sa disparition en tant que victime de la Shoah. Je ne pouvais pas produire de document qui prouve officiellement son existence.

C'était assez pesant pour que je demande conseil à des rabbins de notre synagogue. Comment se souvenir quand il n'y a aucun objet du souvenir ? Ce n'est pas simple de répondre. Mais de notre conversation est née l'idée de trouver un objet ou une œuvre d'art que je puisse investir du souvenir de ma sœur et qui me fasse penser à elle quand je le verrais. Et puis j'ai écarté cette possibilité. C'était sans doute une bonne idée, mais je ne savais pas comment l'appliquer concrètement.

Quelques mois après, l'un de mes cousins israéliens, Shlomo Bisker, fils du cousin germain de mon père, Shmuel, nous a rendu visite avec sa famille. Il nous a offert la lithographie d'un artiste israélien ; c'était une photo de deux filles presque identiques, portant la même robe verte. Elles avaient toutes deux de très grands yeux et regardaient par la fenêtre. L'une des filles passe ses doigts sur un collier de perles.

L'artiste, Yosl Bergner, est connu pour son œuvre allégorique sur la guerre, les secrets et les ténèbres. J'ai tout de suite su que c'était l'objet qui me rappellerait ma sœur. Je l'ai accroché dans la salle à manger, face à l'endroit où je m'assois généralement, pour qu'il soit le plus souvent possible dans mon champ de vision. Depuis, cette œuvre d'art symbolise la sœur dont je ne sais rien.

Au cœur du judaïsme repose la sanctification et l'affirmation de la vie. Nous cultivons le souvenir non seulement pour le passé, mais aussi pour l'avenir, ce qu'illustre la tradition ashkénaze qui consiste à donner aux enfants le nom des membres de la famille qui ne sont plus là.

Je ne me souviens pas d'avoir prononcé le prénom de mon père une seule fois depuis sa mort. Je m'en suis sans doute abstenue par peur de contrarier ma mère, par peur de me contrarier, ou par peur de ce que je pourrais apprendre.

Parmi les nombreux obstacles que mes enfants m'ont permis de surmonter, figure celui de me réapproprier le prénom de mon père.

Nous avons choisi le prénom de notre fils aîné, Franklin Louis Foer, en hommage à la mère de Bert, Frances, morte quelques mois seulement avant sa naissance, mais son deuxième prénom, Louis, en hommage à mon père. Mon premier neveu s'appelle Benjamin Louis Safran. Nos deux autres fils portent le nom de « Safran », comme notre petite-fille Theodora Safran Foer. Notre petit-fils aîné, Sacha Isiah Foer, porte le nom hébreu de mon père – Aryeh, qui signifie

« lion ». Notre dernier petit-fils s'appelle Leo Wolf ; « Leo » aussi signifie « lion » et, en hébreu aussi, il s'appelle Aryeh. Le nom – « Leibel » en yiddish, « Louis » en anglais et « Aryeh » en hébreu – perdure grâce à deux des petits-fils de mon père et deux de ses arrière-petits-fils, ce qui signifie que son nom, sous une forme ou une autre, est prononcé pratiquement chaque jour au sein de la famille.

Leo est né le 8 octobre 2012. C'est le fils de Josh et sa femme, Dinah, et le premier petit-fils à être né après notre retour d'Ukraine.

Voici ce que Josh a déclaré lors de la Brit Milah de Leo :

Leo, mon beau Leo Aryeh Zev. Je veux te parler de mon grand-père Louis, Aryeh, l'homme dont tu portes le nom. Je veux te dire d'où il vient, autrement dit – je prie pour que tu ne l'oublies jamais – d'où tu viens, toi aussi.

Grand-Père Louis a vécu dans un petit shtetl ukrainien qui s'appelait Lychtche, un village de quelques dizaines de foyers traversé par une seule petite rue. Un village si insignifiant et si isolé que les nazis auraient facilement pu passer à côté sans le savoir. Mais il n'en fut rien. Avec les Juifs de plusieurs villages voisins, Grand-Père Louis, sa femme et leur fille de six ans, Asya, la demi-sœur de ta grand-mère, furent rassemblés dans des camions et envoyés dans un ghetto de Tchetvertnia. Grand-Père Louis était connu pour savoir tout faire de ses mains et il était parfois envoyé par les nazis en détachement à l'extérieur du ghetto. Un jour qu'il revenait de l'une de ces missions, après avoir remplacé des vitres à l'extérieur de la ville, il a appris que le ghetto avait été liquidé – tous les Juifs, hommes, femmes, enfants, avaient été assassinés, leurs corps jetés dans un charnier. Comme Job, il avait tout perdu : un village, une famille, une fille, un univers.

Il s'est enfui dans la forêt et a fini par trouver refuge dans la grange d'un Juste, Davyd Jouvnirouck. Ma mère et Frank ont rencontré sa famille quand ils sont partis en Ukraine il y a trois ans.

Après la guerre, Louis a déterré sa machine à coudre, et de l'or, puis il s'est lancé dans l'impossible tâche de refaire sa vie. Il est allé à

Loutsk, où il a fait la connaissance de votre *Bubbe*, puis à Lodz, où ma mère – ta grand-mère – est née. La nouvelle famille a clandestinement franchi la frontière avec l'Allemagne dans le double-fond d'un camion. Ma mère, qui n'était encore qu'un bébé, fut bâillonnée pour que ses pleurs ne trahissent pas leur cachette.

Ils sont arrivés dans un camp de réfugiés situé près de Kassel, où Louis est devenu l'un des chefs de file de la communauté, connu pour son sens des affaires sur le marché noir.

Ceux qui ont connu Louis le décrivent comme un battant. Il était aimable et s'entendait bien avec tout le monde – le genre de type capable de devenir ami avec une table, comme l'a dit une survivante à ma mère et mon frère Frank. Il était, de l'avis général, un père aimant, fou de mon oncle Julian et de ma mère. Mais il était aussi intenable. Même en Amérique, il n'a jamais arrêté de courir. Il a acheté une petite épicerie, l'a revendue pour en acheter une autre, pour finir par la revendre à son tour. Il ne tenait pas en place. En 1954, quelques années après avoir émigré aux États-Unis, il est tombé malade et il est mort. La guerre à laquelle il avait survécu l'a détruit. Son nom figure désormais parmi celui des martyrs dans le livre du souvenir de Trochenbrod et Lozicht comme l'une des dernières victimes de la Shoah de Hitler. Il n'a jamais eu l'occasion de goûter à la liberté dans laquelle tu es né, Leo, ni de voir ses enfants mener une vie couronnée de succès, ni d'avoir l'ultime bonheur de serrer dans ses bras ses petits-enfants et ses arrière-petits-enfants. Mais son souvenir vivra en toi, Leo Aryeh Zev, et nous prions pour que tu hérites de sa force. De sa chaleur. Et de son intelligence. Grand-père Louis, puisse ton âme trouver le repos. Et puisse ton nom être une bénédiction pour cet enfant.

Leo, ta mère et moi prions pour que tu n'oublies jamais d'où tu viens, ni les générations qui t'ont précédé. Puisse ta vie faire honneur à tes ancêtres, comme nous prions pour que tu aies un jour des descendants aussi nombreux que les étoiles, et que leur vie te fasse honneur.

La nuit du samedi 29 avril 2017, vers trois heures, Josh nous a appelés pour nous dire que nous avions une nouvelle petite-fille, née quelques minutes plus tôt. La sœur de Leo, et le sixième de nos petits-enfants.

Mère et enfant se portaient à merveille, nous a-t-il assuré. Il nous a dit qu'ils avaient décidé d'appeler leur fille Bea, en hommage à son arrière-grand-mère maternelle, Debbie Neumark, morte récemment. Le nom hébreu de Debbie, Devora, se traduit par « abeille ». J'étais si excitée que je ne suis pas arrivée à me rendormir et suis descendue.

En entrant dans la cuisine, j'ai vu une bougie de Yahrzeit que j'avais allumée la veille. *Yahrzeit* signifie « période d'un an ». Bien que cela ne soit pas prescrit par la loi juive, il est de tradition d'honorer quelqu'un à la date anniversaire de sa mort en allumant une bougie, conçue pour brûler vingt-quatre heures.

L'espace d'un instant, j'ai été incapable de me souvenir en la mémoire de qui était allumée cette bougie. Et je me suis soudain rappelé que c'était pour la cousine de ma mère, Beatrice Cherechevski. Même si je savais qu'ils n'avaient pas donné ce nom à notre nouvelle petite-fille en l'honneur de cette Bea, je fus touchée par la coïncidence.

J'ai réussi, finalement, à me rendormir sur le canapé du salon. Quelques heures plus tard, j'ai été réveillée par un nouvel appel de Josh. Il voulait m'en dire un peu plus à propos de sa fille, et avait aussi une question. Il m'a demandé s'il pouvait lui donner Asya comme deuxième prénom, en hommage à ma demi-sœur. J'ai éclaté en sanglots.

Plusieurs mois plus tard, quand ma belle-fille Dinah a lu une version de ce livre, elle m'a dit que je m'étais trompée sur un point. Josh et elle avaient choisi le prénom Bea non seulement pour sa grand-mère Devora, mais aussi pour honorer la mémoire de notre cousine Bea et la famille qui avait rendu possible notre venue aux États-Unis.

Le hasard (à moins que ça n'en soit pas un) veut que notre dernière petite-fille, Bea Asya Foer, soit née le jour du Shabbat, entre Yom HaShoah, journée de commémoration de la Shoah, et Yom Ha'atzmaout, journée de célébration de la création de l'État d'Israël. Autrement dit, entre la tragédie du passé et la promesse de l'avenir. Je lui ai offert, en guise de passage de témoin, la coupe à Kiddouch de Sura, la femme avec qui ma mère avait passé la guerre en fuite. Que son nom soit une bénédiction, et que ses descendants soient aussi nombreux que les étoiles.

ÉPILOGUE

Ma mère est morte à près de quatre-vingt-dix-neuf ans le dix-huitième jour de décembre de l'an 2018. En hébreu, la valeur numérique du 18 se traduit par *chai*, qui signifie « vie ». Ma mère, femme superstitieuse, aurait adoré cela : c'était une survivante qui même dans la mort fut associée à la vie.

Elle est morte dans notre maison, où elle habitait depuis trois ans et demi, une demeure qu'elle n'aimait pas quand nous l'avions achetée. C'était un gros investissement pour nous à l'époque, et cette femme économe, qui découpait des bons de réduction, la trouvait trop extravagante. La première fois que je la lui avais fait visiter, en 1987, elle en avait fait le tour en silence. J'espérais son approbation – peut-être imaginait-elle sa grande famille assise autour de la table dans la cuisine baignée de soleil, ou ses petits-enfants jouant dans le jardin. Elle n'a pas dit un mot jusqu'à ce qu'elle remarque la clôture qui séparait le jardin de l'allée. Elle s'en est approchée, l'a secouée un bon coup, la faisant un peu trembler. « La clôture ne vaut rien ! » C'est tout ce qu'elle a trouvé à dire.

C'est une anecdote qui définit bien nos rapports – sa pingrerie et ma prétendue prodigalité. Notre incapacité à dire ce que nous voulions nous dire.

Ces dernières années, quand elle ne voulut plus vivre seule, ne furent pas tous les jours faciles : avec le soutien de Bert, nous l'avons convaincue d'habiter chez nous. Nous avons fait des aménagements dans la maison pour faciliter son installation, y compris la pose d'un siège motorisé dans l'escalier. J'imagine qu'une part de moi voulait continuer de se conduire comme une bonne fille, lui apporter de la joie, être digne de cette femme héroïque. Plus d'une fois, quand elle déclinait, je me suis demandé combien de temps cela pourrait durer ainsi. Nous avions chamboulé notre vie à une période où nous pensions pouvoir voyager et nous occuper de nos petits-enfants. Mais ce fut la bonne décision. Je le savais au fond de mon cœur, même s'il y avait aussi un aspect religieux et spirituel dans cette décision : pour les Juifs, c'est l'action qui compte. Il faut prendre la bonne décision. Les sentiments passent après. Et c'est ce qui s'est passé.

C'est dans cette maison que son corps a reposé près de huit heures avant que les pompes funèbres ne l'emportent. Nous voulions l'entourer – sa famille, le rabbin, et le personnel soignant qui s'était occupé d'elle. Nous n'avons pas laissé son corps seul une seule seconde. Nous attendions que Frank rentre de Californie, où il était parti pour affaires, pour qu'il lui fasse ses adieux. Nous avons allumé le climatiseur, même si nous étions en décembre, pour garder son corps au froid, tandis que nous regardions son visage se vider de son sang, commencer à devenir grisâtre.

Nous avons réussi à respecter la tradition juive, sans savoir ce que cela impliquait. Mon frère, qui n'est pas particulièrement croyant, savait quoi faire et a demandé le livre des Psaumes pour en faire la lecture à côté d'elle. Nous avons éprouvé du chagrin. De la reconnaissance. De la fierté. Elle avait réussi. Elle avait survécu avec dignité et grâce. Nous sentions sa force de vie. Nul sentiment d'inachevé.

Trois limousines déposèrent la famille à la cérémonie et au cimetière, rempli par sa désormais grande famille

– ses enfants et beaux-enfants, leurs maris et femmes, ses petits-enfants, leurs compagnons et compagnes, et ses arrière-petits-enfants. L'un de ses petits-enfants, voyant le monde qui s'entassait dans la synagogue, a lancé : « Prends ça, Hitler ! » C'est exactement ce qu'elle aurait dit.

Des centaines de personnes se sont entassées dans la synagogue – ses amis, les amis de ses enfants, les amis de ses petits-enfants, et même les amis de ses arrière-petits-enfants, qui la connaissaient sous le nom de « Bubbe », tous venus lui rendre hommage et se souvenir. Ils apprirent de nouveaux détails sur elle, la façon dont elle avait fui les nazis, et sa vie compliquée aux États-Unis. Elle était morte, mais, au lieu de disparaître, n'en devint que plus présente et héroïque à mesure que l'on rappelait les détails de sa vie. Le mot « super-héroïne » fut prononcé plusieurs fois pour la décrire.

Cy, qui a neuf ans et qui est le plus jeune arrière-petit-fils à avoir pris la parole durant la cérémonie, a dit : « J'aimais tout chez Bubbe. J'aimais la couleur de ses cheveux. J'aimais quand elle disait : "Bonjour, mon chéri, comme tu as grandi depuis la dernière fois que je t'ai vu." J'aimais quand elle m'embrassait sur la joue, comme si tous mes soucis sortaient de moi et retournaient dans le monde. »

Ma mère avait décidé quelques années avant sa mort d'être enterrée au vieux cimetière Beth Shalom de Capitol Heights, dans le Maryland. C'est là que repose la famille qui l'a accueillie en Amérique. Sa concession est juste à côté de celle de la cousine Bea, à quelques pas de ses tantes Jean et Chia, et près de son cousin de presque quatre ans, Mark, le premier membre de la famille à avoir été enterré là. Mon père est enterré là, lui aussi, dans une concession située de l'autre côté.

Après la cérémonie, le rabbin a invité toutes les personnes présentes à venir à l'enterrement au cimetière, mais elle nous a prévenus que nous serions serrés et que la route étroite et exposée à tous les vents le rendait difficile d'accès en cette journée pluvieuse. On allait se croire au shtetl, a-t-elle dit. Et c'en est un, pour ainsi dire, puisqu'il est plein de ses anciens voisins de Kolki et Trochenbrod, dont j'ai reconnu beaucoup de noms.

Ses petits-enfants et leurs épouses ont porté son cercueil en bois de pin naturel, ce qui est requis par la tradition juive pour que nous soyons tous égaux dans la mort et que notre retour à la poussière soit prompt. Ils ont porté son cercueil du corbillard à la tombe et l'ont déposé avec amour dans le trou de terre fraîche et très boueuse. Nous avons enseveli nous-mêmes le cercueil sous une pelletée puis sous une autre, d'une terre compacte et argileuse. Quand ce fut au tour des garçons de prendre la pelle, ils se la sont donnée en s'étreignant. Chacun savait qu'il était son préféré.

La veille des funérailles, je me suis souvenue du bocal que j'avais rempli au charnier de Kolki, celui où la mère de ma mère, Esther, repose, avec les nièces de ma mère – les filles de Lifsha, Sura et Fruma Chia – et ses grands-parents, oncles et cousins. J'ai décidé de prendre ce bocal et d'en verser le contenu dans sa tombe pour donner à sa famille un enterrement plus digne. Pour mêler leur terre à la sienne, et la sienne à la leur.

La pluie redoublait, nos chaussures s'enfonçaient dans la boue. J'ai ouvert le bocal et dispersé sur son cercueil la terre ramassée à près de douze mille kilomètres de là. Tout est à sa place, la terre où elle doit être.

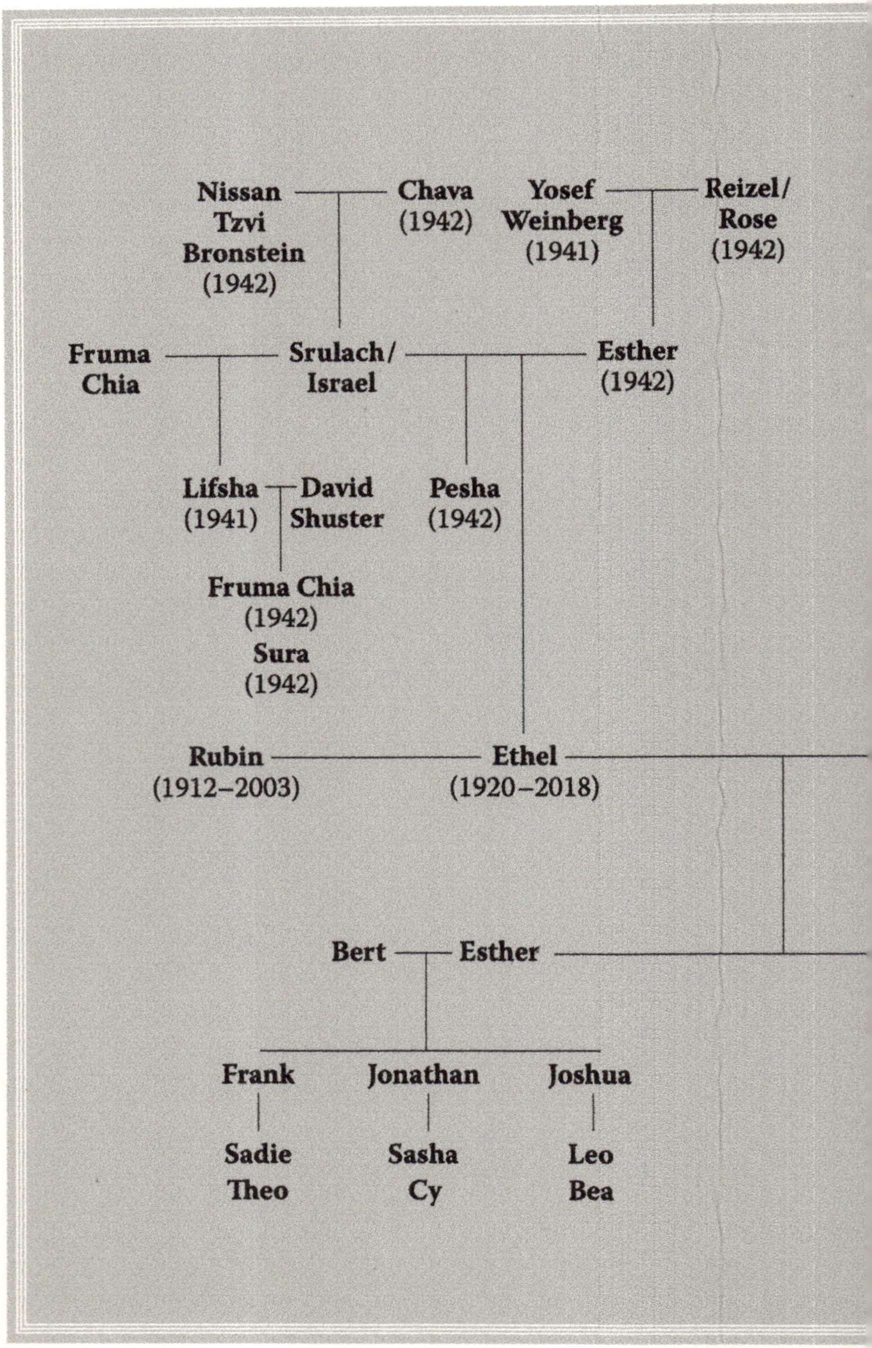
Nissan Tzvi Bronstein (1942)
Chava (1942)
Yosef Weinberg (1941)
Reizel/ Rose (1942)
Fruma Chia
Srulach/ Israel
Esther (1942)
Lifsha (1941)
David Shuster
Pesha (1942)
Fruma Chia (1942)
Sura (1942)
Rubin (1912–2003)
Ethel (1920–2018)
Bert
Esther
Frank
Jonathan
Joshua
Sadie
Theo
Sasha
Cy
Leo
Bea

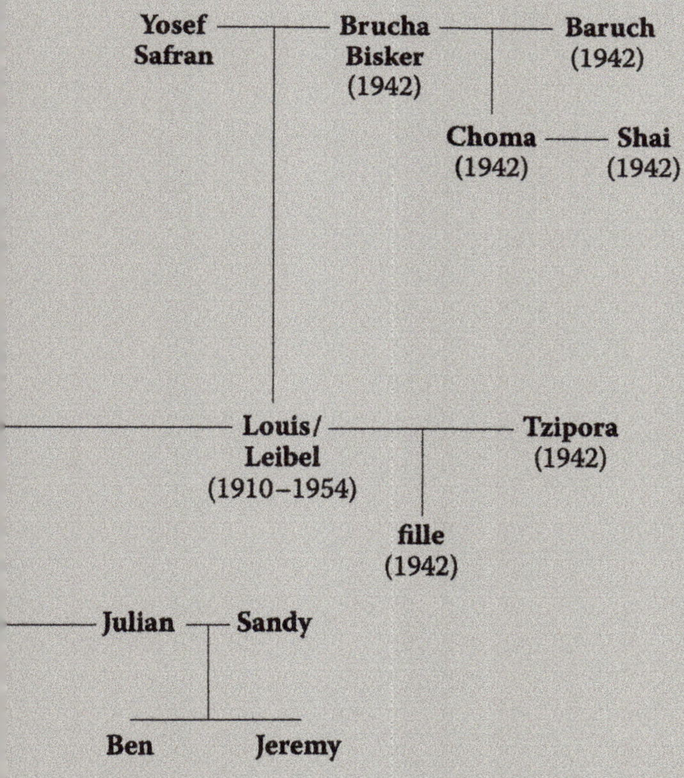

Lorsqu'une seule date est donnée, il s'agit de la date du décès.

REMERCIEMENTS

Écrire ce livre a été plus dur que je ne le croyais et beaucoup plus gratifiant que je ne l'aurais jamais imaginé. Ce voyage a été rendu possible par des personnes incroyables envers lesquelles je serai éternellement reconnaissante.

À mon agent, Rafe Sagalyn, et mon éditeur, Tim Duggan, qui ont tous deux cru en ce livre longtemps avant que j'y croie moi-même.

À Susan Coll, mon éditrice personnelle, qui est devenue mon amie. Elle m'a aidée tout au long du chemin qui mène du souvenir à la page écrite.

À la formidable communauté de professionnels de Tim Duggan Books and Crown : David Drake, Will Wolfslau et Audrey Martinson. Merci à Kathy Lord, Julie Tate, Jennifer Backe, Vincent La Scala, Susan Turner, et à Elena Giavaldi. Et à la magnifique équipe du service publicité et marketing : Ellen Folan, Stacey Stein, Melissa Esner, Dyana Messina et Susan Corcoran.

À Avrom Bendavid-Val, une grande dette de reconnaissance pour m'avoir présenté l'histoire vraie de Trochenbrod, qu'il a racontée dans son livre *The Heavens Are Empty* et dans le documentaire *Lost Town*, réalisé avec Jeremy Goldscheider.

Aux mémorialistes et aux auteurs qui ont contribué à la compréhension de ces lieux et de cette période, parmi lesquels David Schwartz, Betty Gold, David Katz, Margarete Feinstein, Robert Hilliard et Morton Kessler.

À Sergueï Omeltchouk, notre guide à Trochenbrod, et à Anna Kournyeva, notre infatigable et chaleureuse traductrice, chercheuse et amie. Un merci tout particulier au père d'Anna, Ivan, qui nous a conduits à travers l'Ukraine de l'Ouest.

À Natan et Itzhak Kimelblat, au Brésil, qui m'ont acceptée comme membre à part entière de Trochenbrod.

À Mira et Chaim Binenbaum, qui m'ont conduite d'un bout à l'autre d'Israël pour rencontrer les habitants de Trochenbrod.

À la famille Lichcouk en Ukraine, dont le grand-père, Davyd, a caché mon père. Vous êtes vraiment ma famille ukrainienne. Toute ma reconnaissance à Lesia, qui maintient le contact entre nos familles.

Au père Patrick Desbois, mon héros, qui a consacré sa vie à retrouver la trace des charniers d'Ukraine et de l'ancienne Union soviétique et à les documenter.

À Hannah Jopling et Gail Schwartz pour leurs longs entretiens avec ma mère. Et à Sarah Kaiser Hyams, qui a passé d'innombrables heures à les retranscrire et à retrouver des documents dans la base de données du musée de l'Holocauste.

Aux lecteurs qui m'ont permis d'améliorer ce livre à chaque étape de son écriture, Jackie Leventhal, David Marwell, Louise Myers, Anat Bar-Cohen, Barbara Heller, Marge Mueller, Amy Oringel, et la cousine que je viens de retrouver, Cheryl Kahn.

À mon mari, Bert, qui me soutient et m'encourage dans tout ce que je fais. Rien n'aurait été possible sans Bert – ma vie, notre famille, ni ce livre, qu'il a lu de nombreuses fois au fil des versions. Bert m'a permis de prendre soin de ma mère dans les dernières années ni sa vie. Je sais qu'elle l'aimait. Dans cette famille pleine de secrets, elle l'avait pris à part et lui avait dit : « Esther et Julian ne me disent rien. Il faut que tu me dises ce qui se passe. »

À nos trois fils, qui ont tous joué un rôle dans l'évolution de cette histoire :

• Jonathan, qui a ouvert la porte avec *Tout est illuminé.*

• Frank, qui fut le premier membre de la famille à écrire l'histoire de ma mère. Il m'a aussi accompagnée en Ukraine et continue le voyage.

• Josh, qui a eu le dernier mot avec Leo et Bea Asya.

À mes petits-enfants, qui m'incitent chaque jour à perpétuer le souvenir.

Dernières parutions

Domaine étranger

Alexandra Andrews
L'Énigmatique madame Dixon

Jeffrey Archer
Ni vu ni connu

Anja Baumheier
La Liberté des oiseaux

Anne Glenconner
Dame d'honneur

Elin Hilderbrand
Un été à Nantucket

Victoria Hislop
Cette nuit-là

Gilly Macmillan
Pour tout te dire

Lydia Millet
Nous vivions dans un pays d'été

Ariana Neumann
Ombres portées

Olivia Potts
Une année douce-amère

Alexis Schaitkin
Un si joli nulle part

Lisa Wingate
Les Chemins de la liberté

Domaine français

Catherine Bardon
Un invincible été

Fabienne Betting
La Théorie des poignées de main

Nicole Giroud
Par la fenêtre

Caroline Laurent
Rivage de la colère

Osvalde Lewat
Les Aquatiques

Marie-Diane Meissirel
Les Accords silencieux

Ivan Nabokov et Philippe Aronson
La Vie, les gens et autres effets secondaires

Grégory Nicolas
Les Fils du pêcheur

Roland Perez
Ma mère, Dieu et Sylvie Vartan

Emmanuel Pierrat et Joseph Vebret
Ernestine ou la justice

Anne de Rochas
La Femme qui reste

Akli Tadjer
D'amour et de guerre

Pour en savoir plus sur l'actualité des Escales,
vous pouvez consulter notre site Internet
www.lesescales.fr
et nous suivre sur les réseaux sociaux

Editions Les Escales

@LesEscales

@LesEscales

MIXTE
Papier issu de sources responsables
FSC® C003309

L'éditeur de cet ouvrage s'engage dans une démarche de certification FSC® qui contribue à la préservation des forêts pour les générations futures.

Pour en savoir plus :
www.editis.com/engagement-rse/

Achevé d'imprimer par
Normandie Roto Impression s.a.s.
N° d'impression : 2106145